Hans Fallada:
Märchen vom Stadtschreiber,
der aufs Land flog



Deutscher
Taschenbuch
Verlag

dtv

Ungekürzte Ausgabe
Juni 1986
Deutscher Taschenbuch Verlag GmbH & Co. KG,
München

Erstveröffentlichung: Berlin 1935
Umschlaggestaltung: Celestino Piatti
Gesamtherstellung: C. H. Beck'sche Buchdruckerei,
Nördlingen
Printed in Germany · ISBN 3-423-10584-4

## Das Buch

Es war einmal ein junger Stadtschreiber, arm und ohne Eltern, der saß Tag für Tag in der engen Schreibstube und mühte sich mit einer ungeliebten Arbeit ab. Sein Elend dauerte seinen alten Kollegen, und er besann sich auf seine Zauberkräfte. In Gestalt eines Spatzen schickte er den jungen Mann aufs Land, sein Glück zu suchen. Guntram Spatt, alias Passer domesticus, erfährt zum erstenmal von der Existenz eines reichen Onkels und von einem Fluch, der auf der Familie lastet. So gänzlich hat sich sein Leben an diesem einen Tag gewandelt, daß er sich bald über nichts mehr wundert, auch nicht über Eule und Uhu, die sich in bestem Deutsch miteinander unterhalten, nicht über diebische Elstern, Hexen und Zauberer, die – wie er bald merkt – ihr betrügerisches Unwesen treiben und ihm arg zusetzen. Wäre da nicht Monika, die wunderschöne Tochter des Onkels, er hätte längst Zuflucht zu seiner ruhigen Schreibstube gesucht ... Hans Falladas subtiler Humor und seine poetische Ausstrahlung machen diese von E.T.A. Hoffmann beeinflußte Zaubergeschichte zu einer höchst vergnüglichen Lektüre.

## Der Autor

Hans Fallada (eigtl. Rudolf Ditzen), geboren am 21. Juli 1893 in Greifswald, gestorben am 5. Februar 1947 in Berlin, war in verschiedenen Berufen tätig, u. a. als Buchhalter, Anzeigenwerber, Handlungsgehilfe und landwirtschaftlicher Beamter. Seine zeitkritischen Romane aus der Alltagswelt der kleinen Leute erreichten Millionenauflagen, u. a. ›Bauern, Bonzen und Bomben‹ (1931), ›Kleiner Mann – was nun?‹ (1932), ›Wer einmal aus dem Blechnapf frißt‹ (1934), ›Wolf unter Wölfen‹ (1937), ›Der eiserne Gustav‹ (1938), ›Jeder stirbt für sich allein‹ (1947), ›Der Trinker‹ (1950).

## Vorrede des verlegenen Verfassers

Würzt die Wasser, würzt die Weine,
Ja, würzt selbst noch die Gewürze,
Daß der Punsch auch würzig sei!

Der Verfasser weiß auch nicht, was er zur Entschuldigung der närrischen Mär, die er da seinen Lesern vorlegt, sagen darf. Harmlos saß er schreibend über einem Büchlein, das mancherlei Geschichten aus seinem geliebten Landleben bringen sollte. Die Mär vom Stadtschreiber war eine von ihnen, für nicht mehr als zehn oder fünfzehn Druckseiten geplant – und sie sollte von der Winterarbeit des Landmannes berichten, wovon der Leser noch hie und da im Anfang Spuren findet. Aber unversehens schwoll sie dem Autor unter der Feder, ein Einfall lockte den anderen herbei, und hatte er sich anfangs noch zur Wehr gesetzt und verzweifelt gerufen: »Was mag dies werden?!«, so ergab er sich schließlich in sein Schicksal und ließ die Feder laufen, wie sie wollte. So ist denn, ganz ohne seinen Willen, diese Zaubergeschichte aus dunklen Mächten und Liebe entstanden, und wenn recht sichtbarlich der große Ernst Theodor Amadeus Hoffmann bei ihr Pate gestanden hat, so bittet der Autor herzlich, das nicht als eine Anmaßung nehmen zu wollen, sondern als den Gruß des Schülers an seinen Meister, dessen Genie auch in unseren Tagen recht lebendig glüht und funkelt. Einzige Entschuldigung des Verfassers: er hat mit großer Freude dies Büchlein geschrieben, und da er stets die Erfahrung machte, daß das, was ihn zu schreiben freute, auch das Publikum zu lesen freute – so gibt er's denn heraus. Fliege also zu, mein graurockiger Spatzenvogel, piepe dein anspruchsloses Lied und komme mir, ich rate dir gut!, nicht zum zweiten Mal ins Haus oder unter die

Feder. Es möchte dir sonst noch schlimmer ergehen als dem Spatzen, der in der Kammer des Schreibers Guntram Gastfreundschaft suchte und sie so schnöde mißbrauchte!

Carwitz, Oktober 1935 H. F.

## Erstes Kapitel

»Hört, Landbewohner! all mir zu.«
J.F. Cooper, ›Der Lotse‹

Vor vielen Jahren lebte in einer großen Stadt ein junger Mann, der auf der Geschäftsstube eines Ratsherrn, genannt Asio, Schreiberdienste zu verrichten hatte. Von morgens bis in den späten Abend hinein saß er an seinem Tisch, sich gegenüber einen anderen, aber älteren Schreiber, namens Bubo, und schrieb fleißig ab, was ihm sein Herr an Verträgen, Urkunden, Regressen, Akten auf den Platz gelegt. Wenn er die Hand mit der Feder zum Tintenfasse führte, begegnete sie wohl der Hand des Schreibgefährten drüben, und wenn er dann unwillkürlich den Blick hinüberrichtete, sah er das gesenkte Auge des anderen, das schon die nächste Zeile der Vorlage im voraus las, und um so emsiger kehrte er, wie ein ertappter Faulmann, zum eigenen Schreibwerk zurück. Aber wie eifrig er sich auch mühte, nie war der Berg der Aufgaben vor ihm ganz abzutragen, und meinte er den einen Abend, heute habe er es aber gut gemacht und morgen sei Arbeit ein gar rarer Artikel, so hatte den Ratsherrn über Nacht gerade das Zipperlein geplagt, und er hatte in seiner Schlaflosigkeit so vieles aus Schränken und Mappen hervorgekramt, daß am Morgen der Berg höher lag denn je.

Darüber wurde das Schreiberlein fast trübsinnig, und wenn er dann gar in das ernste, graue Gesicht seines Gegenüber sah, in dessen Falten sich der Aktenstaub vieler Jahre niedergesetzt zu haben schien – wenn er sich dann so recht lebhaft vorstellte, daß er in zehn oder zwanzig Jahren auch so ernsthaft dasitzen würde, mit weiter nichts im Kopf als den Wettlauf zwischen Papierberg und Feder – so hätte er am liebsten den Hut vom Nagel gerissen und wäre hinausgelaufen in die weite Welt. Jede Straße wäre ihm recht gewesen, wenn sie nur fortführte von der papierenen Geschäftsstube. Solches zu tun aber verbot sich, denn er hatte niemanden, der für seine Nahrung und Kleidung sorgte, als sich selber. Kein Vater und keine Mutter, kein Verwandtes sah nach ihm; allein mußte er sich sein Essen kochen, allein sein Kleiderwerk flicken; und wenn er in die weite Welt hinausrannte, so wußte er doch, daß er nichts gelernt hatte wie ein bißchen Schreiberei, und die würde auf keiner Amtsstube anders aussehen als auf dieser.

Als er nun an einem recht trüben, dunklen Novembervormittag über dem Schreiben schon dann und wann nach dem Fenster schielte, vor dem die Vögel heischend lärmten – denn es war fast sein einziges Vergnügen, diese seine Freunde um die Mittagsstunde zu füttern –, hob plötzlich sein ältliches Gegenüber, der Schreiber Bubo, den Kopf, sah ihn freundlich an und sprach: »Nun, Bruder, öffne schon das Fenster und streue deinen Lieblingen ihr Brot. Auf ein paar Minuten wird es wohl nicht ankommen, so fleißig, wie wir heute waren, und der Herr Asio kommt vor zwei Stunden nicht wieder vom Bürgermeisteramt.«

Höflich, aber ein wenig verwirrt, bedankte sich der Schreiber für die ungewohnte Gunst, die ihm der andere in den mancherlei Jahren, da sie einander gegenüber saßen, noch nie gewährt hatte. Und während er das Fenster öffnete und noch immer ganz benommen den Meisen und Spatzen, Amseln und Finken und was sich an Vogelgetier immer an diesen Futterplatz gewöhnt hatte, die Brotbrocken hinstreute, hörte er den andern recht mitleidig sagen: »Oft dauerst du mich sehr, Bruder, wenn ich dich so von morgens bis in die Nacht über deiner Arbeit sehe. Ich bin ein alter Mensch, und mir macht es nichts mehr, aber um dich junges Blut ist es jammerschade!«

Da hatte der andere etwas gesagt, was der Stadtschreiber oft im stillen bei sich gedacht, und eifrig stimmte er nun dem Gefährten zu. Was sie doch für ein gar elendes, aussichtsloses Leben führten, schlimmer noch als die Sklaven bei den Heiden, denn deren Leben sei ihren Herren doch noch eine Summe Geldes wert, während ihrer einer, kaum daß er nur ein wenig krank geworden, in Not und Elend verstoßen und auf der Stelle durch einen andern ersetzt werde.

Der andere hörte dem klagenden Geschwätz gar beifällig zu, nickte mit dem Kopf und fragte dann teilnehmend, ob der Bruder denn niemanden Verwandtes habe, der ihm mit einem freundlichen Zuspruch und einem kleinen Lustgeld für den Sonntag beispringen könnte?

»Nein«, sagte der junge Schreiber. »Von den Spatts, von denen ich mich herschreibe, bin ich der einzige, der noch lebt. – Und so muß ich denn sehen«, setzte er etwas kümmerlich lächelnd hinzu, »daß ich es so weiter treibe, wie es nun einmal läuft.«

So wisse er denn in diesem Punkte wenigstens mehr als der Bruder Spatt, sagte der alte Schreiber listig. Vor ein paar Wochen habe er die Akten in einem Grenzstreit zu bearbeiten gehabt, und der eine von den beiden Bauern, und ein schwerreicher sei es gewesen, habe Spatt geheißen.

Dem Jungen verschlug es zuerst die Rede. Dann meinte er schüchtern, es sei ja möglich, daß sein Name noch da und dorten im Lande vorkomme, aber wenn das wirklich Verwandtschaft sei, sei es so entfernte, daß sie den fremden Hungerleider leicht entbehren werde.

»Im Gegenteil!« rief der andere, und seine großen, gelblichen Augen sahen den Schreiberling recht zauberisch-eindringlich an. »Im Gegenteil!« Ob sich denn der Bruder Spatt nicht mehr entsinne, daß er vor vielen Jahren als ein kleiner Junge einen ganzen Sommer bei diesem Onkel Spatt, der sein Vatersbruder sei, zugebracht habe–? Von dort habe er doch auch erst seine Vorliebe für alles

Vogelgetier mitgebracht! – Und er zeigte auf das Fensterbrett, wo die Vögel sich um die letzten Brocken stritten.

Dem jungen Mann wurde ganz wunderlich über dem Gerede des anderen. »Wie kannst du von mir wissen, was ich selbst nicht weiß«, wollte er ihm zurufen. Aber vor dem immer heller leuchtenden gelben Blick wurde es ihm anders. Dunkel regte es sich in ihm, ganz vergessenes Erinnern stieg auf: ein stattliches weißes Haus, mit Wein berankt, erhöht über der Dorfstraße gelegen, breite Steinstufen führten empor, die für das Kind zu hoch waren – der warme, heimliche Geruch eines dunkelnden Stalles – Heuhaufen, größer als ein Bett, auf denen man in jeder Richtung schlafen konnte ... War es Traum, war es wirklich Erinnern –?

Lachend hatte unterdes der andere weitergesprochen. Im Sommer sei freilich solch Besuch nicht zu empfehlen, die Bauern wüßten auch, was ein junger Mann zur Erntezeit wert sei, und spannten ihn mehr als ihm lieb ein. Da käme der Bruder Spatt wohl gar vom Regen in die Traufe! Aber jetzt, im beginnenden Winterwetter, sei gerade die rechte Zeit. Da liege der Bauer auf der faulen Haut und esse nur von morgens bis abends prächtig, was ihm die Erntezeit in alle Kammern zugetragen ... Der Bruder möge nur nicht säumen, sondern sich eilig zu dem Oheim auf den Weg machen, damit er noch etwas anderes vorfinde als ein abgenagtes Schinkenbein und eine leere Apfeltonne –!

Unwillig unterbrach der junge Mann den Redestrom. Was der Herr Bubo sich denke –?! Selbst wenn alles wahr sei, was er erzähle – und jetzt dämmere ihm selbst so etwas wie von einem früheren verwandtschaftlichen Besuch –, wie er denn so mirnichts – dirnichts aus Arbeit und Brot entlaufen könne, wer denn hier seine Arbeit tun solle?!

Listig lächelnd hatte ihm der andere zugehört. Was die Arbeit betreffe, so werde sich schon Rat finden lassen.

Wer denn dort auf dem Fensterbrett als letzter Gast sitze–?

Ärgerlich über diese Narrenspossen antwortete der junge Mann nur kurz: »Ein Spatz!«

Hä hä! Das treffe sich ja vorzüglich, und der Bruder sei auch einer von den Spatts, hä hä! – Der Bruder möge nur nicht ärgerlich werden, setzte er begütigend hinzu, dies sei nur ein Witz gewesen, aber ein Witz nicht ohne Sinn. Er möge doch nur einmal den Gast auf dem Fensterbrett mit dem graubraunen zerfledderten Federkleid anschauen, und dann sich selbst in dem graubraunen verschabten Röcklein. Sicher sei der eine durch den anderen zu ersetzen, ohne daß der Herr Rat, dessen Augen ohnedies nicht die besten seien, etwas merken werde.

Zornig wollte der junge Mann aufbegehren, aber es ging ihm ganz wunderlich: plötzlich erschien ihm die graue Geschäftsstube wirklich recht wie ein Vogelkäfig, die hölzernen Aktenschränke wie Gitterstäbe, das große Tintenfaß wurde zum Futternapf, und der alte Schreiber mit den gelben Augen sah ganz wie ein riesiger Schuhu aus.

Nun krächzte er auch noch seltsam, durchs Fenster herein kam der ärmliche Spatz gehüpft, grad' auf den Stuhl des jungen Schreibers. Er dehnte sich, er wuchs – und nun sah er sich in eigener Person dasitzen. Schon tauchte er, nein, der andere, nein, es war doch er selbst, die Feder ein und schrieb emsig fort, wo er (wer?!) aufgehört.

Das war zu viel für Spatt, mit einem wütenden Schrei wollte er sich auf sein Ebenbild stürzen, aber »Gemach, nur gemach!« sprach beruhigend der Ältere und hielt ihn an seinem Röcklein fest. »Ist denn dein Konterfei nicht vortrefflich gelungen, lieber Bruder? Ich selbst würde ja glauben, du säßest da, wie soll sich da unser trübäugiger Herr Rat nicht täuschen lassen? Nein, alles gelingt vortrefflich, Bruder, du kannst unbesorgt deine Ferienreise antreten. Und, daß ich es dir schon verrate, nicht nur ein vorzügliches Essen wirst du bei deinem Onkel finden, sondern auch eine Base, wie reizender noch keine einem Stadtschreiber aufgewachsen ist.«

Dem Schreiberlein war es wie im Traum. Er klapperte mit den Augendeckeln, zupfte sich an der Nase, riß sich an den Haaren, zwickte sich die Waden, aber es blieb, wie es war: da saß er und schrieb, und genau, wie er es gewohnt war, hob das andere Ich jetzt die Feder hoch, ließ sie einen Augenblick über dem Tintenfaß rasten, und nun hinanschießen in die schwarze Flut wie eine Möwe, die auf ein Fischlein stößt. »Aber ich kann doch nicht«, murmelte er ganz verwirrt, »das alles ist doch Zauberwerk!«

»Es ist alles in schönster Ordnung«, beruhigte den verwirrten Jüngling der alte Schreiber, der je länger je schuhumäßiger aussah, »und von verbotenem Zauberwerk kann schon gar nicht die Rede sein. Es ist weiter nichts, lieber Bruder«, sagte er überredend, »als das, was wir Juristen eine Stellvertretung nennen, ober auch die Ersatzlieferung einer gleichwertigen Ware, durch die niemand Schaden erleidet. Der da wird genauso fleißig und gründlich arbeiten wie du. Also frisch auf den Weg! Freilich möchte ich«, setzte er mit einem lächelnden Blick hinzu, »dir nicht grade mit diesen dünnen Schuhchen zu einem Fußmarsch über die grundlosen Landstraßen raten. Aber das haben wir ja auch sehr viel einfacher.« Er ging an den schreibenden Spatz heran, sagte: »Gestatte!« und riß ihm mit einem kräftigen Ruck ein langes Haupthaar aus. »Da!« sagte er. »Wenn du dieses Haupthaar zwischen Daumen und Zeigefinger der linken Hand nimmst und ein wenig reibst, verwandelst du dich in einen – nun sagen wir es gerade heraus: Spatz! und fliegst auf die angenehmste Weise zu deines Onkels Hof. Du brauchst dich nur immer südlich zu halten, Bruder, bis du auf einem schlanken, schieferblauen Kirchturm einen goldenen Gockel siehst, dort ist das Dorf. Und wo die

Linde mit den drei abgestorbenen Ästen vor einem hohen, weißen Hause steht, dort ist der Hof deines Onkels. – Aber hüte dich, Bruder«, setzte er ernst hinzu, »das Haar aus deiner Kralle fallen zu lassen, solange du noch in der Luft schwebest: du stürztest in menschlicher Gestalt mit reißender Schnelle zur Erde nieder! Und hüte dich auch vor den Raubvögeln, gerne stoßen sie auf so ein Spätzchen, wie du eines bist!«

Ganz verzaubert starrte das Schreiberlein auf das lange, dunkelblonde Haupthaar in der Hand des anderen. Trotz der letzten unheildrohenden Worte besaß ihn eine sonderliche Lust, einmal doch wenigstens zu versuchen, wie weit sich dieser Spuk treiben lasse. Seine Hand näherte sich dem Haar . . .

»Es wird hier alles unterdes bestens besorgt werden«, krächzte indessen der gelbe Schuhu weiter. »Und, daß ich es nicht vergesse, Bruder, zu jedem Ultimo schicke ich dir pünktlich deinen Stellvertreter mit dem Gehalt hinaus, damit du auch deiner schönen Base einmal ein Kettlein kaufen kannst, oder gar ein Ringlein . . . Da –!«

Vielleicht hatte es die Erwähnung der Base gemacht: des Schreibers Hand hatte sachte das Haar gefaßt, wie von einer geheimnisvollen Gewalt getrieben war es zwischen Daumen und Zeigefinger der linken Hand geglitten, sachte hatten die Fingerkuppen gerieben – und Guntram Spatt fühlte sich schwinden, klein und leicht werden, und nun saß er als jämmerlicher Spatz auf dem Boden der Schreibstube. Wie ein ungeheurer Baumstamm stand vor ihm das grauschwarze Düffelhosenbein des Ältlichen.

»Haben wir uns also doch entschlossen, Bruder«, dröhnte eine ungeheure Stimme aus den Lüften zu ihm, als läute der dicke Peter erzen vom höchsten Kirchturm der Stadt. »Nun, ich wünsche vergnügliche Reise und angenehme Abenteuer!« Damit fühlte sich Spatt nicht eben sanft hochgehoben, auf das Fensterbrett gesetzt, er wollte noch etwas sagen, einwenden, protestieren, aber nur ein schwaches Piep kam aus seinem Schnabel. Das Fenster klirrte hinter ihm zu, und da saß er in schwindelmachender Höhe über der Gasse, die er am Morgen noch ahnungslos entlang gegangen war.

Das war wohl ein seltsames Gefühl! Über die Dächer und Schornsteine, über die Straßen, Gassen und Märkte der Heimatstadt hinwegzusehen, bis weit in den grauen Himmel hinein, mit zwei zarten Beinchen unter sich und zwei schwachen Flügeln im Rücken – und doch fähig, sich höher zu schwingen, weiterzukommen, freier zu sein als je in seinen Menschentagen! Tief unter ihm wimmelten die Mitmenschen mit schleppenden, unbeholfenen Füßen ihre mühseligen Wege; hinter der hohen, steilen, gläsernen Wand in seinem Rücken schufteten sie schon wieder an der nie endenden Fron des Alltags – unser kleiner Spatz aber lüftete seine Flügel und stürzte sich mutig in das Äthermeer hinaus.

Oh, er hatte gedacht, er würde erst das Fliegen lernen müssen, und nun trugen ihn seine kleinen Flügel frei und sicher genau auf den Schornsteinkranz, den er sich zum Ziele gewählt! Da saß er, in der gefiederten Brust schlug das kleine Herz voller Mut und Glück. Tief unter ihm waren die großen Kronen der alten Linden, schon ganz entblättert, die so oft unerreichbar hoch ihm zu Häupten gerauscht. In einer Dachstube, nur ein wenig tiefer als er, saß ein Schneider mit gekreuzten Beinen auf seinem Tisch und stichelte eifrig auf ein Stück Tuch los. »Ach, du armer, angebundener Mensch!« dachte der jüngste Spatz der großen Stadt. »Nähst dir die Augen trüb oder gar blind, nur um dir die vier engen Wände und den kahlen Tisch zu bewahren! Immer in Angst um Nahrung und Wärme! Wie frei bin da ich –!«

Hinter den letzten Häusern der Stadt blinkte der große Fluß, Brücken, überwimmelt von Fußgängern und Fuhrwerken, führten über ihn; Herr Spatt brauchte keine

Brücke, er spannte seine Flügel aus, und schon war er drüben im Uferwald.

»Nun wird es aber Zeit, daß ich mich nach dem Onkel umsehe«, dachte er bei sich. »Es knurrt und rumpelt in meinem Magen; mein Mittagbrot habe ich über all den Geschehnissen ungegessen auf der Amtsstube gelassen, und an die Spatzenkost mag ich, so gut mir dieses Dasein sonst gefällt, gar nicht denken. Vorher will ich aber doch noch etwas versuchen.«

Er flog hinter ein Eichengestrüpp, das noch genug Blätter auf sich trug, um ihn vor den Blicken etwaiger Neugieriger zu verbergen, öffnete die Kralle und ließ das Haar fallen. Sofort fühlte er, wie sich sein Leib streckte, die schrägstehenden Beinchen wurden gerade und stark, die flachen Flügel wurden zu runden Armen, der spitze, harte Schnabel zu weichen, breiten Lippen – und ein wenig taumelig stand der Schreiber Guntram Spatt wieder auf der lieben Muttererde. Eilig nahm er das Haar in die rechte Hand und lief, noch sehr unbeholfen, zum Wasser hinunter, um sein Spiegelbild auch genau zu prüfen, ob nichts vom Spatzendasein ihm noch anhafte. Befriedigt schaute er in die klare Flut: »Insoweit hat der alte Bubo wirklich die Wahrheit gesprochen. Wenn nun beim Onkel das Essen auch so gut und die Base auch so schön ist, wie zugesagt, so werde ich einen recht vergnüglichen Winter bekommen.«

Schon hatte er das Haar von der rechten in die linke Hand gewechselt, seine Rückverwandlung zu bewerkstelligen, da sah er auf dem Uferweg den alten Herrn Habergreis würdig einherwandeln. Der alte Habergreis war aber ein berüchtigter Geizhals und Wucherer, der schon manchen ehrlichen Mann an den Bettelstab gebracht hatte. Sofort kam dem jungen Schreiber in seiner jetzigen übermütigen Laune ein herrlicher Einfall, wie dem bösen Knicker ein heilsamer Schreck einzujagen sei. Mit verstellt kläglicher Gebärde näherte er sich ihm, und demütig den Hut in der Hand, bat er um eine kleine Gabe, da er vor Hunger fast ohnmächtig sei. Und wie zur Bestätigung seiner Worte fing sein Magen im gleichen Augenblick gewaltig zu poltern und zu kollern an.

Der alte Habergreis sah ihn mit seinen kleinen, geröteten Augen böse von der Seite an und murrte im Vorübergehen: es sei eine Schande, daß jetzt schon Burschen mit gesunden Knochen einem gebrechlichen Greise das letzte Brotknüstlein abfragten.

Damit glaubte er den lästigen Bittsteller los zu sein, aber der junge Spatt lief hurtig nebenher und, von verstellter Demut zu garnicht verstellter Frechheit übergehend, behauptete er kühnlich, der Aufenthalt der habergreisischen Schätze sei ihm wohl bekannt, und was jetzt bei Tageslicht nicht gutwillig gespendet werde, gehe wohl nächstens nächtens gegen den Willen des Besitzers auf heimlichen Ausflug.

Dem Knicker wurde es gewaltig angst um seine Schätze, aber der Geiz überwog die Vorsicht, und die Taschen mit beiden Händen festhaltend, lief er, angstvoll um Hilfe schreiend, den Uferweg entlang, der ihn in die Nähe von Menschen bringen sollte. Doch ebenso rasch eilte Spatt neben ihm her, seltsamlich hüpfend und mit den Armen vogelhaft wie mit Flügeln schlagend, ließ er nicht ab von dem Alten, und dabei stieß er mit kreischender Stimme die Worte aus: »Rückst du nicht dein Geld heraus, pick ich dir die Augen aus!«

Endlich aber, als schon Menschen in der Ferne auftauchten, rieb er das zauberische Haar zwischen den Fingern und umflatterte nun mit so dringlichem Piep-Piep den Kopf des entsetzten Geizhalses, daß der allen Mut verlor, sich ins Gras sinken ließ und stöhnte: »Ich will ja alles tun, was du befiehlst, großer Hexenmeister. Ich will mein Geld unter die Armen verteilen und nie wieder mehr als zehn Prozent Zins nehmen – nur, ich flehe dich an, laß ab von mir!« Da breitete Herr Spatt wirklich seine Flügel aus, hob sich hoch über die Baumkronen, und hinabsehend auf den Greis, der noch gar nicht an seine Erlösung zu glauben vermochte, dachte er: »Hilft es nichts, so schadet es nichts. Und ein wenig sanfter wirst du doch sein in nächster Zeit.«

Sein Flug trug ihn dahin über ein unermeßliches, sanft wogendes Meer von Baumkronen, fleißig regten sich seine Flügel, emsig spähten seine Augen, ob wohl schon am Horizont der goldene Gockel aufblinke. Aber immer neue Baumwogen folgten den überflogenen, in stille Waldwiesen sah er hinab, auf denen äsend die Rehe standen; bis auf den Grund klarer Seen schaute er, über den sich, langsam gleitend, große, dunkle Fische bewegten. Er sah auch ein Liebespaar, das, sich umfaßt haltend, still einen Waldsteig hinabschritt; ein Holzweiblein sah er verstohlen in einen Scheiterstoß greifen und den verbotenen Buchenknüppel unter dürrem Reisig auf seinem Wäglein verstecken, während der Herr Gehender Förster zwei Schneisen weiter fluchend nach eben diesem Weiblein suchte ... Er sah Schulkinder, die gemeinsam singend nach Haus zogen; eine Ziege, die sich verlaufen hatte und kläglich Meck-Meck schrie, indes doch ihre Herrin suchend immer weiter von ihr fortlief. Er sah einen Langholzwagen, dem im dichtesten Dickicht ein Rad gebrochen war, und der Fuhrmann stand ratlos, abwechselnd fluchend und greinend, daneben; ein Fuchs lief, die fetteste Ente des Herrn Pfarrer im Fang, seinem Bau zu, und ein kleines Mädchen hatte seine mühselige Ernte letzter Brombeeren beim Stolpern aus seinem Körblein verstreut und stand weinend daneben ... Er sah aber auch einen Jungen, der seinen Eichkater im Käfig in den Wald getragen hatte, und der ihm nun seine Freiheit zurückgab. Oh, wie fröhlich huschte das befreite Tier einen Fichtenstamm hinauf, sah noch einmal mit seinen flinken, schwarzen Augen auf den Herrn zurück, sprang noch einmal auf seine Schulter und drückte die Nase zärtlich gegen die Wange des großen kleinen Menschen und tauchte dann unter in dem tausendwegigen Geäst des Waldes ...

Oh, wie weit und fröhlich dünkte dem fliegenden Herrn Spatt die große Welt und wie voller Leben der weite herbstliche Wald, der ihm früher oft so traurig und öde erschienen. Fleißig hob und senkte er seine kleinen Flügel, unablässig suchten seine Augen die Landschaft unter ihm ab, und wenn seine Stimme auch nur ein einfaches Piep abgab statt der tausendfältigen Modulationen der menschlichen Zunge, fröhlicher konnte es auch kein Menschenmund sagen, als dieser Vogelschnabel es tat.

Aber plötzlich war es, als rühre den kleinen Spatzen eine Ahnung drohender Gefahr an. Sein Herz zog sich zusammen, sein Flug wurde zögernder, ja, sogar das Tageslicht schien grauer geworden zu sein. Noch aufmerksamer spähte er in jede Richtung, hielt sich dicht über den bergenden Baumkronen. Und das war gut – denn plötzlich schwebte es dunkel und lautlos von der einen Seite heran und nahe funkelnd erblickte er die großen Augen einer Eule ... Der Spatz machte ein paar rasche Flügelschläge zur Seite, aber auch von dieser Seite schwebte es dunkel und dräuend heran mit gelben, bösen Augen ... Rasch ließ er sich ins bergende Geäst fallen, landete auf einem Zweig, flatterte ihn entlang, bis er geborgen im Astwinkel, dicht an den Stamm gedrückt dasaß. Er hätte sich ja nun leicht am Stamm hinunterlassen können, auf der Erde angelangt, sich in seine menschliche Gestalt zurückverwandeln und unbelästigt von Eule und Uhu den Weitermarsch antreten können, aber schon brach die Dämmerung herein, und es bestand keine Aussicht, in der Nacht auf düsteren Waldpfaden den Weg zum Onkel zu finden. Zudem plagte ihn eine seltsame Neugierde zu erfahren, was es mit diesen beiden Raubvögeln, die ihm seltsam bekannt erschienen waren, wohl für eine Bewandtnis habe.

Schon wollte ihm die Wartezeit fast lang erscheinen, da verdunkelte ein großer Fittich den blassen Himmel über ihm, und lautlos heranstreichend setzte sich die große Eule auf den Ast ihm zu Häupten. Einen Augenblick später wurde es noch einmal düster, und nun war auch der finstere Schuhu angelangt. »Ein Jammer, daß ich nicht Eulisch verstehe«, dachte Herr Spatt bei sich. »Was für eine seltsame Unterhaltung würde ich dann wohl jetzt zu hören bekommen!«

Aber wie erstaunte er, als er den Uhu in bestem Deutsch mit einer sehr bekannten Stimme sagen hörte: »Ich sage Euch doch, Herr Rat, er wird längst seine Menschengestalt angenommen haben und zu Fuß den Weg zu seinem Onkel machen.«

»Nur Seine Unachtsamkeit ist an allem schuld, Schuhu!« schalt darauf die Eule. »Hätte Er besser in der Amtsstube aufgepaßt, hätte der Bursche nie mit dem Spatzen reden und das zauberische Haar in seinen Besitz bringen können.«

»Aber ich sage Euch doch, hoher Herr Rat«, hörte Herr Spatt den alten Schuhu recht lügnerisch krächzen, »ich habe mit Euerm Klienten nicht länger als drei Minuten gesprochen, und doch war, als ich zurückkam, das Unglück schon geschehen.«

»Und nicht einmal gemerkt hat Er etwas davon, Bubo«, erboste sich die Eule. »Da mußten erst kostbare Stunden vergehen, bis ich kam und alles entdeckte.«

»Bei Tage taugen meine Augen wenig«, entschuldigte sich demütig der Schuhu. »Gestattet, Herr, daß wir jetzt schnell zum Spattschen Hofe fliegen. Da wird sich rasch eine Gelegenheit finden, ihm das Haar zu entreißen und unserer Tante einen warnenden Bescheid zu geben!«

»Und zusammen kommen die beiden Kinder doch«, grollte der Herr Rat. »Nie hätte das geschehen dürfen! – Aber heute nacht können wir doch nicht dorthin, ich muß jetzt sofort zu meinem Freunde Habergreis, den der leichtfertige Bursche ganz von Sinn und Verstand geflattert hat. Morgen will ich dann sehen, was auf dem Spattschen Hofe noch zu retten ist. – Er aber, Schuhu, bleibe hier noch eine Weile auf der Baumspitze sitzen, und paß Er mir gut auf, ob Er den Flüchtling nicht doch noch erspäht! Dann aber fliege Er eilig auf die Geschäftsstube, Er weiß, wir müssen dem hoffärtigen Hintermeyer heute nacht noch ein artig Tränklein aus unseren Akten brauen!«

Dazu lachte die Eule so hämisch, teuflisch, daß dem kleinen Spatz ein eifriger Schrecken durchs Gebein fuhr; in einem ganz anderen Licht erschien ihm plötzlich die Schreiberei, die er harmlos und ohne viel nachzudenken ausgeübt. Und daß sein ehemaliger Brotherr (der es nie wieder sein sollte, so schwor er sich) gerade ein Freund des habgierigen Habergreis und ein Feind des wohltätigen Hintermeyer war, wollte ihm auch wenig gefallen. Zudem klangen ihm die dunklen Anmerkungen über sein Geschick, das so seltsam mit dem der unbekannten schönen Base verknüpft schien, gar nachdenklich in den Ohren, und er hätte gar zu gerne gewußt, wer denn die Tante sei, die auf dem Hof des Onkels mit den eulischen Bösewichten im Bündnis lebe. Doch machte ihm das alles das Herz nicht sehr schwer, er verließ sich auf sein Glück, von dem er heute schon mehrere Proben erlebt zu haben meinte, und auf seinen guten Verstand.

Die Eule war lautlos davongeschwebt, im Geäst oben hatte es ein wenig geraschelt, wohl davon, daß der lügnerische Schreiber Bubo seinen Luginsland bezog, und Herr Spatt wünschte nur, daß dem der erfolglose Ausguck recht bald leid werde, denn bequem saß er nicht auf seinem einen Bein, da er mit dem anderen das Haar halten mußte. Auch brach die Dämmerung immer rascher herein.

»Lieber Bruder!« krächzte es plötzlich von der Tannenspitze her – und Herr Spatt hätte in unsäglichem Schrekken fast das Haar fallen lassen. »Erschrick nicht, ich habe längst den Zipfel deiner graubraunen Jacke unter dem Ast hervorlugen sehen, auf dem wir über dir saßen. Meine Augen sind sehr viel besser, als der Herr Rat wahrhaben will, und jedenfalls sehen sie schärfer als die seinen. – Ja, ich weiß, lieber Bruder, du möchtest mich mancherlei fragen, aber die Kraft des Haares in deiner Kralle ist begrenzt und du bringst es nicht über ein jämmerliches Piep hinaus. Fliege nur ungescheut los, und in wenigen Augenblicken hast du den Hof des Onkels erreicht. Dort wirst du schon alles zur gegebenen Zeit erfahren, was dir zu wissen not tut, nur merke dir eines: Küssemund ist ungesund!« Und damit erhob sich der große Schuhu, heiser aufkrächzend, in die Luft und flog von dannen, als wisse er recht gut, daß der Bruder Spatt ihm nur halb, nein, gar nicht traute, und nie losfliegen würde, solange er noch in der Nähe sei.

Eine kleine Weile saß der Spatz noch geduckt im Baum, dann aber hob er sich in die Lüfte, und mit dem letzten Tagesschimmer flog er eilig nach Süd. Die untergehende Sonne durchbrach noch einmal das dichtgeballte Regengewölk, in der Ferne blitzte es, funkelte es – und nun war der große Wald zu Ende, Wiesen und Felder lagen sanft hingestreckt unter dem Fliegenden, als ruhten sie aus von der Beschwernis des Sommers; der Turmhahn funkelte heller ... Mit einem Gruß flog der Spatz an ihm vorbei und überflog erst einmal, Einblick zu gewinnen, das Dorf.

Stattlich lag es da, ein behäbiger Hof neben dem andern, mit den räumigen, weißgetünchten, rotbeziegelten Wohnhäusern, die ererbten und bewahrten Wohlstand bewiesen; mit den langgestreckten Viehställen, aus denen hungrig jetzt die Stimme der nützlichen Insassen klang; mit den sauber geschichteten und getrampelten Dunghaufen, der nächstjährigen Ackernahrung; und mit den hohen Scheunen, die doch noch zu klein für den Erntesegen gewesen waren, denn manche Miete stand noch auf dem Acker. Jeder Hof führte sein Wahrzeichen: hier war es eine Reihe von Kastanien die Dorfstraße entlang, dort hatte ein längst begrabener Bauer Walnüsse angepflanzt, und ihre ungeheuren Kronen rühmten noch heute den Toten. Auf dem First einer Scheune lag ein großes Storchennest; ein anderer aber, dem wohl ein Bruder zur See fuhr, hatte die Barten eines Walfisches als einen Laubengang von der Straße zum Haus gesetzt.

Und hier ragte auch, angezeigtes Wahrzeichen Spattschen Geschlechtes, die stattliche Linde in den Abendhimmel, immer noch stattlich, trotz der drei abgestorbenen Äste. Dicke Eisenbänder um ihren Stamm legten Zeugnis davon ab, daß der jetzige Besitzer nicht willens war, die alte Gefährtin seines Hauses ohne Kampf dem Zerfall zu überlassen. Erhöht über allen anderen Häusern des Dorfes lag der Hof, in enger Nachbarschaft zu Kirche, Pfarrhaus und Schule, an einem kleinen Platz, zu dem sich hier die Straße weitete. Geräumiger noch schien dem Spatzen das Haus, länger die Ställe, höher die Scheunen – und mit einem Gefühl ungekannten Stolzes sah er auf den Hof hinab; mit einer noch nicht erfahrenen, freudigen Erwartung dachte er des kommenden, friedlichen, geruhsamen Winters.

Sorglich spähte er nach einem günstigen Fleck aus, auf dem unbeobachtet die Verwandlung aus einem Federwisch in eine Weißhaut zu bewerkstelligen sei, und er entschied sich für eine Laube, die, halb hinter Büschen verborgen, dunkel und verlassen im Garten an des Onkels Hause stand. Froh nun doch, den weiten Flug vollbracht zu haben, ließ er sich zur Erde hinab, hüpfte in die Laube, und wollte gerade das Haar aus der Zehe fallen lassen, als das Geräusch nahender Schritte und Stimmen ihn warnte, noch ein wenig mit der Verwandlung zu warten. Hastig hüpfte er unter die Holzbank, und kaum saß er im dunkelsten Winkel, als die Laube auch schon betreten und die Bank über ihm besetzt wurde. Nun war es ganz dunkel um ihn, denn gegen den einzigen Fleck, der ihm noch ein wenig Helligkeit gespendet, den Laubeneingang, standen jetzt zwei Paar Beine. Hatte der Herr Spatt am Nachmittag bei seinem Flug über den Wald sich viele Male die Vorteile freien Spatzenblickes vor dem überall verstellten Menschenblick gerühmt, so mußte er nun am Abend noch erfahren, daß sehr wenig dazu gehörte, einen Spatzenblick zu verstellen, nämlich nur ein paar Hosen und ein Frauenrock. Freilich war's ihm auch wieder ein prikkelnd Gefühl, daß er nun die ihm als so schön gerühmte Base nicht händeschüttelnd und von Angesicht zu Angesicht kennenlernen sollte, sondern als ganz ungefährdeter Beobachter bei einer vielleicht verbotenen Heimlichkeit.

»Wir sollten uns hier nicht so setzen«, sprachen mit grober Stimme die Hosen. »Ich muß noch die Pferde tränken und misten, Heu herunter stoßen, Holz in die Küche, Wasser ins Schaff tragen ...«

»O weh!« dachte der Spatz, »das klingt nicht nach Winterruhe.«

Doch da lachte oben auch schon der Rock silberhell: »Oh, du peinlicher Brummbär, jetzt wird's Winter, und was heute nicht geschieht, wird morgen getan. – Aber warum ich dich gerufen habe«, setzte sie leiser und geheimnisvoller hinzu, »heute abend oder doch noch in der Nacht kommt Verwandtschaft auf den Hof, man hat mir Botschaft gesandt ...«

»Wie kannst du Botschaft haben?!« sprachen verdrossen die Hosen. »Ist doch seit drei Tagen kein Fremdes auf den Hof gekommen.«

»Ach du Dummer!« lachte der Rock. »Weißt du denn noch immer nicht, daß es eine Post gibt und daß man Briefe schreiben kann?!«

»Wohl, wohl«, klang's unzufrieden. »Das weiß ich nun auch, daß so ein glattes, dummes Stück Papier sprechen kann. – Aber auch der Briefträger hat sich nicht sehen lassen seit einer Woche. Nein, nein, ich fürchte, du hast dich wieder, trotz deines Versprechens, mit dem bösen Dreibein eingelassen ...«

»Wie du nur so reden magst«, sprach das Mädchen unwillig und doch mit listiger Zärtlichkeit. »Versprochen bleibt versprochen, und das alte Zulpmaul mit seinen Eulen, Raben und Elstern ist mir ein rechter Ekel. Nein, höre mir lieber gut zu, es hat alles seine Richtigkeit, was ich dir erzähle, und dich geht es am Ende am meisten an.«

»Ob das die Tante ist vom Herrn Stadtrat?« überlegte der Spatz unter der Bank. »Aber sicher ist, daß die Tochter da über mir hockt. Doch warum sie sich mit solch grobem Klotz abgibt, das verstehe ich nicht.« Und der warnende Spruch flog ihm durch den Kopf: »Küssemund ist ungesund!«

»So erzähle schon«, sprachen verdrossen die Hosen zum Rock. »Mir ist ganz, als hörte ich des Bauern Stimme vom Hof.«

»Also, daß Verwandtschaft heute noch kommt, habe ich dir schon gesagt«, sprach eifrig das Mädchen. »Aber was es für Verwandtschaft ist, das weißt du noch nicht. Ein verschollener Neffe und Vetter ist es, ein junges Bürschlein, wie Milch und Blut, aus der Stadt, mit weißen Patschchen wie ein klein Kind und einem braunen Schnurrbärtchen so zart wie Gänseflaum.«

»Und was geht mich das an?« sprach brummig die grobe Stimme. »Meine Arbeit werden mir die weißen Patschchen nicht abnehmen.«

»Oh, über den langsamen Kopf von euch Männern in Liebesdingen!« rief das Mädchen unwillig aus. »Nein, deine Arbeit im Stall wird dir das Stadtherrchen schon nicht machen, aber neugierig wird es sein, wie deinem Mädchen sein braunes Schnurrbärtchen mundet.«

»Da soll doch der Teufel sich selber küssen!« riefen zornig die Hosen. »Sehe ich ihn nur einmal die Augen süß verdrehen, so gebe ich ihm eins hinter die Löffel, daß er den Doktor holen lassen muß!«

»Nicht doch! Nicht doch!« rief das Mädchen. »Wie du doch immer gleich so grob daherfährst. Gut und in aller Freundschaft wird der verlorene Vetter vom Hof aufgenommen werden, und wenn du dich ihm feindlich stellst, so wird nicht er es sein, den man aus der Türe tut.«

»Sondern wer?« fragten dumm die Hosen.

»Nein, wir müssen fein listig sein und ihm mit verstellter Freundlichkeit entgegentreten – auch du! Auch du!«

»Böh!« machten die Hosen.

»Ja, du kannst es schon, wenn du nur willst. Aber ist er dann ganz sicher und fühlt sich wie das Küken unter der Henne, so kann ja«, flüsterte sie ganz leise, aber die Spatzen hören fein, »so kann ja einmal im Dunkeln eine Bodenluke offenstehen, oder Langholz kann vom Wagen zurückrollen, oder eine Wand in der Sandgrube gibt nach ...«

»Hast du doch mit der alten Tratschen geratscht!« sprachen die Hosen böse und sprangen mit einem Ruck auf. »Das ist Stank aus ihrem Gifttopf, wie er auch den Bauern krank macht – das rieche ich!«

»Aber höre doch –!« rief fliegend das Mädchen.

»Nein, nun gehe ich zu den Pferden. – Angst brauchst du nicht zu haben, verraten tue ich dich nicht, und helfen tue ich ihm auch nicht, und wenn er denkt, er kann hier scharmutzieren, so bekommt er es mit mir zu tun – aber Gift aus dem Sudeltopfe, nein!«

Und damit ging er endgültig fort und ließ das Mädchen zwischen Weinen und Zorn zurück. »Oh, der Tölpel, der Dummkopf!« schalt sie, und noch im Schelten klang ihre Stimme so süß, daß des Spatzen Herz zitterte. »Du törichter Starrsinn – na, warte du!«

Nun ging auch sie aus der Laube, und der Spatz blieb allein in einem Zustand höchsten Erstaunens und tiefster Verwirrung. Mancherlei an dem belauschten Gespräch wollte ihn recht seltsam bedünken, aber jetzt war keine Zeit für langes Nachsinnen, so sehr drängte es ihn, die schöne, mörderische Base, den vergifteten Onkel, das widrige Dreibein, den groben Knecht von Angesicht zu sehen. Rasch ließ er das Haar fallen – und fuhr kräftig mit dem Kopf gegen die erbebende Laubenbank, denn in seinen Gedanken hatte er ganz vergessen, vor seiner Verwandlung unter ihr hervorzutreten.

Sich den Schädel, auf dem schon eine stattliche Beule zu wachsen begann, reibend, trat er ins Freie, rückte sein Röckchen zurecht und ging klopfenden Herzens auf das Haus zu.

## Zweites Kapitel

»Ein stattlicher Mann in der Tat, und auch korpulent.«
Shakespeare, ›König Heinrich IV.‹

Eine saubere junge Magd wies ihn aus der Küche über eine mit roten Steinen ausgelegte Diele in ein fast enges Gemach, wo an einem prasselnden Ofenfeuer ein großer, rundleibiger, blondbärtiger Mann mit feurigem Gesicht, seine Pfeife rauchend, saß und neben sich ein Glas mit lieblich riechendem Punsch und einen Teller mit rotbäkkigen Äpfeln stehen hatte. Nun er vor dem fremden Manne stand, der sein Vatersbruder sein sollte, wurde dem jungen Schreiber recht beklommen zumute, und so krampfhaft er auch nachsann, sein Kopf vermochte auch nicht einen Satz zu erdenken, der mit einigem Anstande über die Zunge zu bringen gewesen wäre.

Doch der Onkel nahm ihm die Anrede ab. Aufstehend und die Pfeife aus der Hand legend, trat er dem Neffen liebreich entgegen, bot ihm die Hand und sprach: »Da bist du ja doch noch, Guntram, hatten wir dich schon beinahe nicht mehr erwartet. Nun, die Wege sind im Novembermonat, ehe sie der Frost wieder mit einer festen Decke überzieht, oft grundlos, und es mag ein mühseliges Gehen von der Stadt bis zum Spatzenhof gewesen sein.« Er lachte. »Jetzt aber setze dich dort in den Winkel des alten Ledersofas. Dort hat dein lieber Vater auch immer gerne gesessen. ›Habe ich doch die Wärme vom Ofen, nicht die Hitze‹, sagte er dann. Und jetzt will ich sehen, ob die Mädchen noch etwas von diesem ermunternden und wärmenden Getränk haben – ganz durchkältet und ermattet mußt du ja sein, Guntram.« Damit nickte der Onkel dem Sprachlosen noch einmal freundlich zu und ging aus der Stube.

Ganz verwirrt saß der junge Schreiber Spatt in seinem Winkel. Zu absonderlich hatte sich an einem einzigen Tage sein Schicksal gewandelt. Die liebreiche Erwähnung des verstorbenen Vaters, von dem er fast nichts wußte, die Anrede mit seinem Taufnamen Guntram, die – ach so viele Jahre schon! – niemand gebraucht, der wohlhabende Hof, die angenehm nach Fichtenkien und Punsch duftende Stube – all dies bewegte sein Herz so, daß er am liebsten vor gerührter Schwäche geweint hätte. Ganz schlecht aber und recht hinterlistig kam er sich vor, daß er den guten Oheim im Glauben gelassen, er sei auf einem mühseligen Wege hierher gepilgert. Völlig notwendig schien es ihm, dem Onkel sofort von all den argen Ränken und Schlichen zu berichten, die, er fühlte es gut, nicht nur um die eigene Person, sondern um Hof, Oheim, Verwandtschaft gespensterten. Aber dann war es doch, als erhebe sich eine warnende Stimme in seinem Innern: »Nicht zu früh pfeife dein Lied, kleiner Spatz!« klang es – und würde denn der Oheim diesen ganzen wüsten Wust aus Aberwitz, Verwandlung, Zauberei, Mordplänen glauben können?! Müßte er doch des Ohms eigene Tochter in schlimmsten Verdacht ziehen! Nein, besser war es schon, still zuzuwarten und, vielleicht ganz ohne den Oheim zu betrüben, die Arglist der Bösen zunichte zu machen. Ein unbändiges Kraftgefühl, ein festes Vertrauen auf seinen guten Stern beseelten ihn; leicht schien es dem dankbaren Jungen, die gefährlichen Wolken zu vertreiben!

Hinter dem zurückkommenden Oheim betrat ein schlankes, dunkles Mädchen, mit beiden Händen eine dampfende Terrine und ein Glas mit klirrendem Löffel auf dem Tablett tragend, die Stube. Staunend, ungläubig, sah der junge Schreiber die strenge Schöne an.

»Nun gebt euch beide die Hände!« rief, wohlgelaunt nach der geliebten Pfeife greifend, der Onkel. »Dies ist deine Base Monika, meistens Mönchen genannt, aber auch, wenn sie einmal lacht, was sie aber meistens im Verborgenen tut –«

»O Vater –!«

»... Weil es gar so hell und fröhlich klingt, die Harmonika genannt. – Und dies, Mönchen, ist dein Vetter Guntram, der vor jetzt zwanzig Jahren dein eifriger Kavalier gewesen – so emsig hat der damals Fünfjährige deine Wiege getreten! Nun, staunt euch nicht weiter an, gebt euch endlich die Hände, und wenn ihr wollt, auch einen Begrüßungsschmatz, aber nur dies eine Mal und nur unter meinen Augen ...«

Blutübergossen starrten die beiden jungen Leute einander an. »Sie ist es«, tönte es in Spattens Brust. »Oh, in welch schönes Kleid wirft sich doch bei den Frauen Lüge und Verrat!«

»Oho, junger Freund!« rief laut lachend der Oheim. »In deinen Jahren hätte mir keiner solche Aufforderung zweimal sagen müssen! Frisch zu, Guntram, die Rose gepflückt –!«

»Der Vater meint es nicht so«, flüsterte das schöne Mädchen, und doch war es beinahe, als wölbten sich die Lippen ihm schon entgegen, als senke sich der schwarze Wimpervorhang der Augen, um die Preisgabe der Herrin nicht ansehen zu müssen. Schon fühlte der junge Guntram sein Blut heiß und seine Knie schwach werden –

Da fing vom Schritt des Vaters der Löffel im Glase silbern zu klirren an, »Küssemund, Küssemund – Küssemund ist ungesund!« klirrte er, an der Stubentür raschelte es, und herein schob sich eine stattliche, weißhaarige Frau, mühsam an einem Stocke gehend, mit häßlich hängender Lippe, aber noch mit allen Farben der Jugend im Gesicht, und einem lebhaften, leuchtenden Auge. »Ei, ei, Vetter«, rief sie schalkhaft auf die bestürzt Auseinanderfahrenden deutend, »hier störe ich wohl. Jetzt, da nun neues junges Blut im Hause ist, wird man wohl an jeder Tür erst artig auf französische Art pochen und geduldig auf das Herein warten müssen –?! Mönchen – Mönchen –!«

»Wie die Frau Tante auch reden mag!« sprach die Base und warf stolz den dunklen Kopf zurück. »Wenn mein Vater dabei steht, wird wohl nichts gegen Sitte und Anstand geschehen –!«

Ein seltsam widriges Gefühl kämpfte in dem jungen Schreiber: alles, was die Base tat und sprach, trug den Anschein äußerster Wahrhaftigkeit, und doch vermochte er ihr nicht zu glauben. »Alles Lüge und Verstellung«, klang es in ihm. War es nicht ein abgekartet Spiel, das sie mit der häßlichen Alten trieb? Zwinkerten sie nicht einander zu? Lächelten sie jetzt nicht in geheimem Einverständnis?

»Dafür möchte ich mich nicht so verbürgen!« rief die Muhme jetzt mit einem falschen Lachen. »Du hättest deinen Vater nur in seinen Sausejahren sehen sollen! Da war er ein rechter Kirschendieb.«

»Die Frau Muhme«, sprach der Oheim verdrossen, »hat heute ihren schlechten Tag. Sie scherzt nur, und morgen wird sie in besserer Laune widerrufen, was sie heute gesagt.«

»Sei nicht so sicher, mein Freund«, rief die Alte rasch. »Die Nachrichten, die mich soeben aus der Stadt über unseren Großneffen und Neffen dort erreichen, werden noch manchen Tag meine Galle erregen. – Ist denn das die neumodische feine Art«, wandte sie sich eifernd an den jungen Mann, »daß man ohne jeden Abschied von solch gütigem Brotherrn fortläuft, daß er gar meint, es sei dem ihm Anvertrauten ein Unglück zugestoßen, und stundenlang alle Straßen und Plätze der großen Stadt durchsucht –?«

Jede Sekunde die Farbe wechselnd, verlegen mit dem Fuße scharrend, stand der Schreiber vor der zornigen Anklägerin. Unmutig sahen die Augen des Onkels auf den neugewonnenen Neffen, voller Zorn und Arglist die der Tante, aber voll tiefen Mitleids, schien es ihm, war der Blick der schönen Base. Plötzlich ganz gesammmelt setzte er zu einer Verteidigungsrede an: »Aber ich versichere Euch, Frau Großmuhme, die Umstände meiner Abreise waren wohl sonderbar . . .«

»Ach, wischiwaschi Großmuhme!« rief ärgerlich die Tante. »Denn, was das Schlimmste ist, seit der überstürzten Abreise von diesem da vermißt der Herr Ratsherr seine schöne, goldgefaßte Schwanenfeder, die ihm so lieb war, daß er sie nur zu den feierlichsten Namenszügen benutzte. – Aber was sehe ich da –? Was schaut da aus Eurer Jacke –?! Frischweg und nicht gezaudert, Jüngelchen, macht Euern Spenzer auf und zeigt, was da so weiß und gülden unter seinem Rand vorschimmert.«

Ganz bestürzt, zitternd ob der ungerechten Anklage, starrte der Jüngling in die Runde. Richtete dann den Blick auf sein Jäcklein und – siehe da! – aus der Tasche, in die er vorhin vielleicht etwas eilig das Zauberhaar gesteckt, lugte jetzt die ihm wohlbekannte, kostbare Schwanenfeder des Ratsherrn –!

Verzweifelnd hob er die Hände zum Gesicht.

»Er gesteht den Diebstahl!« frohlockte die Alte. Finster schauten des Oheims Augen – da berührte eine zarte Hand leise die seine, »Du mußt mir nur vertrauen!« hauchte es an seinem Ohr, und »Was ihr nur alle seht!« rief die Base Monika. »Wo schimmert es denn weiß und gülden?!«

Und indem sie mit leichten Fingern die Knöpfe der Jacke löste, wies sie die Tasche, die leer schien. »Ach!« rief sie, »da haben wir ja des Rätsels Lösung. Ein Haar, zwar nicht weiß, aber spatzengrau, vielleicht hat es im Lampenschein gülden geschimmert. Da, Vetter«, sprach sie mit Bedeutung und gab es ihm zurück in die Hand, »da hast du es wieder, und verwahre es ein andermal besser, daß es dich nicht wieder in arge Verlegenheit bringt.«

»Hoho, hoho! Ein Haar«, lachte der Onkel. »Und die Frau Muhme sieht es für des Herrn Rat Schwanenfeder an! Und weiß der Deixel, einen Augenblick war es mir doch selbst, als sähe ich sie unter der Rockkante hervorlugen.«

»Freilich, freilich!« schalt die Alte. »Was die Augen sehen, ist schon da! Wer aber freilich solche Bundesgenossen hat –!«

»Genug jetzt der Beschuldigungen!« unterbrach die eifernde Alte mit ungewohntem Ernst der Bauer. »Auch in Euerm Interesse will es mich bedünken, Frau Muhme, den Fall nicht weiter zu untersuchen. Sonst möchte es uns gar seltsam erscheinen, daß Ihr schon Botschaft von Abreise und Verbleib meines Neffen habt, der doch in dieser Stunde erst hier eingetroffen. Genug und aber genug!« rief er heftig gegen die Alte an, so daß sie sich erschrocken duckte. »Und du, Neffe Guntram«, sprach er sanft, »laß dir jetzt von deiner Base die Schlafkammer zeigen, und vielleicht prüft ihr auch gemeinsam, was die Lade, die der Fuhrmann schon vor einer Woche dir herangerückt, an Zweckmäßigem und Schönem enthält. Dein Wams, so richtig es für die Schreibstube eines städtischen Ratsherrn gewesen sein mag, scheint mir für einen ländlichen Winter doch ein wenig dünn. – Nun, nun«, beruhigte er den dankbar Erregten, »ich werde doch meinem Bruderssohn noch ein paar Röcke und Hemden schenken dürfen.«

»Aber ich verstehe nicht, Oheim«, sprach der junge Schreiber ängstlich, »diese plötzliche Wandlung all meiner Lebensumstände ...«

»So hat dir der Herr Rat noch nichts gesagt? Nun, es wird sich schon eine ruhige Stunde finden, in der wir alles wie Vater und Sohn ernsthaft miteinander besprechen. Gehe nur immer deinen Weg gerade durch, daß du niemanden zu scheuen hast, so wird sich schon alles zum Guten wenden.« Der Oheim seufzte, und ängstlich sahen die Augen der Tochter auf sein trüb gewordenes Gesicht. Doch in frischerem Ton, die Sorgen von sich schüttelnd, fuhr er fort: »Jetzt geht, ihr beide, und eilt euch ein wenig, damit ihr zum Abendessen rechtzeitig bereit seid.«

Damit entließ er sie, und Guntram trat hinter Monika, die bei den letzten Worten des Vaters eine Kerze in einem messingnen Leuchter entzündet, aus der Stube.

Im Kopfe unseres Herrn Spatt brauste und summte es wie in einem Bienenkorbe vor dem Ausflug der Frau Königin. Ganz verwirrt stieg er hinter seiner Führerin die breite Treppe aus dunklem Holz in den Oberstock des Hauses hinauf, und wenn er sah, wie der Lichtschein der Kerze den Umriß der dunklen Gestalt umgoldete, so bewegte ihn qualvoll die Erwägung, daß keine lichte Freundin vor ihm herschritt, sondern eine böse Feindin. Wohl hatte sie ihm bei der Schwanenfeder geholfen, wohl hatte sie ihm gar das Zauberhaar, das sie in der Verwirrung jener Sekunde gut hätte behalten oder vernichten können, zurückgegeben – aber wer konnte denn ermessen, wie feingesponnen die Ränke einer waren, die so leichtfertig von einer offenen Luke, einem zurückrollenden Baumstamm sprechen konnte. All das Neue, was der Oheim geheimnisvoll angedeutet, die garnicht zufällige Reise, die arglistig unterbliebene Erklärung des Herrn Stadtrat, die Lade mit schönen Dingen, wie er sie nie besessen – all das war klein und unbedeutend neben der zornigen Trauer über die Arglist der schönen Base. Wäre sie weniger schön gewesen, hätte ihr dunkelgebräuntes Gesicht unter dem schweren Kranz der Flechten weniger den Stempel der Reinheit und Unschuld getragen – er hätte ihr leichter verziehen. »Du mußt mir nur vertrauen –!« hatte sie geflüstert, aber ihr Flüstern war Lüge gewesen und ihre Unschuld war Verrat! Mußte er auch zum Onkel, zu jedermann schweigen und tun, als wüßte er nichts von dem bösen Spiel um ihn herum, dieser argen Feindin gegenüber war solche Vorsicht nicht not.

Und doch wurde sein Herz sofort wieder weich und wollte den Kopf überreden, alles sei bloßes Hirngespinst, als in der wohnlichen Kammer die Schöne, nachdem sie den Leuchter auf das Ofensims gesetzt, ihm noch einmal zum Willkommen die Hand bot: »Hier wirst du wohnen, Vetter. Hoffentlich sagt es dir zu auf dem Spatzenhof.« Und sie lächelte.

Er tat, als sähe er die ausgestreckte Hand nicht. »Das wird auf die Bewohner ankommen«, sagte er.

»Wie eigen du doch sprichst, Vetter!« wunderte sie sich. »Meinst du die Muhme –? Sie ist, wie alte Leute oft, ein wenig schrullig, aber sie will wohl nur das Gute. – Wenn es manches Mal auch gar anders aussieht«, setzte sie leise hinzu.

»Jawohl, ich meine die Muhme«, erhitzte der junge Schreiber sich. »Aber viel mehr noch meine ich jene, die mit glatter Haut und frommer Miene Unschuld heuchelt, im Herzen aber schwärzeste Pläne gegen den Gast hegt.«

Das schöne Mädchen sah aufmerksam den erregten Vetter an, von der Seite fiel der Kerzenschein voll auf ihr ernstes Gesicht. Der Vetter sah, saß sie die weißesten Zähne scharf auf die Unterlippe gesetzt hatte, als sei auch sie jetzt erregt. Aber sie wußte sich besser zu bezwingen, als er es konnte. »Vetter Guntram«, bat sie sanft, »warte noch mit deinem Urteil, bis du einige Tage hier geweilt, man muß nicht zu schnell verdammen, und oft trügt der Schein ...«

»Ja, der schöne Schein ...«, höhnte er böse und sah ihr keck ins schöne Gesicht.

»Sieh doch«, fuhr sie sanft fort, als hätten seine bösen Worte ihr Ohr nicht erreicht, »diese Astern aus dem Garten habe ich dir unter den Spiegel gestellt. Es sind die letzten. – Wollen wir jetzt deine Lade öffnen –?«

Aber je mehr sie sich liebreich um ihn bemühte, um so stärker entfachte sie nur seinen Zorn. »Ja«, rief er böse,

»ich sehe die schönen Blumen wohl, mit ihren rosenroten, bläulichen und weißen Farben, aber ich frage mich, ob sie nicht feige vergiftet sind, wie eine andere Schöne –!«

»Vetter!« zürnte das Mädchen nun auch, hochaufgerichtet, und ihr Antlitz flammte. »Vetter, hätte dich der Vater nicht so eindringlich empfohlen, ich machte die Tür zwischen uns zu, und nie wieder gäbe es ein freundlich Wort unter uns. – Höre doch«, fuhr sie sanfter fort, »nie hätte ich dich daran gemahnt, aber jetzt muß es ja sein. Kann denn deine Feindin sein, die dich von der Beschuldigung mit der gestohlenen Schwanenfeder rettete –? Nein, Guntram, man soll auch des Feindes Stimme nicht gar zu sehr lauschen ...«

Als sie ihm zürnte, wäre er beinahe schwankend geworden, doch da sie nun wieder sanft mit ihm sprach, entflammte sich sein Zorn von neuem. »Keines Feindes Stimme habe ich gelauscht«, rief er empört. »Deine eigene Stimme hat mir deine Schändlichkeit verraten, du schlechtes Mädchen! Ja, das sinnst du, den Gast mit deiner glatten Larve zu betrügen, um ihn dann in einen jähen, schrecklichen Tod zu stoßen. O Augen!« rief er und schüttelte in Ingrimm die Fäuste gegen die Erbleichte, »so sanft und voller Unschuld – ihr feigen Überlister und Häscher! O Stirn, so hoch und rein – und birgst doch einen ganzen Giftpfuhl verräterischer Gedanken! O Wangen, sanft gerundet und mit dem Flaum schönster Jugend – ich sehe die Arglist, die mit euch Fallen stellt! O Mund, Mund ohne gleichen, zum Kuß reinster Liebe gewölbt – der doch nur ein Judaskuß ist! Ach, Mädchen, Mädchen«, rief er trauervoll, und die nahe Betrachtung und Beschreibung des schon so geliebten und so gehaßten Gesichtes hatten ihn ganz toll gemacht. »Wem soll ich denn noch glauben, wenn soviel Schönheit und Reinheit lügen. Aber einmal, einmal will ich doch berühren, vor dem mich ekelt, einmal will ich ...«

Er zog die schreckhaft Erstarrte nahe an sich, er neigte seinen Mund auf den ihren. Einen Augenblick war es ihm, als erklinge, immer stärker anschwellend, eine süße, leise Melodie ... Aber widrige Töne mischten sich hinein, es schrie wie zerreißende Seide, es klirrte wie zerspringendes Glas, der Leuchter auf dem Ofensims begann einen blechern klappernden Tanz, eine gelle Stimme krächzte: »Jüngchen, Jüngchen, Küssemund ist ungesund!«

Der haßverliebte Schreiber spürte einen derben Schlag, und als er die Hand zum Gesicht führte, färbte sie sich von der blutenden Nase rot. Unter der Tür stand bleich die schöne Base und sprach voller Zorn: »Es ist aus zwischen uns, Vetter. Ungerechten Verdacht konnte ich ertragen, aber feige Vergewaltigung einer Schwachen ist jedes ehrlichen Mannes unwürdig. – Um des Vaters willen, der bereits Sorgen genug zu tragen hat, bitte ich dich, in seiner Gegenwart das Nötigste zu mir zu sprechen, sonst«, sagte sie, und lächelte trübe, »wird es dir ja auch lieber sein, meine Arglist zu entbehren.«

»Base!« stammelte Guntram, dem der Schlag allen Zorneseifer ausgetrieben. »Monika, ich weiß nicht, was mich überkam ... feindliche Geister und ihre Täuschungen ... ich habe mich geirrt ...«

»Vetter«, antwortete das schöne Mädchen kalt. »Es mag mit den bösen Geistern bestellt sein, wie es will – und ich leugne ihr Unwesen nicht –, unverrückbar bleibt dem Menschen in der Brust das eigene Herz. Vertraut er nur seinem eigenen Schlag, folgt er seiner Stimme, wird die Gaukelei aller Nachtalben zunichte. Nein«, fuhr sie mit größerer Festigkeit fort, »nein, es ist aus zwischen uns. Du hast dein eigen Herz durch feigen Überfall geschändet. Wie kann ich dir nach diesem noch einmal vertrauen? Du müßtest dir ja ein ander, ein neues Herz in die Brust setzen. Nein, aus ist es.«

Und über diesem dritten »Aus« klappte die Tür, und

der betrübte Schreiber war allein. Zuerst einmal kam er freilich nicht in den rechten Genuß seiner Betrübnis, denn das Sacktuch, mit dem er seiner blutenden Nase zur Hilfe gekommen war, hatte sich längst über und über rot gefärbt. So hielt er denn den Kopf in das kleine Waschbekken, auf dessen gelblichen Grund in bläulichem Geäst ein blaues Vögelchen gemalt war –: »Sicher ein Spatz!« Langsam verschwand der Vogel unter einem rosigen Gewölk, das sich immer röter färbte; und als die Nase nicht mehr tropfte, war nichts mehr von ihm zu sehen. Der Schreiber Spatt richtete den Kopf wieder in die Höhe. Die Beule unter dem Haar schmerzte, und trotz Aufhörens der Blutung fing die Nase kräftig zu schwellen an. Verzweifelt betrachtete er sich in dem kleinen, grauen Spiegel – war er das noch, der heute am frühen Morgen säuberlich gewaschen und wohlanständig gekleidet auf die Geschäftsstube gegangen war? Entsprach dieses rotverschwollene Aussehen dem befreiten Spatt, der im fröhlichen Flug über die Lande sich jedem kleinen Menschenwerk entrückt glaubte? Erinnerte er sich, wie er vor wenigen Stunden erst den bösen Geizhals Habergreis lustig und doch streng bestraft, und wie er jetzt überraschend einer nicht weniger strengen Strafe unterworfen war – erschien ihm alles wie ein recht alberner, kindischer Traum!

Aber hier stand er, Stadtschreiber Guntram Spatt, sah sich lächerlich verschwollen aus dem Spiegel an, und sein schönes Mädchen zürnte ihm für ewig! Seufzend beugte er sich über die braungestrichene Lade, auf deren Deckel ein kunstvoller Meister mit geschicktem Pinsel ein verschlungenes S und G gemalt, in deren Rankenwerk ein Spätzlein flatterte, während die Spätzin schon auf dem Nestlein hockte. »Aus und vorbei!« sprach er grimmig angesichts des munteren Ehelebens und schlug unwirsch den Deckel auf. Zu anderer Stunde hätte ihn wohl recht gefreut, was da an Wämsern und Hosen im ländlichen Grünlich, an einfarbigen und papageienbunten Gilets, an derben, dickleinenen Hemden, an grobwolligen Strümpfen in dieser wahren Hamsterkiste lag. Aber auf einmal schien es ihm recht überflüssig, sauber und schmuck gekleidet zu sein, da doch keiner und keine Interesse daran hatten, wie er aussah. Ja, der Schlag ins Gesicht hatte ihm nicht bloß ein Blutäderchen der Nase gesprengt, viel stärker noch hatte er ihm allen Spuk und Verdacht aus dem Kopfe geschlagen, und was ihm vor einer Viertelstunde noch recht verabscheuungswürdig gewesen, das schien ihm jetzt schön, treu und wahr.

Ohne rechte Andacht und Liebe fuhr er in ein wärmendes Gewand aus derbem, grünem Loden mit großen Hirschhornknöpfen, und gerade steckte er den Fuß in den zweiten, ungewohnten Schaftstiefel aus Rindleder, als es kräftig an seiner Tür pochte und eine rauhe Stimme rief, das Essen sei fertig.

Eilig barg er erst das gefährliche Zauberhaar zwischen den Wäschestücken und folgte dann dem ältlichen, schwärzlichen Knecht auf die Diele, wo schon Knechte und Mägde in stattlicher Zahl mit der Familie des Bauern versammelt standen. Wohlgefällig musterte der Onkel den neugewandeten Neffen. »Das lobe ich mir«, sprach er. »Wie doch die freie ländliche Tracht einem kräftigen Burschen so viel besser ansteht als der Zierat und Schnickschnack städtischer Röcke! – Aber was ist das, Neffe, was hast du denn mit deiner Nase gemacht, daß sie wie ein roter Eiserapfel in deinem schmalen Gesicht funkelt und glüht?«

Verwirrt stammelte Guntram etwas von einer offenen Tür, gegen die er im Halbdunkel angerannt.

»Und über dem Kopf des Herrn hat ein Hahnebalken vorgestanden!« lachte eine silberne Stimme. »Was wächst ihm doch für ein Horn durch die Haare!«

Ahnungsvoll durchzuckte es den Schreiber. Neben dem Oheim stand jetzt ein kleines, wohlgerundetes Mädchen; auf dem Kopf waren schwarze Zöpfe recht schön wie ein Nest zusammengelegt; die Wangen schienen von einem tüchtigen Maler gemalt, so gleichmäßig saßen im weißesten Weiß rote Äpfelchen. Und der Blick der hellen Augen war, von lachendstem Übermut funkelnd, schelmisch auf Guntram gerichtet. »O weh!« durchzuckte es den voll Schmerz. »Warum habe ich mich doch so verblenden lassen, daß ich das dunkelbräunliche Gold der Base Monika für dieses leichte Silber genommen habe! Warum habe ich meinem Kopfe mehr getraut als Herz und Augen?! Aus und vorbei!« klang es mit schneidendem Mißton in ihm.

»Dies ist die Cäcilie«, sprach der Onkel zu dem Verwirrten. »Aber sie wird nie Cäcilie genannt, denn mit dieser großen Heiligen hat sie wenig gemein. Zilli nennen wir sie, und hast du einmal zwischen den Mahlzeiten besonderen Hunger, Neffe Guntram, und willst ihr ein Stück Schwartenmagen oder ein Gänsebein abschmeicheln (denn sie ist im Haus über Küche und Speisekammer gesetzt, wie im Hof das Mönchen über Feder- und Borstenvieh), so heiße sie getrost Zillichen, und kraule sie auch ein wenig, denn sie ist der Schmeichelei zugänglich wie unser Kater Leisetritt ...«

»Und hat, wie er, wehrhafte Krallen und kratzt, wer sie gegen den Strich krault!«

»Nun, der Vetter wird es schon treffen!« tröstete der Oheim. »Jetzt aber laßt uns Platz nehmen und schmekken, was deine Küche für den verwöhnten städtischen Gast vermag, Zillichen.«

Alle setzten sie sich, eine Magd stellte eine große irdene Kumme dampfender Buchweizengrütze, dick mit Sahne, Zucker, Kaneel bestreut, auf den Tisch, vom Gesindeende kam ein beifälliges Ah!, und geruhig fortessend, wie die regelmäßig und reichlich Ernährten es tun, berichtete der Bauer, wie vor nun sechzehn Jahren die Muhme Thalerin – und er wies auf die Frau mit der hängenden Lippe im dunklen Staatskleid – an einem Novemberabend, aber einem stürmischeren als diesem, aus der Hoflinde ein gar erbärmlich Geschrei gehört habe. Als sie aber mit Zittern und Zagen nähergegangen, sei es ein Kindlein gewesen, das dort an einem weißen Bande in seinem Wikkelkissen aufgehängt gewesen sei. Und da trotz alles Forschens sich weder Eltern noch Verwandtschaft dafür gefunden, habe man es im Hause behalten – und nun sei es eben die Cäcilie geworden, denn an deren Namenstage habe sich der Fund begeben ...

Nicht mit völliger Aufmerksamkeit hatte der Neffe der fast nur an ihn gerichteten Erzählung des Oheims gelauscht, immer wieder irrten seine Augen von dem männlich kräftigen Gesicht des Onkels ab, prüften einen Augenblick das rundliche Gesicht des Findlings, streiften auch einmal die immer noch frischen Züge der Großmuhme, verharrten aber am häufigsten und längsten auf dem Gesicht der Base Monika, die gerade und ernst auf ihrem Stuhl saß und nur manchmal die Grützenschüssel dem oder jenem hungrigen Esser handlicher zu rücken mit leisem Wort anordnete. Aber so wenig Blick auch der junge Spatt für alles andere außer dem schönen Gesicht des geliebten und gekränkten Mädchens haben mochte, es schien ihm doch, als verfinstere sich das Gesicht der Cäcilie zusehends bei der Erzählung des Bauern und als werfe das Mädchen bei der Erwähnung erfolgloser Nachforschung nach den Eltern der Großmuhme einen Blick geheimen Einverständnisses zu.

Die Grützenschüssel war geleert und abgetragen worden, der Oheim plauderte fort von der günstigen Ernte und den schwierigen Zeiten, deren laute Kriegsläufte zwar bisher nicht – »Gott behüte uns!« – in diese stille Waldlichtung gedrungen seien, die aber mit versperrten Straßen, zu Soldaten gepreßten Knechten, unmäßig hohen Kontributionen, weggenommenen Kaufmannswagen Handel und Wandel arg behinderten. Vorsichtig fragte er den Neffen nach seinen eigenen Erfahrungen in der großen Stadt, nach dem und jenem Lebensmittel, ob es wohl abzusetzen sei und einen guten Preis erzielen würde, daß sich auch die weite Fuhre zur Stadt lohne.

Artig und aufmerksam antwortete der Neffe, und sich selbst an der eigenen Schilderung und der Aufmerksamkeit der anderen entzündend, berichtete er mit Humor, wie er selbst einmal einem gar zudringlichen, gewaltsamen Werber nur dadurch entgangen, daß er, plötzlich völlige Trunkenheit vom fleißig eingeschenkten Doppelbier heuchelnd, auf der nächtlichen Straße umgesunken sei. Durch kein Zureden und keine Gewalt habe er sich bewegen lassen, anders wie auf allen vieren im Straßenkot einherzukriechen – dann aber, als der fluchende Werber schnell einen Soldaten der Wache zum Beistand geholt, sei er auf hurtigem Fuß um die Ecke verschwunden und habe, durch ein Gewirr von Gassen und Gäßchen in atemlosem Lauf stürzend, schließlich seine rettende Kammer erreicht. So anschaulich vermochte er sein Hinsinken in den Kot, die flackernden Öllaternen, die im stürmenden Windzuge seufzten, den bald schimpfenden, bald schmeichelnden Werber abzuschildern, daß fast alle in lautes Lachen ausbrachen, während freilich im Gesicht der schönen Base ein aufgehendes leises Lächeln vom Ekel über solch tierische Trunkenheit vertrieben ward.

»Ein geschickter Vogel scheint Ihr ja zu sein«, sprach etwas hämisch die Muhme Thalerin, »wenn es heißt, von etwas fortzulaufen, sei es nun vom Kalbfell oder aus einer Schreibstube. Nun wird sich erst weisen müssen, wie geschickt Ihr seid, Jüngchen, wenn die Arbeit auf Euch zuläuft.«

»Das laßt nur meine Sorge sein, Muhme Petronilla«, sprach der Oheim leicht verweisend. »Wie mir scheint, hat der Neffe kräftige Knochen, morgen werde ich ihm seine Arbeit schon zuteilen. Heute weilt er noch hier als Gast, höchstens etwa, daß er nach dem Essen dem Enak ein wenig beim Viehtränken zur Hand geht. Doch das ist nur eine Kleinigkeit, eine leichte Bewegung, die nach dem Essen nur wohl tut.«

Längst war auf die Grützenschüssel eine geräumige Platte gefolgt, auf der in einem doppelten Kranz in Fett gedämpfter Birnen auf einem wahren Berge Ararat grüner Bohnen wie eine gestrandete Arche Noäh ein gewaltiges Schinkenbein lag. »Der Herr Schuhu scheint die Kost zu kennen!« hatte verwundert bei sich der junge Schreiber gedacht. »Nur scheint noch mehr Fleisch und Speck an dem kahlen Bein zu sitzen, als er vermutet.« Jeder der Männer hatte sein spitzes Klappmesser aus der Tasche gezogen und säbelte sich einen kräftigen Brocken auf den Teller, während dem hilflosen Vetter die Monika ein schönes Messer mit elfenbeinernem Griff über den Tisch gereicht hatte. »Es ist des Vaters gutes Messer«, hatte sie leise gesprochen.

»Ein andermal sorgst du für dich allein, Neffe!« hatte der Onkel gelacht. »Dies Ehrenmesser, das dem Großvater zu Vaters Taufe der Graf geschenkt, sehe ich ungern auf dem Wochentagtisch. Suche nur nach in deiner Lade, dort wirst du schon alles finden, was dir fehlt.«

Ungewohnt solcher Mahlzeit hatte Guntram gespäht, wie die Frauen sich wohl helfen würden, aber die Muhme und die Mädchen verschmähten das Räucherfleisch und hielten sich an das Gemüs, und nur für die eine oder andere Magd mit kräftigerem Hunger sprang helfend das Messer des Nachbarn ein.

Als nun der Oheim dem Guntram eine Abendarbeit mit einem Gefährten so ungewohnten Namens zuwies, blickte der Neffe suchend den Tisch entlang. Da sah er neben dem schwärzlichen Großknecht, der ihn vorhin zum Essen gerufen, wahrlich einen rechten Sohn Enaks sitzen, einen jungen Burschen noch, aber übergroß gebaut, mit breitgewölbter Brust, hohen, festen Schultern, mit Händen groß wie Backschaufeln. Sein Gesicht, in das zottelig die Haarfransen hingen, schien des Schöpfers

Hand nur flüchtig aus Lehm geformt zu haben, so ohne bestimmenden Zug war es, ohne rechte Nase und Lippen, ohne sichtbare Jochbeine über den Wangen, die ohne Absatz in die niedrige Stirn überliefen. Besonders menschenfresserisch wurde das Gesicht gerade in dem Augenblick, da Guntram hinübersah, dadurch, daß der Knecht den ganzen großen Schinkenknochen zum Benagen vor den Mund genommen hatte. Die breiten Zähne sichtbar auf das Bein gesetzt, sah er mit seinen kleinen, schwarzen Augen düster zum Städterling hinüber. Blitzartig durchfuhr es den: »Dieser ist es, der auf der Bank über dir gesessen!«, und so grimmig der Anblick auch sein mochte, beschlich ihn doch ein Gefühl freundschaftlicher Verbundenheit, denn jener war nicht dem silbernen Lachen des argen Mädchens erlegen, sondern hatte den bösen Mordplan weit von sich gewiesen. »Ich werde diesem Enak«, tröstete sich der Schreiber, »schon begreiflich machen, daß sein Mädchen Zilli jetzt und immer sicher vor mir ist. Vielleicht wird er noch gar zu einem Bündnis zu gewinnen sein, einen kräftigeren Helfer im Streit dürfte ich so leicht nicht wieder finden.«

Das Mahl war vorbei, aus der Diele schob sich alles, die Mädchen und Mägde in die Küche oder Spinnstube, die Knechte aber, in der Tasche schon nach ihrem Tabakknösel suchend, in ihre Kammer. Nur der eine Enak brummte grob zum Schreiber: »Das Rindvieh wartet!« und schob sich vor ihm auf den dunklen Hof, über den allein von den Küchenfenstern her eine breite, gelbe Lichtbahn fiel. Mitten in sie hinein, an den Ziehbrunnen, stellte Enak den Schreiber, ließ selbst stürmend die Kette hinabsausen und zog leicht und rasch den vollen Wassereimer aus dem dunklen Grund. Zwei Eimer füllte er so, bedeutete dann dem Schreiber die beiden nächsten, die schon leer bereit standen, zu füllen, und verschwand mit seiner Traglast im dunklen Kuhstall.

Noch hatte Guntram den ersten Eimer, der wie ein

rechter Bleiklotz am Kettenbaume hing, noch nicht hochgewunden, da war der Knecht auch schon wieder da. »Was ist das für eine Faulheit!« rief er zürnend. »Frisch in die Hände gespuckt und das Knochenschmalz nicht gespart! Wer da fressen will, muß auch dreschen können!«

Schnaufend drehte Guntram die Kurbel, ließ den Schnepper einschnappen, hob den tropfenden Eimer über den Rand, und schon hatte er den zweiten eingehängt und ließ ihn schnurrend zur Tiefe. Kaum erschien der wieder, riß der im Dunkeln wartende Knecht ihn ihm aus der Hand und lief eilig von dannen.

So schnell auch der Schreiber drehte, so sehr er sich mühte, noch war der zweite Eimer nicht auf das Wasser klatschend aufgestoßen, als der Knecht schon wieder da war. »Was soll denn das Weibervolk von uns denken!« rief er zornig auf das helle Küchenfenster weisend, in dem Guntram gerade der Base Gestalt zu sehen meinte. »Sind wir denn alte Frauen, die die Bodenrummel drehen?!«

Schneller und schneller drehte der Schreiber, mühte sich, Gleichmaß zu halten mit dem rennenden Knecht. Seine weichen Hände schmerzten von der kantigen, rissigen Kurbel, seine Arme vom hastigen Hub, in seiner Brust keuchte es, in den Schläfen klopften die Adern. Immer wieder, kam der Knecht mit der leeren Tracht angelaufen, hoffte er zu hören, es sei nun genug, aber immer wieder stellte der nur schweigend die geleerten Eimer hin und riß ihm die vollen aus der Hand. »Und dies nennt der Onkel eine Kleinigkeit, eine dienliche, leichte Bewegung nach dem Essen!« dachte Guntram atemlos. »Nie noch habe ich meine Arme so kräftig und andauernd schwingen müssen. Wollte ich doch lieber, der Herr Stadtrat Asio hätte mir zehn Meisterbriefe auf den Tisch gelegt, die alle Buchstabe für Buchstabe in gotischer Zierschrift nachzumalen wären!«

»Was ist denn das heute für ein nicht abreißendes Geklirr und Geschepper auf dem Hof!« rief der Onkel unmutig, aus der Tür nähertretend. »Was drehst du denn so hastig und schnaufend, Neffe, die Kurbel, als müßtest du den Durst von hundert Rindern stillen?! Geh, Enak, komm einmal her –!«

Aber so hurtig Enak vorher auf das Geklapper der Eimer zugelaufen, so wenig ließ er sich jetzt sehen. »Was treibt er nur?« murmelte der Onkel und ging forschend in den Stall. Verschnaufend, sich die Stirn vom Schweiße trocknend, blieb Guntram stehen. Lachend kehrte der Onkel zurück. »Er ist verschwunden«, berichtete er. »Sicher hat er sich vor mir im Heu auf dem Boden verkrochen! Er hat dir einen Streich gespielt, Neffe, über den du besser mit guter Miene lachst. Er hat dich fleißig immer weiter Wasser heraufziehen lassen, nachdem die Kühe längst getränkt waren, und wohl dreißig oder vierzig Eimer auf der anderen Seite des Stalles in den Hofgraben geschüttet. Nun, zürne ihm nicht, daß er dich ein wenig pusten gemacht, der einfache Landmann will dem Stadtherrn nicht wohl, von dem er glaubt, seine weichen Händchen verrichteten nichts Rechtes, wie ja auch der Städter den Landmann oft verächtlich einen Mistknollen schimpft. Tu du nur fleißig nach deinen Kräften die zugeteilte Arbeit, so wird der Enak schon dein Freund werden, denn wenn er auch einfachen Geistes ist, versteht er doch wohl, wer sich recht müht. – Es wundert mich nur«, setzte der Oheim nachsinnend hinzu, »wer ihn zu diesem Streiche angestiftet, denn in seinem Kopfe ist der nicht gewachsen. – Wie dem aber auch sei, nimm diese beiden vollen Eimer und trage sie den Mädchen in die Küche. Laß dich dort aber nicht aufhalten, sondern komm zu mir in die Stube, ich möchte noch vor dem Schlafen ein Wort mit dir reden.«

Der Neffe Guntram beeilte sich, dem Geheiß des Oheims zu folgen, setzte in der Küche die Wassertracht eilig neben den Spülstein, antwortete der rundlichen Zilli auf ihre Frage: »Wohin denn so heiß und hitzig?« nur, der Bauer warte seiner, und trat rasch in die Stube. Dort nahm er auf einen Wink in dem ihm schon bekannten Sofawinkel Platz, rührte in seinem Punschglas und wartete mit Spannung der Erzählung, die auch sofort begann.

»Du wirst dich, lieber Neffe Guntram, schon gewundert haben«, setzte der Onkel ein, nachdem er noch einen Zug aus der geliebten Pfeife getan, um sie dann behutsam neben sich zu legen, »daß du so ohne jede Ahnung von Anhang und Verwandtschaft einsam in der großen Stadt hast aufwachsen müssen, da dir doch in nicht allzu weiter Ferne Ohm und Base lebten – denn die Großmuhme Petronilla Thalerin rechne ich hier nicht, da du nicht eigentlich mit ihr verwandt bist. Erfahre denn, daß nicht aus Lieblosigkeit oder Gleichgültigkeit so von uns geschehen ist, sondern auf ausdrücklichen Wunsch deines lieben, verstorbenen Vaters. Hast du auch nie von uns gehört, so wußten wir doch immer von dir, und gar manches Mal haben ich und deine Base Monika hier in Sorgen auf des Boten Bericht gewartet, wie denn des kleinen Abecisten Halsbräune verlaufen, und ob der große Stadtschüler auch in seiner lateinischen Rede nicht stecken geblieben sei. Ja, deine Base hat mir oft heftig gezürnt, daß ich ihr nicht erlauben wollte, dir zu helfen oder dich zu pflegen.«

Rot färbten sich die Wangen des beglückten Schreibers, der Onkel aber nickte, in Erinnerung versunken, trank dann einiges und ließ auch den Neffen mittrinken auf das Wohl des Mönchens. Dann fuhr er von neuem und trüber fort: »Diese Stube, in der wir hier sitzen, gehört zum Spatzenhof, denn so nennen wir selbst ihn und haben damit einen Spottnamen der Leute zu unserem Ehrennamen gemacht. Kein stattlicherer Hof steht hier in Dorf oder Landschaft als dieser Besitz der kleinen unangesehenen Spatzen. Es liegt aber ein gar schwerer Fluch auf dem Besitz. Die Leute erzählen – und ich mag dem nicht geradezu widersprechen –, daß ein Ahn Spatt, müde der ewigen Aufteilung und Verschuldung des schönen Besitztums durch viele Kinder, mit dem schwarzen Höllenfürsten einen Vertrag geschlossen, nie dürfe außer dem Haupterben ein Geschwister mehr erreichen als das einundzwanzigste Jahr seines Lebensalters. Was es nun auch mit diesem Bündnis auf sich habe, gewiß ist, daß durch viele Generationen das Geschlecht der Spattens immer nur auf zwei Augen gestanden hat – recht unähnlich unseren gefiederten Sippen und Magen – und daß, waren andere Geschwister vorhanden, diese oft recht kläglich an allerlei Krankheiten verstarben, auch ohne allen sichtbaren Grund hinsiechten oder aber gar in bösem Streit von der Verwandtschaft erschlagen wurden.«

Der Onkel seufzte tief, tat einen Schluck aus dem Glase und fuhr von neuem fort: »Anders wurde dies erst, als meinem Vater, deinem Großvater, ein Zwillingspärchen geboren wurde, zwei Knaben, dein Vater und ich. Das gab an jenem Abend viel glückliche Aufregung durch das alte Haus, manches Hin- und Hergerenne, denn alles war ja nur auf ein Kindlein gerichtet gewesen, und so ist es denn kein Wunder, daß, war der schlimmste Trubel erst vorbei, keines, nicht einmal die Wehemutter wußte, welches von beiden Knäblein denn der Erstgeborene sei. Die Wehemutter hat behauptet, von ihr sei dem erstgeborenen Knäblein ein Aschenkreuz auf die Stirn gemalt worden, die kindswaschende Muhme Petronilla aber will von solchem Kreuz nicht das geringste gesehen haben.«

Der Onkel atmete tief und schwer und schwieg, und mit keinem Laut wagte der Neffe, die versonnene Ruhe des Mannes zu stören. Endlich fuhr der Ohm fort:

»Aus diesem einen kleinen Umstand ist meinen Eltern und uns Brüdern unendlicher Kummer entstanden. Die Eltern freilich liebten uns einen wie den andern und mußten doch immer zittern, daß nach einem alten Fluch an des einen Knaben Schulter schon der Todesengel stehe.

Wir Knaben aber nahmen es als rechte Buben kindisch, und kein Tag verging fast, an dem sich nicht einer über den anderen das Erstgeburtsrecht angemaßt hätte. Ich wurde darin im geheimen viel von der Muhme Petronilla bestärkt, die mir oft zuflüsterte, sie wisse genau, ich sei der Erbe, während sich deinem Vater mehr die Leute des Hofes und Dorfes zuneigten. Diese Teufelssaat in unseren Herzen wuchs recht prächtig und schoß, je älter wir wurden, um so geiler ins Kraut, und manches böse Mal haben wir schlechte Buben mit unserem widerlichen Gezänke die Augen der lieben Eltern durch Tränen gerötet.

Als wir nun aber in die mannbareren Jahre, in die Achtzehn kamen und anfingen, die Köpfe nach den Mädchen zu drehen und ihnen zuliebe mit dem vollen Erntewagen Peitsche knallend die Dorfstraße entlang zu jagen, da begab es sich, daß unsere Herzen zwei Schwestern sich zuwandten, zwei stillen guten Mädchen, Töchtern des weiland Lehrers und Küsters hier im Dorfe. Hatten die beiden auch nicht eben viel Heiratsgut mit einzubringen, so war doch ihr Besitz an Sittsamkeit und Schönheit um so größer, und unsere Eltern hatten kein Wort des Widerspruches, denn es hatte den Anschein, als sei unter den Flügeln der Liebe unser häßlicher Erstgeburtsstreit schlafen gegangen.

Darin aber irrten sie sich. Wenn wir uns auch vor den Mädchen schämten und die böse Flamme des Neides und der Streitsucht nicht mehr offen emporschlagen ließen, unter der Oberfläche schwelte das Feuer immer weiter, und keiner konnte sich genug damit tun, seinem Mädchen recht verführerisch auszumalen, eine wie stolze Herrin sie dereinsten als Gebieterin des Spatzenhofes sein werde.

Eines Tages aber traten unsere Schönen bleich, doch mit geröteten Augen vor uns hin und erklärten uns mit Entschlossenheit, wir Brüder müßten nun die Frage, wer von uns der Erstgeborene und Erbe sei, endgültig und unwiderruflich ausmachen, sonst könne es mit uns vieren gar nichts werden. Denn sie beide, die seit ihrer zartesten Kindheit alles gemeinsam in treuer Freundschaft genossen, hätten sich doch wirklich in einen hitzigen Streit verrannt, wer von ihnen wohl die mächtige Frau Bäuerin und wer die geringe Frau Garnichts sein werde. Mit Tränen in den Augen flehten uns die Guten an, doch endlich den unheilvollen Streit friedlich zu enden, der uns bei allen Wohlmeinenden recht widrig, bei allen Übelwollenden zum Gespött mache.

Aber – weh! – diese sanfte Bitte war erst recht Wasser auf unsere Streitmühle! Was bisher nur im Verborgenen geglostet und geglüht, schlug jetzt in heller Flamme vor den erschrockenen Schwestern auf. Mit lauten Schimpfworten drangen wir aufeinander ein, und es wäre wohl noch zu einer Schlägerei und Schlimmerem zwischen uns gekommen, hätte nicht der Herr Vater und Lehrer mit hocherhobenem Stocke einen Ausfall aus der Schulstube gemacht. Schmälend trieb der würdige Mann uns wie recht unnütze Buben vor sich her aus dem Hause und befahl uns, nicht eher wieder über seine reine Schwelle zu treten, nicht eher wieder seinen Töchtern zu nahen, als bis der Streit zwischen uns in aller Güte beigelegt.

Das war nun freilich weit gefehlt! Mürrisch und wortlos schlichen wir aus dem Dorf, über die verschneiten Felder, in den winterlichen Wald. Der Teufel selbst muß uns den Weg geführt haben, denn der leitete uns über verlorene Holzwege und unbegangene Wildwechsel bis zum Rande einer tiefen Steinschlucht, die seit je nach ihm den Namen Teufelsschlucht trägt. Dort setzten wir uns, als seien wir nun so recht an unserem Ziele, jeder auf einen Stein und sahen einander haßerfüllt an.

»Ich will«, seufzte der Onkel schwer und schaute nicht auf den Neffen, sondern auf ein grünglasiertes Engelsköpfchen, das den Ofensims schmückte, »ich will dir nicht ein Langes und Breites von dem Wortstreit erzählen, der sich hitziger denn je zwischen uns entspann. Selbst die Erinnerung daran schmerzt mich heute noch unsäglich. Es genügt, dir zu sagen, daß wir die Vermessenheit so weit trieben, jeder dem andern die Todeskrankheit herbeizuwünschen, die nach der Überlieferung den jüngeren Hoferben vor dem einundzwanzigsten Jahr befallen mußte. Aber der Wald stand still und schneeig, und nichts trat hervor, unser frevelhaftes Begehren zu erfüllen. Nur in einer großen, dunklen Tanne nahe bei unserem Sitz klagte trotz der Mittagsstunde fast ohne Unterlaß ein Eulenvogel sein dunkles: Huh! Huh!

›Hörst du den Totenvogel?‹ fragte ich wild. ›Ach, klagte er doch zu Recht – und wäre es selbst für mich, damit dieses endlich endet!‹ – ›Dafür kann Rat werden‹, sprach der Bruder und sah auf den breiten Spalt der Schlucht, ›siehst du diesen Spalt? Getraust du dich, ihn zu überspringen? Nun, wer ihn überspringt, ist der Erbe, denn um den anderen braucht er sich nicht mehr zu sorgen.‹ Ohne ein Wort stand ich auf und trat an den Schluchtenrand. Unmeßbar weit nickte mir von der drübigen Kante ein Fichtenbäumchen mit seinen stachligen, beschneiten Zweigen zu. Aber ein wahres Schaudern packte mich erst, als ich in die dunkle Tiefe der Felsenkluft hinabschaute, aus der ferne rauschend das Gewoge eines unsichtbaren Baches an mein Ohr schlug. – ›Das ist unmöglich‹, sprach ich angstvoll und ernüchtert zum Bruder.

›Eben weil es unmöglich ist, ist es grade das rechte für uns‹, antwortete der Bruder trotzig. ›Hat der alte Spruch recht, wird der Erbe hinübergelangen, und müßten ihn‹, lachte er höhnisch auf, ›Engelsfittiche hinübertragen.‹ – ›Oder der Teufel!‹ setzte ich Unseliger hinzu. ›Mir gilt es gleich, Bruder, nur Ende mit diesem unerträglichen Streit.‹ – ›Nun also‹, antwortete er. ›Wußte ich doch, daß du wenigstens in Furchtlosigkeit ein echter Spatt bist, wenn du auch nur der Zweitgeborne bist!‹ – ›Das werde ich dir jetzt weisen!‹ rief ich zornig, ›wer von uns der Zweitgeborene ist. Gehe ich nach Haus, bin ich der Erbe!‹ – ›Ja‹, antwortete er höhnisch, ›wenn du gehst. Aber sie werden dich tragen.‹

So, in verworfenem Bruderzwist, ohne ein Wort der Versöhnung, ohne einen Gedanken an den Ausgang, schickten wir uns an zum Sprunge. Wir waren übereingekommen, zu gleicher Zeit abzuspringen, denn so sehr mißtraute einer dem anderen, daß wir für möglich hielten, der Zweite, sähe er den Ersten abstürzen, gehe, ohne den Sprung zu wagen, nach Haus und trete das Erbe an. – Ach, Neffe Guntram!« rief der Ohm und verbarg die Augen mit der Hand, »hundertmal – was sage ich?! – tausendmal, zehntausendmal hat in Wachen und Traum diese grauenvolle Minute vor meinen Augen gestanden, und doch verstehe ich noch heute nicht, welcher Wahnsinn mich damals ergriffen, daß wirklich ich es war, der dort stand, bereit zum Sprung.«

Der Onkel schwieg erschüttert, sachte tickte die Kuckucksuhr an der Wand fort, ein Scheit im Ofen riß knatternd vor der Hitze – wunderlich befangen saß der Neffe neben dem traurigen Mann. Ihm war wie in einem Traum, einem grauenvollen Traum, dessen Grauen doch schon gemildert wird durch das deutliche Gefühl, das Erwachen stehe nahe bevor. War er oft unzufrieden gewesen mit seinem eintönigen, armen Schreiberdasein in der Stadt, in dieser Stunde segnete er es, hatte es ihm doch solche Versuchungen ferne gehalten.

Endlich, nach langer Frist, ließ der Onkel die Hand sinken und fuhr gesammelter fort: »Ich weiß nicht, welcher Einfall mich meinen Absprungplatz gerade gegenüber der kleinen Fichte wählen ließ, die mich vorher vom andern Felsenrand gegrüßt. – Mein Bruder prüfte sorglicher mit dem Verstande alle Möglichkeiten und wählte schließlich eine Stelle, die wohl zwanzig Ellen von der meinen entfernt lag, wo der Spalt ein Kleines schmaler zu sein schien und wo vor allem der drübige Rand tiefer lag als der hiesige. Weit traten wir zurück, um einen gehörigen Anlauf zu gewinnen, dann rief mein Bruder, noch vermessen selbst in dieser Sekunde: ›So springe ich denn in mein Erbe! Spring!‹ Ich hörte den Eulenvogel noch einmal jammern, dann stürmte ich los.

Vom Sprung selbst weiß ich fast nichts. Ob ich gut abgesprungen, ob ich alle Kräfte meines Leibes angestrengt, kann ich nicht sagen, ein anderer, fremder Mensch in mir muß dies alles getan haben, ich erinnere mich nur, daß mir war, als flöge ich. Eine endlose Zeit flog ich, und mir war so frei und überrascht glücklich zumute, wie einem manchmal in dem seltenen Traum ist, da man merkt: der Leib löst sich von der Erde und kann fliegen. Dabei habe ich aber mit großer Deutlichkeit und seltener Weichheit des geliebten Mädchens gedacht; war es doch, als hätte ich mit dem Lösen meiner Füße von der Erde alles Irdische von mir abgestreift.

Es kann nicht lange gedauert haben, so lang es mir vorkam. Plötzlich war vor mir der Felsenrand, mit lahmem Schwung, schon mehr fallend, näherte ich mich ihm, aus der Tiefe klang lauter das drohende Brausen der Wasser ... Da sahen meine Augen das Fichtenstämmchen, mit einer letzten Anstrengung schnellte ich mich darauf zu, meine Finger griffen ins stachlige Geäst, ich riß mich aus dem Fall, der schon begonnen, empor. Mit den Knien rutschte ich auf die Felsenkante, unverdient war ich gerettet. Aber hinter mir klang der grauenvolle Schrei: ›Bruder, ich falle!‹ Noch ein Stürzen, ein Rollen von Steinen, ein fernes Klagen, und alles war still.

Wie lange ich dort am Rande der Schlucht, aus der immer mahnender und drohender die Wasserstimmen emporbrausten, gestanden, ich weiß es nicht. Unablässig flüsterte eine Stimme in meiner Brust, ich sei doch verdammt, und es sei das Beste, mich hinabzustürzen zum toten Bruder. Dann aber dachte ich wieder der alten Eltern, die beide Söhne, ihre einzige Hoffnung, an einem Tage verlieren sollten. An den Besitz aber dachte ich nicht mehr, das Fieber, das so lange Jahre in mir gewütet, war vergangen, und eher erfaßte mich eine Beklemmung, gedachte ich des Hauses, dessen Stuben wir so oft mit unserem Gezänk erfüllt hatten. Meines Mädchens aber erinnerte ich mich nur wie einer mir Gestorbenen, unmöglich schien es, mit der Schuld an des Bruders Tod befleckt, vor ihr reines Angesicht zu treten.

Als ich so eine lange Zeit im trüben Nachsinnen verbracht, kam ich zu dem Entschluß, fürs erste nicht in Dorf und Heim zurückzukehren, sondern in das Heer zu gehen, für das zu eben dieser Zeit Werber emsig die Trommeln rührten. Ehe ich aber von dannen gehen konnte, hatte ich noch eine Pflicht zu erfüllen: den Leib des Bruders der Erde wiederzugeben.

Ich folgte dem Lauf der Schlucht mit dem Lauf des Wassers und gelangte schließlich an eine Stelle, wo der Abstieg möglich schien. Er glückte, und nun ging ich wieder bachauf, bald über ungefüge Blöcke kletternd, halb im eisigen Winterwasser watend, bis ich mich der unheilvollen Stelle näherte. – Immer langsamer wurde mein Schritt, das Auge schien unwillig, das halbe Dunkel vor ihm zu durchforschen, und hätte sich lieber geschlossen, aber eine höhere Macht zwang meine Schritte unablässig vorwärts.

Endlich sah ich den Bruder. Weder in den Bach noch auf die Felsen war er gestürzt, auf einem moosigen Fleck lag er, als schliefe er. Langsam, leise trat ich näher, als dürfte ich ihn nicht wecken. So sehr hatten die Lage der Gestalt, der Ausdruck des Gesichts den Anschein völligen Lebens, daß ich, dicht vor ihm stehen bleibend, ihn anrief: ›Bruder! Bruder!‹

Widrig berührte es mich dabei, daß in einer kleinen Felsengrotte daneben eine Ohreule unverwandt meinem Beginnen zuschaute und es mit einem unheilvollen Huh!

Huh! begleitete. Zornig scheuchte ich den unglückkündenden Vogel aus seinem Versteck, widerwillig nur hob er sich in die Luft, einen Ständer, an dem er wohl verletzt, kraftlos hängen lassend.

Nun erst vermochte ich wieder, mich mit leisem Anruf dem Bruder zuzuwenden. Doch er rührte sich nicht. Keine Bewegung des Kopfes, kein lauter Atemzug verkündeten das Erwachen des Schläfers. Bei ihm niederkniend gab ich ihm die zärtlichsten Namen, Namen, die er nie im Leben von meinen Lippen gehört. Da – rührte er sich nicht?! War nicht ein Laut zu mir gedrungen –?! Hatten sich die Lippen nicht leise bewegt –?! Wer hatte jetzt ›Bruder‹ geflüstert – er oder ich?! Er –?

Ich neigte den Kopf auf seine Brust, und mit unsäglicher Erschütterung vernahm ich das zögernde Klopfen seines Herzens. Plötzlich wußte ich wieder, daß wir erst in des Lebens Mai standen, daß ein langes, alle Segensmöglichkeiten bergendes Leben noch vor uns lag, daß Besitz etwas war, dem Wechsel unterworfen und vergänglich, Leben aber einmalig und unvergänglich. Ferner tönten und rummelten der Werber große Trommeln, wie eine leichte Feder hob ich den Bruder auf den Arm, und vorsichtig, jeden Platz, auf dem der Fuß rasten sollte, abtastend, machte ich mich auf den Heimweg mit dem Verunglückten.«

Der Erzähler machte eine Pause, rührte gedankenvoll im Glase und tat auch einen Schluck von dem längst kalt gewordenen Getränk. Die Kuckucksuhr schnarrte, der bunte Vogel fuhr aus seinem Käfig und rief einmal, die halbe Stunde vor Mitternacht anzeigend. Befreiter atmete der Neffe, des günstigen Ausganges nun gewiß.

»Ich will dir nicht erzählen«, fuhr der Ohm schließlich fort, »von dem plötzlichen Jammer der Eltern, als ihnen das eine Kind halbtot ins Haus getragen wurde, von der Empörung der Nachbarn, als der Hergang des unseligen Falles allmählich ruchbar wurde. Auch ich habe von all dem nur wenig vernommen. Tags wie Nachts saß ich neben des Bruders Krankenlager, und so sehr ich ihn bisher gehaßt, so unendlich liebte ich ihn jetzt. Die ganze Welt, ja sogar mein gutes Mädchen versanken mir vor seinem Gesicht.

Die Genesung ging nur langsam und mit mancherlei fieberischen Rückfällen vor sich. Nicht nur im Kopfe war etwas verletzt, sondern es hatten auch im Leibe innere Zerreißungen stattgefunden, die nur schwer heilten. Aber endlich war es doch so weit, daß der Bruder ganz wach die Augen zu mir aufschlug und matt lächelnd sprach: ›Was ist das, Bruder? Vor dem Fenster schlagen die Finken und pfeifen die Stare? Ich bin im Winter ins Bette gestiegen, soll es denn Frühling sein, da ich wieder aufstehe –?‹

Ach, es wurde später Sommer, und manch reiches Weizenfuder war schon über den Schwellenbaum der Scheune geknarrt, ehe der Bruder aufstehen und sich mühselig zum Fenstertritt tasten konnte. Da saß er denn den langen, lieben Tag, und wenn ich die Richtung seiner Blicke recht erraten konnte, so wars die blaugestrichene Tür des Schulhauses, zu der sie hinzielten. Ob er dort mehr zu sehen bekommen als ich, hat er mir nicht verraten; für mich waren seit jenem unseligen Morgen die Mädchen verschwunden und verweht. Begegnete ich aber einmal wirklich dem Schulmeister, ihrem Vater, auf einem Wege durch das Dorf, so sah er mich mit seinem großen, blauen Auge so ernst und fremd an, daß mir das Wort, mit dem ich mich nach den Töchtern erkundigen wollte, in der Kehle stecken blieb. –

So gingen weitere Wochen ins Land, der Herbst wich schon mit lautem Gestürme dem Winter, und nur wenige Wochen trennten uns von der ersten Jahreswiederkehr des bösen Tages. Nun ging der Bruder schon frischer durch das Haus, legte auch einmal da und dort Hand an – aber es erwies sich, daß er fürder nie der alte kräftige

Bursch sein würde, der er gewesen. Nur in den ersten weichen Tagen des Genesungslagers hatten wir von dem bösen Streit gesprochen, und ich hatte von meiner Verwunderung berichtet, daß er, der Größere und Gelenkigere, mir im Sprunge unterlegen sei. Da hatte er ganz lebhaft gesagt: ›Ich wäre dir auch weit voraus geflogen, Bruder, so leicht trug es mich über die Spalte. Aber erinnerst du dich noch des Käuzchens oder der Eule, die aus den Tannenästen so unermüdlich widrig schrie –?! Nun, ich hatte schon die andre Seite mit einer glatten, schieren Felsenplatte fast unter den Füßen, da rief es von neuem direkt vor mir – du müßtest es gehört haben –, etwas Dunkles flatterte, mich blendend, in mein Gesicht, und als ich abstürzend mit den Händen um mich schlug, traf ich, ich glaube es, in das weißgelbliche Gesicht einer Eule, das recht triumphierend auf mich hinabsah. Kläglich aufschreiend stürzte auch der Vogel und kam, wie ich mich zu erinnern meine, im Sturze unter mich. – Seitdem, Bruder‹, flüsterte der Bruder leise, ›habe ich immer den Gedanken, daß geheime Mächte, und keine guten, mit uns ihr Spiel getrieben. Anders kann ich die unbegreifliche Verblendung, in der wir beide durch Jahre gelebt, nicht verstehen.‹

Er schwieg erschöpft, und ich sprach kein Wort zu ihm von der kleinen Eule, die ich, verletzt in seiner Nähe hockend, gefunden, um den Ermatteten nicht noch mehr zu erregen.

Aber noch einmal setzte er an: ›Aber als dann du, Bruder, dich nicht davonschlichst, den Bruder nicht an der unzugänglichen Stelle, wo ihn nie einer gefunden hätte, dem elenden Tode überließest, als du nicht ins Erbhaus tratest mit der leicht zu glaubenden Lüge, der Bruder habe durch Auszug in ferne Lande den Streit geendet, sondern als du mutig in die Teufelsschlucht eindrangst, den fast schon Sterbenden dem Tode forttrugst – da erst haben die bösen Mächte ihr Spiel mit uns verloren. Ich weiß, für uns ist nun der Bann gebrochen, und nicht werde ich vor meinem einundzwanzigsten Lebensjahre sterben müssen, wie doch der Fluch unseres Geschlechtes sagt.‹ So hatte er gesprochen, dann aber noch leise, den Kopf zur Wand wendend, geflüstert: ›Wie aber mag es unseren Kindern dermaleinst ergehen –?‹

Das war das einzige Mal, daß der Bruder mit mir hierüber sprach, sonst hielt eine Scheu unser beider Lippen verschlossen. Wohl merkte ich, daß es mancherlei Flüstern zwischen der Mutter und dem Bruder, dem Vater und der Mutter, dem Bruder und dem Vater gab. Oft stockte die Rede, wenn ich unvermutet in die Stube trat, aber das alles tat mir nicht weh, sondern erfüllte mich nur mit heimlicher Lust. War es doch längst bei mir ausgemacht, daß ich sogleich, wenn das Korn erst gedroschen, den Hof verlassen wollte, um mir in der Ferne ein eigen Heim mit eigenen Händen aufzubauen. Wenn ich die Hinfälligkeit des Bruders mit meinen kraftvollen Gliedern verglich, so war's klar, daß ich der Tüchtigere für den harten Lebenskampf war.

Aber längst war es anders ausgemacht und beschlossen. Eines Tages rief mich die Mutter mit zitternder Stimme in die Stube, und als ich dort eintrat, sah ich zu meinem Erstaunen Bruder und Vater neben den beiden Lehrersleuten und ihren Töchtern sitzen. Herzlich bewegt ging der Bruder mir entgegen, nahm meine Hand und hieß mich bei meiner Schönen niedersitzen. ›Lieber Bruder‹, sprach er dann, ›wir haben so lange Jahre unsern Eltern und dem ganzen Dorfe das häßliche Bild eines Bruderzwistes geboten, daß es sich geziemt, auch unsere Versöhnung nicht in aller Stille, sondern recht öffentlich zu begehen. Lieber Bruder, ich bitte dir ab, was ich dir je Böses getan und gewünscht, hinfürder gibt es keinen Zwist mehr zwischen uns.‹ Ich gab ihm die Hand und stammelte etwas, aber so wohlgesetzt wie seine Rede hat es wohl nicht geklungen.

›Die lieben Eltern‹, fuhr der Bruder dann fort, ›und ich wissen seit langem, daß du deinen Auszug aus dem Hof in aller Heimlichkeit erwägst und vorbereitest. Wir haben wohl vernommen, wie du dich bei dem und jenem Kutscher und Reisenden erkundigt, wo etwa ehrliche Arbeit zu erhalten sei. Bruderherz, tu ihn von dir, diesen Gedanken! Wir wollen nicht den alten Streit erneuen und davon reden, wer von uns der Ältere sei. Ich für mein Teil meine, so frevelhaft unser Beginnen in der Steinschlucht auch gewesen, ein Urteil ist dort doch gesprochen worden. – Aber bedenke lieber ein anderes: was würde denn aus mir, so schwach ich heute geworden bin, für ein Bauer werden? Du weißt es doch selbst, nicht nur das Auge des Bauern muß überall sein, auch vorarbeiten muß er können selbst dem stärksten Knecht. Der Erste muß er sein morgens beim Hahnenschrei aus dem Bett und der Letzte des abends auf seinem Rundgang durch den Stall. Ich aber muß manche Stunde still auf dem Fenstertritt hokken, die kleinste Axt wird mir zu schwer, und den Futtereimer vermag ich nicht zu heben. Es möchte mich doch um den Hof mit solchem Herrn dauern!‹

›So laß ihn uns gemeinsam verwalten, Bruder!‹ rief ich stürmisch. ›Sei du der bedachtsame Kopf, und ich will die rasche Hand sein!‹ – Er schüttelte lächelnd das Haupt. ›Nein, Bruder‹, sprach er, ›bei uns möchte solche Regelung wohl gehen und auch unseren Frauen traue ich es zu –‹, und er nickte nach den errötenden Mädchen hin –, ›daß sie ohne Streit ihr kleines Reich unter sich aufteilen würden. Aber, Bruder‹, sprach er mit erhobener Stimme, ›denke unserer Kinder! Möchtest du mit ihnen erleben, was unseren Eltern mit uns widerfahren ist? Möchtest du sie in so argem, neidvollem Streit sehen, wie er zwischen uns bestanden?! Nein, Bruder, nein, das kannst du nicht wollen –!‹

Noch manches Hin- und Herredens bedurfte es, bis ich mich dem Willen der Eltern und des Bruders fügte.

Manch bedachtsame Rede führte noch der Herr Lehrer, mit liebevollem Zuspruch setzte mir die Mutter zu, ernst mahnend wies der Vater auf den rechten Weg – und wenn auch mein liebes Mädchen schwieg, so sagte mir doch mancher Blick von ihr, was ihres Herzens Wunsch sei.

Was mich schließlich gänzlich bestimmte, war dies, daß der Vater in der Stadt bereits für den Bruder ein geräumiges Haus gekauft hatte, der beabsichtigte, darin mit Unterstützung seines tüchtigen Weibchens eine Kost- und Schlafstätte für die Schüler dortiger alma mater einzurichten. Das schien mir recht wohl durchdacht und passend; scherzhaft malten wir uns aus, wie ich im Herbst mit hochbeladenem Wagen vor das spitzgieblige Haus fahren würde, bringend alles, was der Spatzenhof an Nahrhaftem und Heilsamem für hungrige Schülermäuler erzeugt, von der derben Kartoffel über die fette Gans, den glänzend schwarzgeräucherten Schinken bis zu den Steinkruken mit Fliederbeerensaft, der so dienlich ist bei Verschleimungen. Wie wir dann über den Marktpreis der Eier in argen Streit geraten würden, und wie wir zornentflammt mit eben diesen Eiern einander unsere Meinung, zur Belustigung der Nachbarn, kräftig gelb und weißlich an unsere Köpfe schreiben würden.

Darüber hatte ich mein Jawort gegeben, ich wußte nicht wie. Alles war abgemacht und beschlossen, und aufstehend sprach der Herr Schulmeister: ›Da nun dieser schlimme Streit, unähnlich jenem zwischen den Brüdern Romulus und Remus, von dem uns die Sagen berichten, ein friedliches Ende gefunden hat, da alle Parteien jedem Streit, jedem Nachtragen entsagen – so reicht denn ihr, endlich versöhnte Brüder, euern schwesterlichen Bräuten die Hand. Von dieser Stunde an sollt ihr vor Gott und den Menschen als Verlobte gelten, und so gebt euch denn den Verlobungskuß, wie es sich unter Brautleuten geziemt.‹ Da war es zum ersten Mal, daß ich mein holdes Mädchen in den Armen hielt, und, wohl errötend, doch mit freiem, offenem Blick bot sie mir ihren Mund zum Kusse.«

Der Onkel schmunzelte behaglich in der Erinnerung an diese angenehme Stunde, und auch den Neffen freute der gute Ausgang des schlimmen Abenteuers. Dann fuhr der Oheim also fort:

»Der Mutter besonders strömte das Herz über vor Freude an den so schön versöhnten Söhnen und an den stattlichen, sittsamen Schwiegertöchtern. Einem nach dem anderen fiel sie um den Hals und herzte ihn, und selbst der gestrenge Herr Schulmeister mußte sich solch ungewohnt liebreiche Behandlung, die ihm das Toupet ganz verrückte, gefallen lassen. Dann lief sie geschäftig durch das Haus, befahl, was Küche und Keller nur bieten konnten, und keinem vergaß sie, die freudige Mär zu erzählen, selbst nicht dem Hütebuben.

Da hob ein gewaltiges Kochen und Backen an, mörderisch griff manche Magdhand nach den gackernden Hühnern und schnatternden Gänsen; wo du hinhörtest, wurde gesungen, gepfiffen oder gelacht – denn der Friede war endlich eingekehrt in ein friedloses Haus. Nur die Muhme Petronilla Thalerin war ausgeschlossen von aller Freude und Fest, mit argen Schmerzen, gallengelb, lag sie im Bette, denn gerade am Unglückstage des Bruders hatte auch sie Unglück erfaßt: auf dem Boden war sie gestürzt und hatte sich ein Bein gebrochen. Sie ist auch nicht eher wieder genesen als bis nach dem Hochzeitstage des Bruders, und das Humpeln, das du an ihr gesehen, blieb ihr von da an.

Für den wurde nun fleißig gerüstet. Unermüdlich bis in die tiefe Nacht schnurrten die Spinnräder, auf der Diele knackte, ächzte und stieß die Lade des herbeigeholten Leinewebers, und in dieser Stube saßen die Frauen und fügten mit geschickten Händen Stoffbahn an Stoffbahn zu manchem festlichen Staats- und einfachen Hauskleid.

Endlich war es soweit, zwei Paare, zwei Brüder, denen

sich zwei Schwestern für dieses Leben vertrauten, standen vor dem Altar, und wohl dem Bräutigam, der, wie ich, nach dem Spruch des Pfarrers der jungen Frau solch seligen Tau von den Wangen küssen darf! Groß wurde dann gefeiert, die ganze Gegend dorfauf dorfab nahm Anteil. Zu wahren Bergen häuften sich die Geschenke auf der Diele, und die Summe Schmausgeldes, die die vornehmsten Gäste der Brautmutter auf den Teller legten, belief sich fast auf dreihundert Taler.

Doch am Morgen des vierten Tages stiegen wir junge Burschen zu Pferde, um dem Bruder mit seiner jungen Frau das Ehrengeleite zu geben. Zwei große Planwagen, mit reichem Hochzeitsgute beladen, hielten hinter dem leichten Reisewagen, vor dem die Pferde schon ungeduldig mit den Hufen scharrten. Doch immer noch hing die junge Frau am Halse der Mutter und konnte sich nicht trennen. ›Wir sehen uns ja wieder, Bärbchen!‹ rief die. ›Ist es schon weit, ist es doch nicht zu weit in die Stadt.‹ – ›Nie, nie, nie sehen wir uns wieder, Frau Mutter!‹ rief die Trostlose, krampfhaft schluchzend; und fast mit Gewalt mußte der Bruder sie vom Halse der Mutter lösen und in den Wagen tragen.«

Leiser hatte der Ohm von dem Abschied gesprochen, trübe ahnungsvoll hatte der Neffe dem Bericht von der Mutter, die er nie gesehen, gelauscht. Traurig fuhr der Onkel fort: »Es hat ihr recht geahnt, dem Bärbchen, deiner Mutter. Keiner von uns hat sie wiedergesehen, schon ein Jahr darauf ist sie gestorben. Der dir das Leben gab, Neffe Guntram, nahm ihr das ihre.

Spät erst erreichte uns die Kunde, spärlich erreichten uns nur Nachrichten aus der großen Stadt, und dann unheilvolle: Krieg hielt sie in Banden. Fremde Völker, ständig wechselnd, zogen durch ihre Tore, und froh war, wer wie wir in der Stille sitzen konnte, geschützt durch den weiten unwegsamen Waldgürtel. Manches Jahr ging ins Land, in dem ich vom Bruder keine weitere Kunde hatte, als daß er und sein Söhnchen noch lebten, daß sie sich redlich durchschlügen und alle Verwandtschaft herzlich grüßen ließen.

Dann kam vor nun zwanzig Jahren die unheilvolle Winterstunde, da nächtens eine schwache Hand an unsere Hofpforte schlug. Und als wir zögerten zu öffnen, denn es lief manch versprengtes wildes Volk im Lande umher, dem nicht zu trauen war, rief die Stimme gar kläglich, wir sollten ums Gottserbarmen nur schnell machen, es sei der Bruder mit seinem Kind ...

Ja, er war es, doch als ein Kranker, fast Sterbender kehrte er ins Vaterhaus heim. Übermütige Kriegerscharen hatten beim Trunk der aus dem Kamin gefallenen Brände nicht geachtet, in Flammen war des Bruders Haus aufgegangen, und mehr als dich, Neffe, hat er der räuberischen Glut nicht entreißen können. Von dem Feuer fast geröstet, von dem Polwind der Winternacht eisig durchkältet, hat er sich, dich als seinen letzten Besitz auf dem Arm, in die Heimat aufgemacht. Schon unterwegs packte ihn das hitzige Fieber, oft fast von Sinnen meinte er, nie den Weg in die Heimat finden zu können. Wunderbar erzählte er später im Fieber davon, wie sich zwei große Nachtvögel um ihn und das Kind gestritten hätten: eine Ohreule, die ihn mit leuchtenden Augen und klagendem, fast menschenähnlichem Ruf in den Sumpf hatte verlocken wollen; und ein großer, finsterer Uhu, der schließlich die Eule mit scharfen Schnabelhieben verjagt hatte und dem Vater auf dem rechten Waldpfad vorangeschwebt sei. Doch das sind wohl nur die eitlen Gespinste des Fieberwahns, in denen dein Vater tiefer und immer tiefer versank.«

Ernst sah der Onkel in Guntrams erblaßtes Gesicht. Mit einem Blick auf die Uhr dann sprach er: »Doch vielleicht ist es deiner und meiner Nachtruhe förderlicher, wenn wir hier abbrechen und morgen abend ruhiger das Begonnene zuende führen. Gleich wird der Kuckuck die

Mitternachtstunde ausrufen, den Bauern wie dem müden Wanderer ist es besser, um diese Zeit im Bette zu liegen.«

Doch Guntram, der bei der Nachricht vom hilfreichen Schuhu und der verderblichen Eule hoch aufgehorcht hatte, bat so eindringlich weiterzuerzählen und versicherte so eifrig, er werde kein Auge zutun können, ehe er nicht das Ende des Berichtes erfahren, daß der Ohm ihm schließlich willfahrtete:

»Meistens lag dein Vater in Fieberphantasien, die aber fast nie so quälend waren wie jene vom Uhu und der Eule. Sondern fast immer weilte er in seinem einen glücklichen Ehejahr. Sein Bärbchen, deine Mutter, war bei ihm, sie hatten gemeinsam das große Haus mit den zahlreichen, immer hungrigen Scholaren zu bestellen. Mit freundlichen Zurufen feuerten sie einander an, und wenn sie ihn etwa an den großen Backtrog gestellt hatte, den Brotteig kräftig zu durchkneten, so konnte er wohl gar kläglich rufen: ›Bärbchen, erlöse mich! Lahm sind meine Arme!‹ – Aber friedliches Glück strahlte aus seinem Gesicht.

Selten nur noch weilte er, zur Umwelt erwachend, bei uns. In einem solchen lichten Augenblick bat er mich zu sich an sein Bett, wies liebreich alle Fragen nach seinem Ergehen wie einer, der schon irdisches Leid nicht mehr fühlt, zurück und sprach von deinem Geschick, mein Neffe Guntram. Vielleicht schon klarer sehend als wir irdisch Gebundenen erwähnte er die dunklen Mächte, die alle Besitzer des Spatzenhofes gefangen gehalten. Er sprach mir davon, wie sehr auch wir beiden Brüder unter diesem Geschick gelitten, wie schwer wir uns aus seiner Umklammerung befreit, und er wies dann auf die Wiege, in der mein Töchterchen Monika schlummerte, von dir ahnungslosem Knaben fleißig gewiegt.

›Soll unseren Kindern einst dasselbe schwarze Los fallen wie uns, Bruder?‹ fragte er ernst mahnend. ›Ich gehe bald dahin und ich lasse den Knaben dir als seinem nächsten Anverwandten. Diese lichte Stunde ist mir noch einmal geschenkt, damit ich dir sage, wie du nach meinem Willen mit ihm verfahren sollst.‹ Und er gab mir die ernste Anweisung, dich sofort nach seinem Ableben in die Stadt zurück zu senden zu einer gottesfürchtigen Frau, die dich die ersten Jahre aufziehen sollte; später dich aber ein Handwerk oder einen Beruf erlernen zu lassen, für den du eben geeignet seiest. Ohne Ahnung von Verwandtschaft, ohne Kenntnis vom Spatzenhofe solltest du aufwachsen, dein Leben einrichten und dich selbst ernähren – und nicht eher sollten wir uns dir zu erkennen geben, als bis deine Base Monika ihr einundzwanzigstes Lebensjahr vollendet habe, in den Besitz aller Erbrechte am Hofe geraten und damit aller Anlaß zu Hader und Streit abgewendet sei.

Fast zu schwer schien mir zu tun, was der Bruder verlangte. Ein klein Kindlein allein in die Welt hinauszustoßen unter harte fremde Menschen, in Entbehrungen vielleicht und schwere Arbeit bei ausbeuterischen Meistern, indes die Verwandtschaft auf einem Hofe so recht in der Fettschwemme saß – das wollte mir nicht eingehen in Kopf und Herz. Aber je mehr ich dem Bruder dagegen redete, je länger ich das Ja verweigerte, um so erhitzter wurde sein armer Kopf, um so stärker erschütterte der Husten seinen abgemagerten Leib. Als er dann, schon im halben Fieberwahn, zu stöhnen anfing: ›Auch der Bruder ist mit dem Bösen im Bunde! Auch der Bruder will meinem Kinde nicht wohl!‹ – da überwand ich mich, faßte seine Hand und sprach: ›Ich will alles tun, wie du gesagt.‹ – Und mitten in seinem Fieber erreichte ihn wohl mein Versprechen wie ein guter, kühlender Trank, denn er seufzte tief und selig auf: ›Guter, trefflich guter Bruder!‹ wandte sich auf die Seite und schlief friedlich ein. Aus diesem friedlichen Schlummer ist er nicht wieder erwacht.«

Der Onkel verstummte und sah ernst den Neffen an.

Der erwiderte freundlich den Blick, und über dem Tisch trafen sich die Hände der beiden Männer, des jungen und des alten. Ganz stille war es im Gemach, sauste der Wind durchs Ofenloch, trieb er doch nicht mehr knackend den Funken ins Holz, sondern wirbelte nur lautlos die Asche über den Rost. Leise erst, lauter dann, immer lauter klang das Ticken der Uhr aus der Stille hervor, deren Kuckuck sich wohl schon zum Schlage der zwölften Stunde anschickte.

Leise lösten sich die Hände, und leiser auch endete der Oheim seinen Bericht: »Daß ich dem Wunsche deines Vaters gehorcht, weißt du. Schwach erinnerlich werden dir noch die ersten Jahre bei der lieblosen, harten Witfrau Hickupp sein, deutlicher und bedeutender schon deine Schuljahre unter des gestrengen Magisters Böck Bakel, am deutlichsten endlich deine Schreiberjahre auf der Stube des Herrn Rat Asio, des getreuen Freundes unserer Muhme Thalerin. So oft jemand aus dem Dorfe in die Stadt zog, haben wir heimlich Nachricht von dir erkundet, nie haben wir deiner vergessen, und besonders hat uns manch gute Botschaft gefreut, die der Herr Rat über deinen Wandel und Fleiß uns gesandt.

Nun aber ist die böse Wartezeit verflossen, auf deines Vaters Platz, auf seinem Geburtshof sitzest du jetzt – und dem mündigen Manne liegt nun die Entscheidung ob, ob er zur Stadt zurückkehren oder ob er mitschaltend in der Ahnen Erbe arbeiten will.«

Mit gar seltsamer Spannung, wollte es dem Neffen scheinen, sah der Onkel in sein Gesicht. Er aber antwortete bescheiden, daß er dem Onkel herzlich für Bericht, bewiesene Sorge und gebotene Gastfreundschaft danke. »Aber völlig fremd, lieber Oheim, ist mir noch das Leben auf dem Lande, vergönne mir doch einige Wochen Frist, ehe ich mich entscheide. – Auch will es mich fast bedünken, als ob die dunklen Mächte, die Euch und dem Vater so arg zugesetzt, noch immer nicht zur Ruhe gekommen, sondern gerade in letzter Zeit recht lebhaft am Werke sind.«

Fast verdrießlich antwortete der Onkel, ob der Neffe etwa mit den dunklen Mächten jenen Brief meine, den der Herr Rat ihm vor einigen Wochen geschrieben. – Alles wisse der Neffe jetzt durch des Oheims Erzählung, und der könne sich nicht denken, daß ein rechtliches Herz solchen Anspruch nach diesem Bericht noch aufrecht erhalten möge.

Erstaunt fragte Guntram, von welchem Brief und von welchen Ansprüchen der Oheim denn spreche, er wisse von keinen.

Ärgerlich erwiderte der Oheim, daß er den Neffen zu offener Aussprache von Mann zu Mann geladen habe, nicht aber zu Advokatenpfiffen und Versteckenspielen hinter Papier.

Er wisse weder von Advokatenpfiffen, antwortete schon erregter der Neffe, noch von Papieren, noch von einer Einladung. Zufällig habe er heute von der Verwandtschaft vernommen, zufällig habe er sich zu ihr auf den Weg gemacht.

»Ist mir doch«, sprach der Onkel fast zornig, »solch feiges Verkriechen aus der Seele verhaßt! Offen habe ich dir, Neffe, alles erzählt, wie es sich begeben – und was ist dein Lohn dafür? Wer hat dir denn von der Verwandtschaft erzählt? Wer hat dir denn den Weg zum Spatzenhofe gewiesen?!«

Betreten schwieg Guntram, es schien ihm nicht die rechte Stunde, seine höchst wunderbaren, aber ganz unglaubhaften Abenteuer dem Onkel zu erzählen.

»Da schweigst du!« rief der Onkel immer zorniger. »Aber offene Rede stünde dir besser an! Ist es denn nicht in deinem Auftrage geschehen, daß der Herr Asio mir schrieb, wie du in der Asche des väterlichen Hauses stöbernd einen eisernen Kasten gefunden, der mit andern Papieren auch eine Niederschrift deines Vaters enthalten, die bekundete, er sei als der Erstgeborene einziger Erbe des Spatzenhofes; und du erhebest nun Anspruch an des Entschlafenen Statt?! Sprich, verhülle dich nicht länger, entlarve dich!«

Verwirrt, kaum Worte findend, erwiderte der Neffe stammelnd, wie er wohl manches Mal, von Heimweh nach den toten Eltern bezwungen, auf der wüsten Brandstätte geweilt, auch den erwähnten Eisenkasten gefunden habe. Doch habe in dem keine solche Urkunde, wie sie der Onkel beschrieben, gelegen, sondern nur der Kaufbrief über das abgebrannte Haus, den er mit dem Kästchen dem Herrn Rat zur sicheren Aufbewahrung übergeben habe.

»Ei, wie ärgert mich doch«, rief der Ohm im höchsten Zorn, »solch bübische, nutzlose Verlogenheit! Muß ich dir denn körperlich vor Augen stellen, wie sehr du deinen nächsten Verwandten hintergehst?!« – Und zum Schreibschrank laufend, riß er eine Lade auf, entnahm er ihr ein Pergament, entfaltete es und hielt es mit zitternden Händen dem Neffen vors Gesicht: »Willst du deine eigene Schrift verleugnen und deinen eigenen Namenszug?!«

Erbleichend sah der Schreiber Guntram ein Schreiben, von seiner eigenen Hand gefertigt, und neben dem Namenszug des Herrn Rat Asio den eigenen. Fremd und bekannt sahen ihn die schwarzen Schnörkel an, einen Augenblick war es ihm wie am heutigen Mittag, da er sich selbst in der Gestalt des verwandelten Spatzen am Schreibtisch gesehen ... »Ohm! Ohm!« rief er in großer Angst. »Hier wird ein arges Spiel getrieben! Wohl ist dies meine Schrift und dies mein Namenszug – und doch haben meine Augen nie diesen Brief gesehen! Vernimm, daß der Herr Rat Asio, wie auch ich erst seit heute weiß, als gefährliche Eule geistert ...«

»Da wollte ich doch«, schrie der Ohm, »du wärest selbst solch gemeines Vogelgetier! Willst du jetzt meine arglose Erzählung gegen mich kehren und, eine Eule zum

Schutztier deiner Freiheit machend, die Fieberphantasien deines Vaters frevelhaft mißbrauchen?! – Auf der Stelle gestehe, Bursche, daß du meiner Monika nach Erbe und Hof trachtest, oder ich breche, so alt ich auch bin, dir alle Knochen im Leibe!«

Etwas vom alten Zornmut, der den Ohm in den Jugendjahren wohl bei den Kämpfen mit dem Bruder beseelt, hatte ihn wieder erfaßt, so derb hielt er den Neffen und schüttelte ihn, als wollte er ihm das Geständnis aus dem Leibe schütteln.

»Ohm! Ohm!« rief der Neffe in höchster Angst.

Da fuhr der Kuckuck aus seinem Gehäuse und verkündete die zwölfte Stunde. In dem gleichen Augenblick aber brach über den Häuptern der Streitenden ein betäubender Lärm los: Glas zerbrach klirrend, jammernd schrie eine Frauenstimme in höchster Not um Hilfe, und dunkel krächzte darein ein unheilvolles: Huh-Huh!

Ab ließ der Onkel vom Neffen, jedes ergriff einen Leuchter, und allen Streit vergessend, eilten sie über die breite Treppe in das obere Geschoß, den Gang entlang, aus dessen Türen verschlafene Köpfe von Knechten und Mägden nach der Ursache des grausigen Getöses forschten. Einen Augenblick verharrten beide vor der Kammertür des Neffen, aus der jetzt nur noch klägliches Wimmern tönte, dann öffnete der Oheim mit einem tiefen »Im Namen Gottes!« die Tür, und sie traten über die Schwelle. Aber welch schrecklicher Anblick bot sich ihnen! Durch die zerbrochene Fensterscheibe, deren Glassplitter weit über den Boden zerstreut lagen, hauchte der eisige Novemberwind, daß die Kerzenflammen nur eilig das grausige Bild überhuschen konnten. Offen stand die Lade und aus ihr gerissen, mit dunklem Blute befleckt, waren wild auf die Erde geworfen die weiße Wäsche, die dunklen Kleidungsstücke, die die Freundlichkeit des Oheims dem Neffen geschenkt. Aber – schlimmster Anblick – zwischen all dieser Unordnung lag hingesunken eine weibliche Gestalt, ein erloschenes Licht noch in der Hand, und dunkel rann das Blut von ihren Händen und ihrem Gesicht.

»Monika!« rief der Oheim in tiefem Schmerz – »Base!« klagte erschüttert der Vetter. – Und »Hier bin ich!« rief's von der Kammertür her, und das schöne Mädchen trat, nur ein Tuch um die gelösten Haare geschlungen, eilig ein. »Ich lebe, Vater«, sprach sie sanft. »Es ist Zilli.« Und indes die Männer noch sprachlos verharrten, beugte sie sich zu der Liegenden, hob sie mit kräftigen Armen in den Sessel am Fenster und gebot: »Gib Wasser, Vetter, und ein Tuch.«

Unter ihren geschickten Händen kam die Ohnmächtige rasch zu sich, aber nur um das zerfleischte Gesicht in den Händen zu bergen und angstvoll zu klagen: »Oh, der Schuhu! Der schreckliche Schuhu!«

Mit einem finsteren Blick auf den Neffen fragte der Oheim ernst, was sich denn begeben, wie sie zu solcher Nachtstunde in die Kammer des Gastes gekommen.

Zilli aber, sich unter den hilfreichen Händen Monikas immer mehr erholend, berichtete eilig, wie sie aus der Kammer des Herrn Schreibers seltsame Geräusche gehört. Sich aus dem Fenster beugend habe sie vernommen, daß Ohm und Neffe unten noch im Gespräche weilten, daß also ein Unberufener in die Gästekammer gedrungen sein müsse. Ohne es sich weiter zu überlegen, sei sie mit dem Lichte in die Kammer hinübergeeilt. Kaum aber habe sie die Tür geöffnet, sei ein riesiger Schuhu auf sie losgeflattert, habe mit seinen Flügeln das Licht ausgeweht und sei dann mit scharfem Schnabel und stählernen Krallen über sie hergefallen. Gellend habe sie aufgeschrien. Der Uhu aber habe seine Angriffe mit immer hitzigerer Gewalt fortgesetzt, bis sie hingestürzt sei. Da erst sei er mit großem Geklirr durch die Glasscheibe ins Freie gefahren, ihr aber seien die Sinne geschwunden.

»Es ist jetzt zu spät«, sagte der Bauer mit finsterer

Stimme, »diesen Fall in aller Gänze zu untersuchen und zu klären, trotzdem ich glaube, daß unser Neffe hier uns mehr von dem Uhu und seinen Schandtaten berichten könnte, als wir hören möchten. Ja, wahrlich glaube ich jetzt auch, daß die finsteren Mächte noch einmal zum Angriff schreiten – und mit dir haben sie ihren Einzug in dieses Haus gehalten, Neffe! – Doch diese Nachtstunde ist nicht die rechte Zeit, davon zu sprechen. Bringe die Zilli in ihr Bett, Monika, und tue alles, was rasche Heilung verspricht. – Du aber, Neffe, sammle das Verstreute ein und suche den Schlummer zu finden, der dir vor dem Gerichtstage morgen so nötig ist.«

Nach diesen Worten gingen die drei, ohne sich noch einmal nach dem versteinert dastehenden Guntram umzuschauen, aus der Kammer. Allein stand er, das Licht erhoben in der Hand, und ein recht klägliches, hilfloses Lächeln verzog seinen Mund.

Schließlich seufzte er tief, stellte den Leuchter auf den Tisch und begann, wie der Ohm befohlen, wieder in die Lade einzuräumen, was auf dem Boden lag. Lange suchte er, er suchte, bis mit einem letzten Aufflackern der Docht im schwimmenden Talge ertrank – aber das zauberische Haar fand er nicht wieder. –

## Drittes Kapitel

»Was wagt der Bursch? Verläßt die Gerstenbrühe
Und kommt bewaffnet wider seinen König?«
Altes englisches Schauspiel

Lange noch hatte der unglückliche Guntram im Nachtdunkeln vor der zerbrochenen Fensterscheibe gehockt und voll banger Erwartung auf den Besuch des großen Schuhu Bubo gewartet. Denn wenn er es sich recht durchdachte, mußte die Erzählung des Mädchens Cäcilie lügnerisch gewesen sein: sie mußte es gewesen sein, die vom wachsamen Schuhu beim Diebstahl des Zauberhaares überrascht worden war, sie, die er schon auf der Gartenbank in der Laube finstere Pläne gegen den erwarteten Gast hatte spinnen hören. Vielleicht war es dem unheimlichen Freunde gelungen, ihr das Diebsgut wieder abzujagen, vielleicht aber hatte er auch, verjagt von den Zueilenden, unverrichteter Sache durch die Fensterscheibe fahren müssen –?

Umsonst wartete Guntram. Der Novemberwind pfiff um das Haus und orgelte in den Ästen der großen Linde, aber kein Flügelschlag trug den ersehnten Helfer herbei. Recht schwer fiel es dem jungen Mann auf die Seele, wie gänzlich er auf die Unterstützung des erzürnten Oheims angewiesen sei, wie er kläglich ohne einen Kreuzer im Beutel dastehe, und wie ihm auch die Rückkehr in die Schreibstube des Rates verwehrt sei, denn nie werde ihm der arge Mann die unbesonnene Flucht durchs Fenster verzeihen.

Endlich suchte er müde, des ergebnislosen Wartens überdrüssig, sein Lager auf. Lange noch wälzte er sich schlaflos in den Kissen, kaum faßbar wollte ihm die starke Veränderung seines Lebens erscheinen, die doch mit vielen farbigen Bildern aus dem heutigen Tage deutlich vor sein Erinnern trat. Dann hörte er über sich im Tannengeäst den gestrengen Herrn Asio schmälen, angstvoll drückte er sich dichter an den Stamm. Doch die großen gelblichen Augen hatten ihn schon erspäht, nahe drohte der mörderische Schnabel – da faßte des Vaters sanfte Hand den Verängstigten und führte ihn fort, in eine enge, dunkle Schlucht. Reißend strömte das Wasser über moosige Blöcke zu ihren Füßen, grau verhängt war der schmale Himmelsriß zu ihren Häupten. »Der Bruder ist gut«, sprach beruhigend der Vater und führte den Knaben weiter fort. Doch das Wasser stieg und stieg, jetzt reichte es Guntram bis zum Knie, jetzt bis zur Hüfte. Der Vater schien dessen nicht zu achten, rüstig schritt er weiter. Das Wasser reichte bis Brust und Hals, »Vater« wollte der Knabe rufen, doch brausend füllte die Flut ihm schon den Mund, erstickend bäumte er sich in seinen Kissen, indes der Vater, ferne und hoch lächelnd, entschritt ...

Der erwachte Guntram sah um sich, dunkel lag noch die Kammer, und was ihn der Traum als Brausen der Wasser hatte hören lassen, war das Sausen des Herbstwindes um das Haus. Wieder legte er sich in seine Kissen zurück, wieder schloß ihm der Schlaf die Lider, doch in welch freundliches Traumreich führte er ihn dieses Mal!

Dem jungen Guntram war, als säße er als Spatz in hellstem Sonnenschein auf einem laubigen Ast. Leicht bewegte der leise Südwind diesen, und dem kleinen Spatz war's, als schwinge er in einer großen grüngoldigen Schaukel. Schon war es eine – und die neben ihm auf der Polsterbank mitsaß und mitschaukelte war niemand anders als die schöne Base Monika. »Höher, Vetter!« rief sie jauchzend, und höher und immer höher schwang die Schaukel, bis ihr grüngoldenes Gehäuse tief unter ihnen lag wie das leere Puppenkleid, das der bunte Schmetterling verlassen. Tief unter ihnen lag, lieblich übersonnt, die alte, gute Mutter Erde. Noch erreichte die beiden wie ein fernes Freudenjauchzen der festliche Morgenwirbel der Lerchen. – »Immer höher – höher – höher!« jauchzte das schöne Mädchen. »An den Sternen ist unsere Lebensschaukel aufgehängt, in das reine, schlackenlose Feuer der Sonne schaukeln wir uns ...« – »Monika«, flüsterte der Schreiber, »spürst du nun, daß die graue Spatzengewandung nur eine Verkleidung war –?«

Voll schlug die Schöne die Augen zu ihm auf. »Immer habe ich es gewußt, Guntram«, flüsterte sie. Ihre Köpfe näherten sich einander, ihr Atem wehte ihn an. Rauschend stürmte die Schaukel höher, bis in alle Himmel hinein – die Berührung ihrer Lippen war so leise, als sei ein Rosenblatt dagegen geweht ...

Von einem störenden Kitzeln an den Lippen erwachte der junge Guntram aus seinem schönsten Traum. Er fuhr empor. Die graue Helle des späten Novembermorgens füllte die Kammer. Von seinem Gesicht, seinen Lippen war es fortgeflattert, und jetzt saß es, ihn frech anpiepend, auf dem Rande der Waschkommode: ein Spatz, der wohl vor dem kalten Regen, der draußen niederfiel, durch die zerbrochene Scheibe in der Kammer Schutz gesucht.

»Sei mir gegrüßt, du graurockiger Vogel!« rief Guntram, gut gelaunt durch den schönen Traum, wenn auch der Rosenkuß auf den Lippen nur das vorwitzige Trippeln eines Spatzen gewesen war. »Fast kann ich dich ja nun einen Bruder nennen, und gerne sei dir Gastfreundschaft gewährt, bis der dreiste Besen der reinigenden Magd dich wieder in dein unfreundliches Element zurückscheucht.«

Fröhlich piepte zur Antwort der Spatz und sah neugierig zu, wie Guntram in seine Hosen fuhr.

»Jetzt mußt du mir, geflügelter Gastfreund«, sprach Guntram fort, »schon den Platz an der Waschkommode vergönnen, nicht möchte ich ungewaschen und ungekämmt hinuntergehen, ein häßlicher Anblick für die schöne Base, deren Gunst ich mit allen Mitteln mir wiedergewinnen muß.«

Der Spatz flatterte, ärgerlich piepend, als sei er böse, hoch und verunreinigte dabei das Wasser des Schüsselchens.

»Nicht so, Gastfreund!« mahnte noch gutwillig Guntram. »Feiner Sitten muß man sich befleißigen, ist man bei fremden Leuten zu Gast. – Ach, du Armer«, fuhr er in anderem Tone fort, »verstehst meine Sprache nicht. Jetzt wünschte ich wohl, ich hätte das Zauberhaar noch, mit Piep und Schniep wollte ich dir dann schon begreiflich machen, welch Benehmen sich geziemt. – Aber das ist freilich unwiederbringlich dahin.«

Recht auf jauchzte der Spatz, als freue ihn die traurige Botschaft, den Kopf des Überraschten bestürmte er, riß mit seinem Schnäbelchen am Haar und benahm sich ein zweites Mal recht ungezogen.

»Spatz, Sperling, Lüning, Passer domesticus!« sprach ernst mahnend Guntram. »Auch der mildeste Wirt muß ein Mindestmaß guter Sitten fordern. Marsch mit dir fort! Dort auf der Gardinenstange magst du hocken – und daß du mir dein Bürzel fein geschlossen hältst! Was soll denn die Magd von uns denken –!«

Doch der Spatz, recht als spotte er seiner, riß ihm mit kräftigem Ruck ein langes Scheitelhaar aus, und nochmals ihn beschmutzend, flog er mit frechem Piep auf den Sims des Ofens, von wo er den erzürnten Gastgeber betrachtete.

»Spatz!« sprach der, düsterer Ahnungen voll. »Solltest du etwa gar kein Spatz sein, sondern ein Sendbote jenes listigen Asio, der mir durch dich ein Haupthaar zu schlechten Zwecken rauben läßt? Spatz, gib mir mein Haar wieder her!« Und umsichtig das Loch im Fenster mit einem Kissen verstopfend, trat er dem Räuber näher, der sich behutsam ganz in den Ofenwinkel zurückgezogen. »Spatz, gib mir mein Haar wieder!« Und er griff nach dem Vogel, dem das Haar quer im Schnabel hing.

Doch griff er vorbei. Der Spatz flatterte hoch, und jetzt auf dem Bettknauf hockend, erwartete er den nächsten Angriff des Feindes. Hitziger schon folgte ihm Guntram, griff wieder vorbei, lief dem Entflatternden nach, ein Stuhl fiel krachend um, fast sein Haupt berührend, schoß der Vogel hierhin, dorthin, und ließ doch nicht von dem Haar. Immer wilder und lärmender wurde die Jagd, mit Kissen und Decken bedräute Guntram den Kleinen, der doch immer wieder geschickt entflog. Am Ende erfaßte Guntram den Stiefelknecht und blindlings schlug er nach dem Spatzen, wobei er sich mit Rufen anfeuerte: »Da, nimm den! Oder diesen! Das Haar, Schurke! Du willst nicht? So nimm hier!«

»Was ist denn dies für ein toller Spuk –?!« rief von der Tür her der Onkel mit tiefer Stimme.

Beschämt ließ Guntram den erhobenen Stiefelknecht sinken. Verlegen starrte er auf den neu erzürnten Ohm, indes der Spatz, fröhlich aufflatternd, durch die offene Kammertür Gang, Freiheit und endgültig das Haar gewann.

»Ein Spatz«, stammelte der verwirrte Neffe. »Durch die zerbrochene Scheibe drang er ein, er beschmutzte mir Zimmer und Gesicht, ja, ein Haar riß er mir aus!«

Ernst blickte der Oheim auf das verwüstete Zimmer. »Ich weiß noch nicht, Neffe«, sprach er dann fast traurig, »ob ich eher einem arglistigen Gaukler zu zürnen oder einen aberwitzigen Kranken zu bemitleiden habe. Spricht man doch im Scherze manchmal von einem, der einen Vogel habe – du aber hast uns eine ganze Vogelwirtschaft ins Haus getragen. Ich denke aber nach der Botschaft, die mich eben erreicht, daß noch der heutige Tag Klärung bringen wird. – Ordne jetzt das Zimmer ein weniges, daß wir uns nicht zu sehr zu schämen haben, und komme dann zur Morgensuppe herab, die du freilich allein wirst essen müssen. Denn die Uhr geht schon stark auf neun, und alle andern sind seit Stunden an der Arbeit.«

Ernst und traurig hatte der Ohm gesprochen, auf der Zunge schwebte dem Neffen ein offenes Geständnis. Doch ehe er sich entschlossen hatte, war von dem beschäftigten Mann die Tür schon wieder geschlossen, und so machte sich der Schreiber eifrig daran, die Spuren der Verwüstung zu vertilgen.

»Ei freilich«, sprach er dabei zu sich, »muß dem Ohm mein Beginnen fast wie das eines Toren erscheinen. Allen Fleiß habe ich daran zu setzen, durch anständiges Betragen und emsige Arbeit in den kommenden Tagen den üblen Eindruck wieder wett zu machen – und bestimmt entsage ich jedem Anhang an die üble Vogelwirtschaft, die nur Böses bringt.« So bei sich sprechend hatte er der Kammer den Anschein von Behaglichkeit wiedergegeben und stieg dann hinab auf die große Diele. Rasch trug ihm eine Magd die große Suppenschüssel mit der Mehlsuppe herzu, dann legte sie ihm einen Laib Brot und ein derbes Stück Räucherspeck auf den Holztisch. Dieses Mal zog Guntram schon das eigene Messer aus der Tasche, und so kräftig aß er von der ungewohnten derben Kost, daß der eintretende Onkel fast lächelnd sagte: »Wenn du dich in alles bei uns so schicken wolltest wie in das Essen, Neffe Guntram, würden wir bald zufrieden miteinander sein. Nun aber komm und zeige, was du bei der Arbeit vermagst.«

Er schritt dem Neffen voran in den geräumigen Viehstall, wo Haupt an Haupt die rotweißen und bräunlichen Kühe standen, drückte ihm eine langstielige Gabel in die Hand, wies auf eine Karre und gebot: »Nun miste die Rinder. Entferne immer säuberlich alles vom Unrat beschmutzte Stroh und packe es fest auf die Karre. Dann fährst du es auf den Misthaufen, stürzest die Karre dort um und breitest die Ladung säuberlich und recht eben aus, damit die Dungstätte nicht zu einem Gebirge aus Erhöhungen und Tälern werde.«

Kräftig stach der Neffe in das Stroh, zog und zerrte am Placken, aber der Onkel rief: »Halt ein! Siehst du denn nicht, wieviel sauberes Stroh du mit dem beschmutzten fortzerren willst?! Nicht Stroh, Mist will der Landmann auf seinen Acker fahren, darum trenne beides genau.«

Noch eine Weile stand der Oheim ratend und schaltend beim Neffen, nahm ihm auch einmal die Gabel aus der Hand und wies ihm, wie man die unverständigen Kühe mit gütlichem Zureden und mahnendem Klopfen durch die Gabel zum Beiseitetreten bringe. »Nicht anschreien darfst du das Vieh und gar nicht es schlagen, sonst schreckt es ihm die Milch in den Leib zurück, und die Muhme Petronilla klagt über leere Satten in der Butterstube.«

Schließlich aber ging der Onkel, sachte nickend, von dannen.

Eifrig schaffte Guntram am ungewohnten Werke, kräftig, doch nicht unangenehm, stieg ihm der Geruch des Mistes in die Nase. Hatte er im Anfang noch die neuen langschäftigen Stiefel vor Beschmutzung sorgfältig gewahrt, sah er bald, daß dies doch nicht durchzuführen sei, und tröstete sich damit, daß ein Guß Wasser und ein Stallbesen schon wieder die erwünschte Reinlichkeit herbeiführen würden.

Mit Schwung fuhr er über die schmalen Bretter die Karre auf den Dunghaufen, trotz der schon schmerzenden Hände ihre Holme festhaltend, stieß er sie genau bis zu der Stelle vor, wohin jetzt der Dung gehörte, kippte sie um und breitete sorgfältig das in der Novemberkühle dampfende Gut aus. Dabei schielte er manches Mal verstohlen nach den Fenstern des Wohnhauses, ob vielleicht die schöne Base ihn so unverdrossen bei der Arbeit sähe. Aber die Fenster waren leer, und nur der derbe Knecht Enak blieb einmal beim Dunghaufen stehen, sah eine Weile, die Hände in den Taschen, den Kopf mit der blauen Zipfelmütze weit vorgeschoben, schweigend zu, sprach dann: »Ohaua – haua – ha!!«, spuckte aus und ging.

So mochte der Schreiber zwei oder drei Stunden gearbeitet haben und begann schon sehnsüchtig der Mittagstunde zu gedenken, denn schon schmerzten von der ungewohnten Anstrengung die Armmuskeln, und schon wuchsen auf den rot brennenden Handflächen weißliche Blasen – da störte ihn das Rollen eines Wagens aus seinem stillen Schaffen auf. Zwar die Kalesche, die wohl auf der Dorfstraße gehalten, bekam er nicht zu sehen, aber wohl war ihm der schwarzbärtige Fuhrmann bekannt, der jetzt die ausgespannten Pferde über den Hof in den Stall zog. Manches Mal hatte er ihn, hoch auf dem Bocke thronend, in der Stadt vor der Schreibstube des Herrn Asio halten gesehen, den er regelmäßig zu aller ländlichen Klientel gefahren.

Doch auch der Kutscher erkannte den Schreiber, bis unter die Schwärze seines Bartes erbleichend, bekreuzte er sich hastig und rief: »Behüten mich Maria, Joseph und alle lieben Heiligen! Eben steigt mir der Musjö an der Vordertür aus dem Wagen und schon steht er hier auf dem Hof im Mist!«

Hastiger schlug das Herz des Schreibers, wilder stieß er die Gabel in den unschuldigen Dung, Unglück kündend klangen ihm die Worte des Kutschers, der vor sich hinmurmelnd im Stalle verschwand. Nicht lange mehr brauchte er zu warten, aus der Hintertür trat die Base Monika, sah suchend über den Hof, erblickte ihn, erbleichte – und die Hand fuhr ihr gegen das Herz. Doch sich sammelnd rief sie: »Er soll sogleich zum Vater in die Stube kommen!«, und als fürchte sie seine Nähe, trat sie, eilig die Röcke raffend, ins Haus zurück.

Schwerer Ahnungen voll folgte ihr Guntram. Daß der Ratsherr, dem er so unbedacht aus Arbeit und Lohn entlaufen, ihn schwer beim schon jetzt erzürnten Ohm verklagen würde, dessen war er sicher. Eine kleine Hoffnung setzte er noch auf den ältlichen Schreiber Bubo, der sich ihm bisher hilfreich erwiesen – aber wußte er doch nicht einmal, ob der mit dem Herrn Rat in der Kalesche mitgefahren! Doch am meisten beschäftigte und kränkte ihn das herabsetzende »Er«, das die Base statt des vertraulichen »Du« zu ihm gebraucht. Solche Mißachtung glaubte er nicht verdient zu haben!

An der Küche mit den flüsternden Mägden, die verdächtige Blicke auf ihn warfen, vorüber, durch die leere Diele schritt er auf die blaue Stubentür zu, holte noch einmal tief Atem, klopfte nach französischer Sitte artig an und trat ein.

Fast zu voll schien die kleine Stube für all die Menschen, die sie bereits füllten. Zuerst fiel Guntrams Blick auf die Muhme Petronilla Thalerin, die prächtig geputzt im Ohrensessel am Fenster saß, und widriger denn je däuchte ihn ihr Aussehen mit der hängenden Zulplippe, da sie ihre Hand dem Herrn Rat Asio huldvoll gereicht, der, in würdiges Schwarz gekleidet, neben ihr stand. Doch sah der erfahrene Guntram wohl am verrutschten Toupet und am gesträubten Weißhaar, daß das süße Lächeln um die Lippen seines Brotgebers nur erkünstelt war, daß vielmehr Zornmut an seinem Herzen fraß. Ein wenig entfernt, hinter dem Tisch, stand hoch aufgerichtet der Onkel, der seine Hand beruhigend auf die Schulter der blassen Tochter gelegt hatte. Zwischen beiden Gruppen aber, doch näher dem Rat als dem Pflegevater, war das bepflasterte runde Gesicht der Cäcilie zu sehen. Ferne unter der Kuckucksuhr schließlich stand der Schreiber Bubo, mit demütiger, graufaltiger Miene hielt er die Augen gesenkt und schien die Spitzen seiner Schuhe zu betrachten. Ganz zuletzt fiel Guntrams Blick auf die Gestalt, die herausfordernd, mit gekreuzten Armen, am Ofen lehnte – ach, er leibhaftig stand dort, genau, wie er sich gestern mittag in der Schreibstube erschüttert gesehen, nur daß der andere keine ländliche Tracht, sondern einen modischen Stadtrock trug. Frech musterte der Verwandelte den Hineingetretenen, grinste ihn höhnisch an, und Guntram wollte es scheinen, als habe der räuberische Spatz am heutigen Morgen in der Gastkammer ihn mit dem gleichen frechen Blick angesehen.

Laut schrien Onkel und Base auf. »Kneipe mich, Mönchen!« rief der Onkel wild. »Dort steht er – hier steht er! Kneipe mich kräftig, Mädchen, noch döller, noch döller! Ist es mir doch seit heute nacht schon, als lebte ich in einem verwirrten Traum – kneipe zu, Mönchen, daß ich endlich erwache!«

»Nicht also, würdiger Herr Spatt«, sprach der Ratsherr ernst. »Kein Traum narrt Euch, wach seid Ihr, und ein Wacher spricht zu Euch. Wir in der Stadt sind diesen Anblick schon völlig gewohnt, ein gar nicht einmal seltenes Lusus naturae, ein Naturspiel hat Eures Neffen Züge in einem verrufenen Gassen- und Gossenkind nachgebildet.«

»Es ist nicht die Möglichkeit!« stöhnte der Ohm. »Haltet zu Gnaden, hoher Herr Rat, daß ich Euch widerspreche. Aber Ihr seid nur ein Traum, und ich bin nur ein Traum, diese beiden sind auch nur ein Traum, und ein arger dazu!«

»Es hat alles seine Richtigkeit«, sprach beruhigend der Rat. »Der dort unter der Tür ist der Sohn einer stadtbekannten Bettlerin namens Passer, und so sehr er Euerm Neffen dort am Ofen im Äußeren gleicht, so verschieden sind beide in charakterlicher Bildung. Ist der eine weich, fleißig, bescheiden, wahrheitsliebend und ehrlich, so ist der andere um so zornmütiger, hitziger, aufbrausender, in wilde Schwänke und wüste Taten verliebt. Schon manches liebe Mal hat die Stadtwache den wilden Burschen ins Prison setzen müssen für eine Flegelei, die er in sinnloser Trunkenheit verübt.«

»Erinnert Ihr Euch nicht«, schrie das Mädchen Zilli, »wie er selbst uns erzählt hat, daß er den Werbeoffizier mit verstellter Trunkenheit genarrt –? Ah, er wird schon trunken gewesen sein, der volle Schlauch, der!«

»Ruhe das Frauenvolk!« gebot der Onkel. Und flehentlich bat er den Rat: »Ach, Herr Rat, helfet mir doch! In des einen wie in des andern Zügen sehe ich meines Bruders Antlitz wieder, und nicht vermag ich zu glauben, daß jener, der in verwichener Nacht so andächtig meiner Erzählung gelauscht, ein böser Betrüger ist.«

Recht kalt antwortete der Herr Asio: »Ich habe Euch bereits gesagt, hochgeschätzter Mann, daß dieser, den ich mit mir gebracht, seit über zehn Jahren auf meiner Schreibstube gesessen hat, stets fleißig und freundlich, mir als blutjunger Jüngling übergeben vom Herrn Magister Böck. Wollt Ihr freilich einer verstellt andächtigen Miene mehr glauben als meinem Zeugnis, so muß ich mich eben bescheiden und wieder von dannen fahren.«

»Besinne dich doch, Bauer!« rief die Muhme Thalerin mahnend von ihrem Sessel. »Kränke mir nicht den Herrn Rat und lieben Freund!«

Ängstlich erwiderte der Ohm: »Ferne liegt mir die Absicht irgendwelcher Kränkung, doch wird männiglich verstehen, daß ich gehalten bin, alles mit äußerster Sorgfalt zu prüfen. Wie denn«, fuhr er bedächtig fort, »hat der dort unter der Tür so genaue Kenntnis aller Umstände, des erwarteten Besuches, der Verwandtschafts- und Erbschaftssachen gewinnen können, ist er nur der Sproß einer niedrigen Bettlerin –?«

Behutsam sprach der Herr Rat: »Wie soll ich das wissen, wohlmögender Herr Spatt? In der Stadt haben auch die Wände Ohren. Vielleicht aber hat der junge Herr Guntram, in verständlichem Stolz, dem armen Ebenbild einiges vorgerühmt von der reichen Erbschaft und Sippe –?«

»I, wie will ich diesem Wicht so Wichtiges künden!« schrie hell, seltsam mit den Armen schlagend, der junge Bursche am Ofen. »Nie erblicke ich diesen Wicht, ohne vor Widerwillen – zu piepen!«

Zornesröte färbte Guntrams Stirn, nicht länger konnte er schweigend seine Verdammung und den frechen Hohn des Nebenbuhlers anhören. Mutig rief er: »Laßt Euch nicht länger täuschen, Ohm! Hast du denn nicht eben die lächerliche Rede des falschen Neffen gehört, die mit ihren vielen I-Lauten so recht dem Gepiepe eines frechen Spatzen glich –?! Hat er nicht dabei mit den Armen geschlagen, als wolle er sich mit Flügeln in die Luft bewegen –?! Jämmerlich durchsichtig ist der Betrugsversuch jener, die dir mit falschen Neffen, untergeschobenen Urkunden und frechen Ansprüchen die Ruhe deiner alten Tage, ja, vielleicht die Tochter rauben möchten! Du selbst, Ohm, bist Zeuge, wie ich erst vorhin am Morgen versucht, diesem schlimmen Burschen dort das mir geraubte Haupthaar wieder abzujagen, das, ich errate es, ihm erst die Sprache verliehen! Ja, er war ein Spatz und er ist ein Spatz, und recht spätzisch klingt ihm noch das Gepiepe aus dem frechen Schnabel ...«

»Halte jetzt ein, Bursche, mit dem unsinnigen Gefabel, mit der Alfanzerei und dem Aberwitz!« donnerte der Ohm mit starker Stimme. »Seit du in diesem Haus weilst, nimmt der Unfug mit der Vogelwelt kein Ende, und am besten wäre es wohl, ich schickte den Enak zum Herrn Pfarrer, damit dein höllisch Wesen unter dem Weihwedel wimmernd sich krümme!«

»Ich fürchte den Weihwedel nicht«, rief unerschrocken mit kecker Stirn der Jüngling, und ihm schien, als sähen wohl alle, doch eine Geliebte nicht, mißbilligend auf ihn. »Aber es möchte wohl sein, daß unter des Weihwassers Tropfen jenes silberweiße Haar am Toupet zu Eulengefieder würde – und hast du nicht selbst, Ohm«, rief er in plötzlicher Klarsicht, »erfahren, wie die Großmuhme Petronilla dort sich gerade das Bein gebrochen, da des Vaters Sturz die heimtückische Eule am Ständer verletzt –?!«

»Das ist Wahnsinn und Aberwitz!« murmelte erbleichend der Ohm. »Die ehrwürdige Muhme ...«

Doch scheltend unterbrach die seine Rede: »Hört doch den frechen Burschen, den losen Vogel! Das Pech, was ihm selbst anpickt, möchte er nun anderen anschmieren. Wunderbares hat mir Elsa, die Magd, berichtet, die seine Kammer gereinigt. Als sie die dünnen, vertretenen Stadtschuhe, die den Burschen hierher auf den Hof getragen, zur Säuberung nach unten nehmen wollte, mußte sie sehen, daß nicht ein Spritzerchen Schmutz, kein Tropfen aus den Regenlachen den Glanz des Leders geschändet hatten. Sag selbst, Gevatter, ist es denn möglich, daß einer, ohne bis in die Knöchel im Schmutz zu versinken, über die erweichten Wege hierher gelangen kann? Wie dann aber ist er von der Stadt hierher gekommen?!«

Arglistig lächelnd beendete die Muhme ihre Rede, und finster hörte der Ohm die neue Beschuldigung. »Rechtfertige dich!« wandte er sich dann an den Neffen. »Entkräfte, wenn es dir möglich ist, die Beschuldigung. Hast du etwa«, fuhr er milder fort, »in der Kammer bereits selbst die Schuhe gereinigt? Oder hast du nach Art mancher Besucher, die recht schmuck vor ihre Wirtsleute treten möchten, barfuß den langen Weg gemacht, die Schuhe in der Hand –? Rede, sprich, alles, was du an Verständigem vorbringst, soll gerecht geprüft werden.«

»Ihr macht's dem Burschen leicht!« rief unwillig der Ratsherr.

Doch Guntram, der den aufmerksamen Blick der Base auf sich spürte, verschmähte die feige Lüge. Mutig trat er vor und sprach: »Ihr seid sehr gütig, Ohm, doch nicht das eine, nicht das andere habe ich getan. Hergeflogen bin ich den Weg von der Stadt, in das schlichte Gewand eines Spatzen gehüllt habe ich –«

Weiter ließen sie ihn nicht sprechen. Ein ohrenbetäubender Tumult brach los –: »Er gesteht! Er gesteht!« kreischte Zilli. – »Er selbst ist der höllische Spatz!« schrie die Muhme. – »Schickt zum Büttel!« forderte der Ratsherr gebieterisch. »Auch meine Schwanenfeder kam abhanden.« – »Enak, Enak! Hol einer den Enak!« befahl der Bauer. – »Hihi! Hihi! Dieb! Weich mir hin!« piepte, aufgeregt mit den Armen schlagend, der falsche Schreiber. – Einzig der alte graue Bubo und die schöne Monika standen stille in dem Gelärm. Doch während der eine noch immer seine Stiefel besah, als sei er harthörig und habe nichts verstanden, blickte die Base aufmerksam auf den Vetter, und ein leichtes Rot färbte ihr die bräunlichen Wangen.

»Hört mich doch an, Ohm!« bat der Neffe noch einmal, als es mählich stiller ward. »Wohl ist meine Geschichte seltsam, aber darum doch nicht gänzlich unglaubwürdig. Steht doch auch ein Zeuge hier meines Berichtes. Jener Gefährte aus der Schreibstube, der Herr Bubo, hat selbst meiner Verwandlung beigestanden.«

»Das lügst du, Bursche«, sprach höchst kaltblütig der alte Schreiber. »Ich habe dich immer nur als lockeren Gassenvogel gesehen!«

»Genug und übergenug«, sprach ernst der Ohm. »Deine eigenen Worte erschlagen dich. – Hör zu, Enak«, sprach er zum Knecht, der groß und drohend unter der Tür stand. »Führe diesen vom Hof und aus dem Dorf auf die Landstraße. Aber hüte dich, ihn grob zu behandeln, solange er dir gehorsam folgt. – Doch solltest du wieder, schlechter Mensch, Dorf und Hofstatt heimsuchen wollen, werde ich dich als einen überführten Betrüger dem Büttel ausliefern. Ich müßte es wohl eigentlich schon jetzt tun«, sprach er sich besinnend, und der Herr Rat nickte beistimmend mit dem Kopfe, »aber ich habe ihm heute nacht erzählt, was ich noch keinem berichtet, und wenn das Gefäß auch schlecht ist, möchte ich es doch um dessenwillen, was ich hineingetan, nicht zerbrechen. – Gehe denn fort, Unglücklicher – denn als solcher erscheinst du mir am meisten –, und versuche ein ehrlicher Mensch zu werden. Trage immer weiter das saubere Wams, das ich meinem Neffen zugedacht hatte, vielleicht hilft es dir, eine gute Arbeit zu erhalten.«

»Willig und auch ohne Knecht gehe ich vom Hofe, der meines Vaters erste und letzte Heimstatt war«, antwortete ernst Guntram. »Für alle Freundwilligkeit danke ich Euch, Ohm und sehr liebe Base. Die bösen Worte aber vergesse ich, denn ich weiß, der Schein zeugt wider mich. Möge ein guter Engel Euch behüten, denn ich sehe die Feinde nahe um Euch geschart.«

Damit heftete er noch einen flammenden Blick auf Muhme, Rat und Mädchen Zilli, einen verächtlichen auf den falschen Guntram am Ofen, einen ehrerbietigen auf den Onkel, einen zärtlich sanften auf die Base, und schritt aus der Tür, gefolgt von dem düsteren Knechte Enak. –

Schweigend wanderte das ungleiche Paar über die Dorfstraße dem unwirtlichen Feld, dem düster drohenden Walde zu. So hochgemut der junge Schreiber eben noch im Kampfeseifer gewesen war, so sehr erkältete ihn jetzt, da die Hitze des Streites verflogen, das Gefühl seiner völligen Verlassenheit und Hilflosigkeit. Wohl war es vielleicht möglich, den weiten Weg in die Stadt bis zur Nacht hinter sich zu bringen, aber was dann? Die paar Heckethaler in der Lade waren rasch verzehrt, und auf eine Anstellung konnte er nicht rechnen, da ein so mächtiger Feind wie der Herr Stadtrat Asio gegen ihn auftreten würde. – Zudem wollte sein Herz sich gar nicht darein schicken, die Gegend zu verlassen, solange das Ergehen von Ohm und Base völlig noch im Ungewissen war, so lange dunkle Feinde nach dem Besitze des Spatzenhofes gierten.

Kummervoll seufzend sah er auf, das Dorf lag hinter ihm, und dunkel stand der große Wald vor dem Heimatlosen. »So magst du denn beruhigt heimgehen –«, wandte er sich an den Knecht, »und auf dem Hofe melden, du habest mich bis an die Forst geführt.«

»Trolle dich aber auch artig heim in deinen stinkenden

Steinhaufen!« drohte böse der Knecht. »Denn wenn ich dich hier noch einmal sehe, werden sie dich stadtwärts tragen müssen!«

»Trotz deiner Drohungen, mein braver Knecht«, sprach Guntram sanft, »sollst du bedankt sein. Denn nie werde ich dir vergessen, daß du den Einflüsterungen der Bösen in der abendlichen Laube nicht gelauscht hast, daß du dich weigertest, mich durch die Bodenluke zu stürzen, Langholz auf meinen Leib zu rollen oder mir den Odem kläglich mit dem Sand der Grube zu ersticken.«

»Da soll doch der Teufel –!« schrie der Knecht in ärgster Verstörtheit. »Seid Ihr also wirklich ein Hexenmeister?! Da soll es mich doch nicht wundern, wenn meine alte Lise im Stall ihr Maul aufreißt und mir erzählt, im Himmel gibt es alle Tage Erbsen mit Speck!« Er starrte mit weit aufgerissenem Munde den lächelnden Schreiber an und rief dann: »Oh, Herre, verzeiht mir den Streich mit dem Wasser! Die Zilli hat's mir eingeblasen, und ich habe es nur getan, weil sie mir gesagt hat, Ihr äugeltet mit meinem Mönchen.«

»Ist sie denn auch wohl dein Mönchen, Enak?« fragte der Schreiber sanft.

»Ach nein, Herre, ich nenne sie nur so bei mir! Weiß ich doch, daß ich viel zu grob und dumm für sie bin. Aber behüten möchte ich sie – und die Zilli hat mir gesagt, daß Ihr, hoher Herr Hexer, schlimme Absichten auf sie hättet.«

»Das ist nicht so«, sprach der Schreiber ernst. »Ich gehe jetzt von dannen, und um so besser mußt du auf dein Mönchen achten. Der Zilli glaube nichts, sie will dem Mönchen nicht wohl und trachtet ihr nach Leben und Besitz ...«

»Oh, da soll doch der Teufel sich selber küssen!« schrie der Knecht. »Gleich drehe ich der falschen Dirne den Kopf in den Nacken!«

»Sachte, sachte!« warnte Guntram. »Es muß alles behutsam verrichtet werden. Tätest du jetzt der Zilli etwas ohne Beweis, du brächtest dich nur auf den Richtblock und unter das Schwert von Meister Hämmerling. Nein, listig mußt du beobachten, und weißt du Bestimmtes, es dem Bauern heimlich melden ...«

»Listig und heimlich!« klagte der Knecht. »Oh, Herre, wozu sind mir meine großen Hände gewachsen –?!«

»Auch für diese wird's noch Arbeit geben«, tröstete ihn der junge Schreiber. »Denn ich errate, daß der Neuangekommene, der wie ich aussieht, deinem Mönchen arg zusetzen wird. Den magst du dann verwalken, Lieber, nach Kräften – aber doch wieder nicht so, daß er einen dauernden Leibesschaden davonträgt.«

»Das will ich mit Fleiß tun!« rief Enak. »Aber, Herre«, setzte er bedenklich hinzu, »die Sache hat ihren Haken.« Er grinste. »Denn auch ich errate etwas. Daß Euer Weg Euch nämlich zwar hier in den Wald hinein, aber nicht sehr weit entfernt wieder hinausführen wird. Habe ich es getroffen?«

»Vielleicht«, lächelte Guntram.

»Wenn ich nun aber den Falschen bei der Monika erwische und gerbe Euch – verzeihet, Herre, aber es kann doch sein, ja? – und gerbe Euch die Haut gelb, grün, blau, schwarz – Ihr möchtet mich ja in einen Regenwurm verzaubern und dem Hofhahn zum Fraß hinwerfen, oder aus mir gar ein Butterfaß machen, und die Mägde stampfen alle Woche zweimal in mir herum, bis ich ganz voll saurer Buttermilch bin! Ach, Herre, Herre, mein Magen dreht sich schon um, wenn ich nur daran denke!«

»Du hast einen gehörigen Grips in den Schädel bekommen wie jeder andere auch, dessen Mutter ihrem Mann einen Kuß gab«, sprach der Schreiber nachdenklich. »Und läuft dein Verstand langsamer als bei manchem, so läuft er dafür um so sicherer. – Merke auf: flüstert dir einer zu ›Dein Mönchen‹, so bin ich es, und du magst ruhig deinen Prügelsack wieder zuknöpfen.«

»Dein Mönchen!« rief der Knecht vergnügt. »Das ist das beste Feldgeschrei, das werde ich bis an mein Lebensende behalten.«

»Nun aber müssen wir uns trennen«, befahl Guntram. »Zu lange stehen wir hier schon beisammen auf offener Stelle. Ich sehe da eine Elster im Vogelbeerbaum wippen, die mir gar zu neugierig hierher zu hören scheint.«

Sie trennten sich in besserem Einvernehmen, als beide je erwartet. Der Knecht wanderte schwerfüßig dem Dorfe zu, Guntram aber tauchte unter im Waldesdunkel, auf dem Wege nach der Stadt. Doch ging er nicht weit. Kaum hatte er eine kleine Lichtung überquert, versteckte er sich hinter dem grausilbrigen Stamm einer dicken Buche und spähte auf den Weg zurück, den er gekommen.

Nicht lange hatte er zu warten. Pfeilschnell, schnurgerade, wie es sonst gar nicht Art dieser Vögel ist, kam eine Elster über die Lichtung geschossen, und genau flog sie in den Waldpfad hinein, von dem Guntram eben zu seinem Versteck abgebogen. Sie verschwand den Waldpfad hinunter, kehrte hastig zurück, flatterte hierhin, dorthin, als suchte sie etwas. Aber geschickt umrundete Guntram den Buchenstamm, so daß er immer vor den raschen Blicken des neugierigen Vogels gedeckt blieb. Am liebsten hätte er wohl einen Stein aufgehoben und nach ihm geworfen, denn ihm schien gewiß, daß die böse Cäcilie hinter dem schwarzweißen Federröcklein verborgen sei, aber besser war es wohl, statt des unsicheren Wurfes die Feinde auf dem Spatzenhof ganz im Ungewissen über seinen Verbleib zu lassen.

Ein paar Mal flatterte der Vogel noch auf und ab, dann hob er sich in die Lüfte, und ärgerlich scheltend flog er über die Lichtung zurück. »Deine Zeit ist knapp, Elster Zilli, Zilli Elster«, sprach Guntram hinter der Entfliehenden drein. »Mußt die Töpfe auf den Herd rücken, die Pfannen füllen, das Mittagessen bereiten. Ist der Gast auch nicht angenehm, darf es ihm doch an nichts fehlen, und ich zweifele nicht, daß saftige Braten oder auch ein paar schöne Hühnchen heute für den Herrn Rat Asio erscheinen werden. Wer aber kocht meinem knurrenden Magen seine Mittagskost –?!«

Ja, sein Magen knurrte laut, das Ausmisten hatte Hunger gemacht – und als ein rechter Stadtmensch glaubte er, ein Wald müsse voll von eßbaren Früchten sein. Aber so viel er auch in die Kreuz und Quere ging, er fand nichts als ein paar letzte Brommelbeeren, die der Regen wäßrig und fade gemacht hatte; Schlehen genug, deren erste aber ihm den Mund schon so mit Bitternis zusammenzog, daß er sie rasch wieder ausspie. Und als er sich nun nach den Pilzen bückte, die von der Herbstnässe reichlich aus dem braunen Waldboden aufgeschossen waren, als er in Unkenntnis ihrer Arten einen schönen, großhutigen, weißen abbrach, beroch, fand, daß er recht gewürzig rieche, und schließlich herzhaft in ihn hineinbiß – da war es ihm doch, als habe er mit der Zunge über des Teufels glühenden Bratrost geleckt! Alle Pfefferkörner Indiens brannten, bissen, ätzten in seinem Munde, und lange lief er umher, bis er eine Quelle fand, die ihm den hitzigen Durst löschte und wieder einen frischeren Geschmack im Munde verschaffte.

Über all diesen Irrfahrten hin und her hatte Guntram jeden Weg und jede Richtung verloren und stand mutterwindallein im weiten, wilden Walde. Ja, da hätte er wohl gern wieder das Spätzlein vom gestrigen Tage sein mögen, das sich nur mit seinen Flügeln von der Erde über die Baumwipfel aufzuheben brauchte, um das Ziel wiederzufinden – aber das zauberische Haar war dahin! So brach er sich denn ein wenig mürrisch und sehr hungrig einen Weg durch das Dickicht nach der Seite, wo er den Weg zur Stadt wiederzufinden meinte.

Doch immer wilder wurde der Wald, große, vom Sturmwind niedergebrochene Bäume versperrten ihm das Weiterkommen, der Boden stieg an und trug dicke Steinblöcke, an denen er sich die Beine blutig stieß. Aus dem Laubwald wurde düsterer Tannenwald, dessen tief herabhängende Äste in sein Gesicht stachen, und selbst jetzt am Mittag herrschte hier eine tiefe Dämmernis, die ihm unheilvoll schien. Mühselig kämpfte der Schreiber sich seinen Weg voran – wie gut doch, daß er das feste Landwams am Leibe und die derben Stiefel an den Füßen trug, die ihm der Ohm geschenkt! Sein leichter Stadtrock hätte schon längst in tausend Fetzen an Busch und Baum gehangen!

Endlich lichtete sich vor ihm der Wald, doch nicht die ersehnte Straße war es, auf die er hinaustrat, sondern an dem Rand einer breiten und tiefen Schlucht befand er sich, aus deren Tiefe unsichtbar die Wasser grollten. Suchend ging er hin und her, ob wohl eine schmale Stelle zu finden sei, von der er den Absprung auf die andere Seite wagen dürfe. Doch wie ward ihm, als er plötzlich hier in der tiefsten, wildesten Einsamkeit vor einem roh aus Tannenstämmen gefügten Kreuze stand! Plötzlich erkannte er, daß dies der Platz sei, von dem Vater und Onkel den Absprung gewagt. Schaudernd sah er über die breite Kluft, drohender brausten die Wasser – unmöglich schien ihm, daß Menschenkraft Menschenleib über solchen Schlund tragen könnte. Auf der drübigen Seite stand noch die Fichte, die dem Onkel das Leben gerettet. Dankbar grüßend sah er hinüber zum Baum, der, jetzt zu stattlicher Höhe gewachsen, sein frisches Grün über den dräuenden Spalt hielt.

Mit gezogener Kappe trat Guntram vor das Kreuz und gelobte dem toten Vater, treu ohne Murren auszuharren, was Widriges ihm die Tage auch bringen möchten, dem Onkel und der Base beizustehen im Kampfe, bis endlich und endgültig der Fluch vom Spatzenhofe genommen sei. Gleich fiel ihm auch ein, daß in der Stadt der beliebte Hintermeyer lebe, weitberühmt wegen seiner Leutseligkeit und Rechtlichkeit. Ihm beschloß er, den schwierigen

Fall gehörig vorzutragen und seine Hilfe zu erbitten. Daß der Herr Asio stets mit höchster Verachtung von diesem biederen Manne geredet und ihn ein rechtes Pöbelmaul und einen Hansinallengassen genannt hatte – das bekräftigte nur Guntrams Entschluß.

Doch nicht sofort, so eilig es ihm auch war, konnte er sich auf den Weg zu diesem braven Manne machen – erst rief ihn eine dringendere Pflicht. Eilig folgte er dem Schluchtenrande, spähte emsig nach einer günstigen Gelegenheit und fand schließlich auch eine Stelle, an der zum Schluchtengrunde hinabzusteigen war. Emsig ging er nun dem Lauf des eiligen Wassers entgegen, schwindelig wollte es ihm im Kopfe werden vor den blasigen Strudeln, den schäumenden Kreisen, die sich um seine Füße drehten.

Aber unermüdet kämpfte er sich vorwärts, bis sich endlich eine kleine, dunkle, moosige Mulde vor ihm auftat, die mit einem Steinkreuz verriet, daß hier des Vaters Sturz geendet. Sachte trat der Sohn, die Hände gefaltet, näher, mit Rührung erfüllte ihn der Anblick der Blumen, die, verwelkt wohl, aber noch nicht überalt zu Füßen des Kreuzes lagen. Gerne dachte er des Oheims, der Kranz und Strauß auf mühseligem Wege herbeigetragen, gerne auch grüßte er die Base, die sie gepflückt und gewunden. »Also haben sie deiner nicht vergessen, lieber Vater!« sprach er. »Und so will auch ich deiner nicht vergessen!«

Doch ein widerliches Knauzen ließ ihn zusammenfahren. Durch die Dämmernis spähend, sah er in einer Art kleiner Grotte die Augen eines großen Vogels leuchten, und er meinte nicht anders, als das zulplippige Dreibein, die Muhme Thalerin, habe mit ihrem frechen Blick diesen stillen Augenblick gestört. Rasch griff er nach einem Stein und wollte ihn schon auf das düster hockende Vogeltier schleudern, als eine wohlbekannte, krächzende Menschenstimme rief: »Halt, Bruder Spatt! Halt! Hast du so viele Freunde, daß du sie mit Steinen werfen magst?!«

Guntram ließ wohl den Stein fallen, doch antwortete er finster: »Seid Ihr nicht die mir verhaßte Muhme Petronilla, so seid Ihr doch ein gemeiner Verräter, Meister Bubo! Habt Ihr mich nicht eben erst wie ein feiger Petrus verleugnet und wie ein ewig verdammter Judas um die dreißig Silberlinge Eures Monatsgeldes dem Herrn Asio verkauft?!«

»Sachte, Brüderchen, sachte!« krächzte der Schuhu und flatterte aus seinem Versteck vor die Füße des erzürnten Schreibers. Rasch nahm er seine menschliche Gestalt an und fuhr so fort: »Wie doch so ungeschickt und unbesonnen hast du unser heimliches Bündnis verraten wollen! Geglaubt wäre weder dir noch mir worden, denn jeder Anschein sprach gegen uns. An eine Verschwörung niedriger Gesellen hätte man gedacht, beide wären wir fortgejagt oder, schlimmer noch, dem Meister Büttel übergeben worden, und niemand wäre mehr da gewesen, der, ohne Verdacht im Lager der Feinde hockend, ihre finsteren Pläne erfahren konnte.«

»Und was treiben sie jetzt?« fragte milder gestimmt Guntram.

»Sie hocken beieinander!« krächzte der Alte. »Der Asio pocht auf das gefälschte Dokument und verlangt für den falschen Guntram Hof und Erbe, es sei denn – doch das wage ich nicht zu berichten ...«, unterbrach er sich listig.

»Berichte doch!« drängte Guntram ungeduldig. »Ich traue dir völlig, weiser Vogel. Oder weiser Mensch – was du auch seiest!«

»Es sei denn«, fuhr der andere recht willig fort, »dein Ohm gebe ihm sofort die schöne Monika zur Frau!«

»Oh, Frevel!« schrie Guntram, fast von Sinnen. »Meine liebe Base verehelicht mit einem gemeinen Stadtspatzen, Passer domesticus. Sofort weise mir den Weg zum Hof, Bubo, daß ich dem jämmerlichen Pieper den Hals umdrehe!«

»Dachte ich es mir doch«, krächzte der Schreiber. »Immer das Feuer lichterloh aus dem Strohdach. Sachte, lieber Bruder, sachte! Bedenkst du denn nicht, daß du schimpflich mit Peitschen und Stöcken vom Hof gejagt würdest, ja, fest hinter die Gitter des Prisons gesetzt, dem Nebenbuhler erst den Weg frei machen würdest zu der Schönen –!?«

»Sachte, sagst du, Bubo«, antwortete finster Guntram, »weil kühles Altersblut in deinen Adern fließt. Ich aber bin noch jung, und mein Lebenssaft erhitzt sich zum Sieden, denke ich an den erbärmlichen Spatzen, der vielleicht zur Stunde schon das schöne Mädchen Braut nennt!«

»Und trägst du nicht selbst an allem Schuld, Guntram?« fragte ungewohnt sanft der Bubo. »Hast du dir nicht in unverzeihlichem Leichtsinn das schlecht verwahrte Zauberhaar rauben lassen? Wie anders stündest du da, könntest du jetzt mit den Flügeln eines Sperlings heimlich auf den Hof fliegen und den Ratschlag deiner Feinde belauschen, oder gar in des Liebchens Kammer schlüpfen, rasch verwandelt mit ihr trauliche Zwiesprache halten, und die Schöne heimlich für dich gewinnen? Trägst du nicht allein alle Schuld –?!«

Betreten ließ Guntram den Kopf hängen, aber unerbittlich fuhr der Schreiber fort: »Und hast du nicht dann noch, das Maß des Unglückes zum Überlauf bringend, dir vom kecken Nebenbuhler ein Scheitelhaar rauben lassen, durch das ihm erst die menschliche Sprache verliehen wurde –?! Sieh, noch immer hätte der arglistige Plan des Herrn Asio mißglücken müssen, hätte er dem Ohm nur einen stummen Neffen vorstellen können, dessen Zunge zu nichts fähig war als zu einem erbärmlichen Piep. Aber nun weiß er sie schon recht hübsch menschlich zu gebrauchen, und im Anblick deiner schönen Base wird er's von Tag zu Tag besser lernen.«

So sprach der Unbarmherzige, und trübe antwortete Guntram: »Recht hast du, weiser Vogel. Als unbesonnen und leichtfertig habe ich mich erwiesen, und habe ich früher gedacht, was wunder für kostbar Gut ich in meinem Kopfkasten herumtrüge, so ist's doch nur Spreu und Kaff. – Aber«, fuhr er bittend fort, »hier geht es nicht um mich und meine Fehler. Dem Ohm soll der Hof, die blühende Tochter, ein friedliches Alter gewonnen werden – gelingt das, will ich gerne verzichten . . .«

»Das war ein rechtes Wort zur rechten Stunde, lieber Bruder Spatt!« rief der Schuhu erfreut. »Wer so denkt, dem ist Hilfe nie ferne. Vernimm denn, daß ich der räuberischen Elster Zilli das Zauberhaar in wildem Kampfe wieder abgejagt. Hier ist es, und bewahre es von Stund an besser. Du siehst, ich habe es zu einem Röllchen gerollt, das du leicht über den Ringfinger der rechten Hand streifen kannst. Reibst du dann mit Daumen und Zeigefinger der Linken, geht die Verzauberung doch vor sich. Und auch in der Sperlingsgestalt magst du unbesorgt darum sein, denn das Haar wächst und schwindet mit dir und sitzt an der Kralle so sicher wie am Finger.«

Herzlich gerührt dankte Guntram dem freundlichen Helfer, der aber fuhr ernst fort: »Doch nicht zu leichtfertigem Spiel ist dir Mensch dies zauberische Haar verliehen. Nicht etwa, um nur mit deiner Liebsten zu tändeln, sondern ein schweres Werk mußt du damit vollbringen. Vernimm, daß du zuerst dem Nebenbuhler dein geraubtes Haar wieder zu entführen hast, damit er aufs neue die menschliche Sprache verliere, und daß im Ohm der schlummernde Argwohn wach werde. Dann aber hast du ihm ein Haar zu rauben, damit du auch als Spatz in Menschensprache reden kannst, denn das möchte dir manchmal vonnöten sein . . .«

»Alles, alles will ich tun!« jubelte Guntram. »Herzlich danke ich dir, weiser Bubo!«

»Denke es dir nicht leicht«, warnte der andere. »Viele Gefahren umdrohen noch dich und die Liebste. Hüte dich vor allem vor den großen Vögeln mit scharfen Krallen und stählernen Schnäbeln. Du bist nur ein armer, grauer Spatz ohne alle Wehr.«

»Vorsichtig werde ich sein«, versprach Guntram, »und listig. Kommt es aber zum Schlimmsten, habe ich dich zum Helfer.«

»Rechne nicht zu sehr darauf, lieber Bruder. Noch bin ich durch Urteilsspruch dem bösen Asio untertan, und nicht immer kann ich dir helfen. – Doch jetzt muß ich eilends auf den Hof, um zu hören, was man dort für Pläne geschmiedet. Ich habe heute morgen eine Maus gefangen und sie, statt sie zum Frühstück zu verspeisen, hinter die Schlummerrolle des Sofas gesetzt, unter der Bedingung, daß sie mir alles, was gesprochen wird, verrät. Aber Mäuse sind von kurzem Verstand, ein gebratenes Stück Speck trübt mit seinem Duft ihr Gedächtnis – ich muß eilig heim.«

Schon hob er sich als Schuhu in die Lüfte, aber laut rief Guntram: »Weiser Vogel, der du alles weißt, halte inne! Weißt du auch eine Gelegenheit, wo ich meinen Hunger, der mir im Leibe frißt, stillen kann –? Denn noch widersteht mir die spätzische Kost.«

»Hebe dich über die Bäume!« rief der lautlos schwebende Vogel. »Und du erblickst die Flügel einer Mühle. Dort wohnt ein Windmüller, der die Leute um die Metze beim Sack betrügt, der ins Mehl Sand mischt und die Kleie mit Baummehl versetzt. Plündere ungestraft seine Speisekammer, du nimmst nur Gestohlenes.«

So rufend tat der mächtige Vogel einen gewaltigen Schlag und verschwand hinter den Wipfeln der Bäume.

# Viertes Kapitel

»Das Ding sieht fast aus wie ein Walfisch.«
Shakespeare, ›Hamlet‹

Eine Weile noch stand Guntram Spatt nachdenkend und dankbar am Grabe des toten Vaters. Ihm war es, als habe der Selige ihm in höchster Not den Helfer gesandt, den Hof von den dunklen Mächten zu befreien und das Glück der späteren Geschlechter zu begründen. Mit leisen Worten sprach er seinen Dank und sah noch einmal auf Wasserstrudel, dräuende Felsklüfte, das steinerne Kreuz und die verwelkten Blumen. Dann rieb er das Zauberhaar an der Rechten und schon stieg er, eifrig flatternd, aus dem Dunkel zum Licht.

Der weißbestäubte Müller Packan sah gerade aus dem Mühlenfenster und schalt auf den Novemberwind, der gar zu rasend die Flügel umtrieb, daß der ganze hölzerne Bau schütterte und ächzte, die Mahlgänge sausten, die schweren Steine schrien, und das Seil um den Balken knirschte. »Kannst du es denn nicht ein wenig gelassener machen, Wind«, schalt er. »Einmal bist du nicht da, und dann wieder treibst du es so arg, daß das Korn schneller als eine Schwalbe durch die Mahlgänge fliegt und mich die Leute tadeln, mein Mehl sei leichter als Wind und mein Brot schmecke wie gebackene liebe Luft. Doch wer soll Vernunft von einem Wind erwarten?!«

Ein starker Sturmstoß wehte wirbelnd wie ein welkes Blatt einen Spatzen herbei. Doch geschickt wußte sich das Kerlchen vom Winde zu lösen, landete schräg über des Müllers Haupt auf einem Balken, plusterte ordnend sein Gefieder auf, strich es glättend mit dem Schnabel und besah frech von der Seite Herrn Müller Packan.

»Du hast mir gerade noch gefehlt«, murrte der. »Suchst

wohl ein lockeres Brett, ein Astloch, eine unverschlossene Luke im Mühlenbau, daß du dir deinen Hungerbauch mit meinem schönen Korn zu einem Mönchswanst mästest! Doch daraus wird nichts, Meister Dieb! – Heh, Johann, Andreas, Jakob – wo steckt ihr Tagediebe? Bringt mir die Schleuder, ein Spatz ist da. Ja, sieh mich nur an, Frechling, gleich werde ich dir mit einem Kiesel die Knochen brechen!«

Doch Guntram wartete die Schleuder nicht ab, das Mahlgut in der Mühle lockte ihn nicht. Doch hatte er im niedrigen Wohnhaus nahebei ein vergittertes Fenster erspäht, von dem ein Spalt offen stand. Ratend, dies sei wohl der Vorratsraum des Müllers, und an seiner rundlichen Gestalt abschätzend, er möge wohl kein Freund der mageren Kost sein, schwirrte er ab. Durch die Mahnungen des listigen Schuhu aber gewitzigt, flog er nicht vor des Müllers Augen in das Fenster, sondern wartete erst in einem Versteck ab, bis dieser unmutig scheltend den Kopf aus der Luke zurückzog: »Immer kommt ihr zu spät, ihr Faulen! Was soll mir jetzt noch die Schleuder, da der Spatz fort ist –?! Auf euch müßte ich die Steine schießen, daß ihr eure Glieder etwas hurtiger regen lernt!«

Krachend flog der Lukendeckel zu, und unbeobachtet konnte Spatt sich in das erhoffte Speisenreich durch den Fensterspalt einzwängen. Oh, wie hüpfte sein Herz, als er da den festlichen Aufmarsch alles erdenklichen Eß- und Trinkbaren sah! In der Mühle nämlich wollte man Tauffest feiern, und seit Tagen schon hatte die Müllerin mit Beihilfe mancher tüchtigen Frau gebraten und gebakken, geschmort und gebrutzelt. Ach, die schön gebräunten Kalbskeulen, die mit Petersilie garnierten Hammelrücken, die gesulzten Schweinsköpfe, schön weiß, mit der feierlichen Zitrone im Maul, die leckeren Hühner, die mit den erhobenen Keulen dem tüchtigen Esser zu präsentieren schienen, die breitbrüstigen Gänse, aus deren locker genähtem Bauch die gedünsteten Äpfel drängten!

Ach, die lieben guten Kuchen, in irdenen Formen oder auf schwarzen Blechen, mit schönen Ringäpfeln belegt oder mit bräunlichen Backbirnen geschmückt, auf deren Haut der süße Zucker glänzte; die Schüsseln mit sauren Gurken, mit roten Rüben, die Gläser voll duftendem Honig, die Steinkruken mit schwärzlichem Pflaumenmus, die Tönnchen voller Sauerkraut und Pökelfleisch! Wie würzig roch die Luft nach frisch gebackenem Brot, wie stattlich hingen vom Eisenhaken die fünf Finger starken Speckseiten, die Mannes Arm dicken Liesenwürste, die rotbraunschwärzlichen Schinken wie von Urweltsauen!

Dem verhungerten Spatzen lief bei dem köstlichen Anblick das Wasser im Schnabel zusammen, und es war kein Wunder, daß er vor Staunen nicht nur die sofortige Verwandlung vergaß, sondern auch über dem Eßbaren ganz übersah, daß er in diesem Paradies der Schleckermäuler nicht der einzige Eingeschlichene war, sondern daß da noch jemand in der Ecke bei der Sahneschüssel saß, für den nun wieder er ein sehr wünschenswerter freßbarer Happen war!

Ja, da saß sie, Madame Sachtepot und Leisetritt, Felis domestica, die Katz, die Katz! Sie hatte sich an der Müllerin dicker Sahne recht gütlich getan, und nun war sie wohl der weichen Milchkost etwas müde geworden und sehnte sich nach frischem Fleisch. Das glühende Auge auf den Eindringling geheftet, saß sie zum Sprunge geduckt da und wartete nur noch, daß der Spatz von der schmalen Fensterbank ein wenig weiter in den Raum hineinhopse.

Der ahnungslose Guntram tat's, die Katze sprang, es klirrte und brach, ängstlich piepend flatterte Spatt gegen die Decke, aufgeregt bemüht, das Zauberhaar von der Zehe zu lösen, ohne zu bedenken, welch harten Fall er dann aus der Luft tun würde. Wieder sprang die Katze, wieder klirrte und brach es, im Hause kreischten ein, drei, zehn, nein, schon zehntausend Weiberstimmen schienen zu kreischen ... Neuer Bruch, neues Geklirr und Geklapper, Brechen, Scheppern – das verdammte

Haar wollte nicht von der Zehe – jetzt hatte ihn die Katze! Mit beiden Vorderpfoten ihn packend, holte sie ihn zu sich herunter auf den Boden, nahe funkelte ihr grünliches Auge – heiß wehte den Armen, der vor Schreck kein Glied zu rühren vermochte, ihr Atem an.

Doch mit dem Ruf: »De Katt! De Katt! De verdammte Katt!« brach's in die Kammer. Mit geschwungenen Besen, Schaumlöffeln, Feuerhaken, drangen die Frauen auf die Übeltäterin ein, die jammernd versuchte, durch das zu enge Fenstergitter zu entrinnen. Da gab es manch trefflichen Schlag – der den Kalbsbraten traf. Oder die Gevatterin. Oder den zerschellenden Mustopf. Heftig wogte die Schlacht, lauter und lauter schwoll das Kriegsgeschrei: »De Katt! De Katt!«

Ängstlich hinter das Spind geduckt, sah der Spatz dem Aufruhr zu. Dankbar begrüßte er die Fügung, daß das festsitzende Haar ihm die Verwandlung unmöglich gemacht hatte. Denn wie wäre es ihm wohl unter dieser Schar wütender Weiber ergangen –?!

»Ick hebb se!« schrie eine und schwenkte am Schwanz das schmerzgepeinigte Tier. Schwapp! – hatte sie, nicht die Katze, einen Stoß mit dem Reiserbesen. Wild schreiend bahnte sich Madame Leisetritt einen Weg über Haare und Hauben der Frauen, zornig kratzend und verzweifelt beißend. Durch die Küchentür entrann sie kläglich schreiend ins Freie, und rachedürstend stürzte ihr der kriegerische Haufen nach.

Unschlüssig saß Spatt auf dem Rande eines Spindes. Arg verstört war ihm das geruhsame Mahl, das er sich erhofft. Doch da er hörte, wie ferner und immer ferner die Stimmen der Frauen erschollen, die wohl die Näscherin über Stock und Stein, in Dickicht und Dorn vertrieben, flatterte er eilig zu Boden, streifte das Zauberhaar ab und begann zu essen, hier ein Bratenstück absäbelnd, dort einem Huhn ein Bein ausrupfend, nun wieder einen tiefen Trunk vom süßen Honigbier tuend.

Unterdessen schob sich durch die Tür leise der wildhaarige Kopf des gefürchteten Hofhundes, wie sein Meister »Packan« geheißen. Erst knurrte er bedrohlich und fletschte die Zähne, aber verführerisch süß stieg ihm der Bratenduft in die Nase. Einen Rinderrücken zerrte er vom Tisch, begann den leckeren Fraß, und nur ab und zu hob er den Kopf und knurrte böse, wie um zu sagen: »Bin ich erst satt, beiß ich dich doch noch in die Wade!«

An der Tür raschelte und wuselte es. Eine Muttersau, zwölf Ferkelchen führend, erschien, schnüffelte zufrieden und begann eifrig, das Vergossene und Verspritzte vom Erdboden zu schlecken. Die Kleinen schleckten ihr nach, sicher, um den Frauen die Mühe des Aufwischens zu ersparen.

Kauend und lachend betrachtete Guntram die heimliche Diebesgesellschaft. Jetzt fuhr noch eine Ratte aus ihrem Loch, und ohne Angst vor dem Hund schleppte sie einen Fleischbrocken im Maule fort. Eben noch in Todesgefahr, konnte doch Guntram schon freundlich seiner Feindin gedenken: »Arme Katze, du hast am wenigsten vom Mahle bekommen, und dir stäupen sie das Fell am schärfsten. Nun, ich wünsche dir einen recht hohen Baum, der alle Anschläge deiner Feinde zunichte macht, und in der Nacht so viele Mäuse, wie du dir nur in deinen Katzenträumen wünschest.« Damit klappte er gesättigt das Messer zu, setzte sich auf die Fensterbank, rieb den Haarring, und schon flatterte er als Spatz davon, gerade über den Häuptern der Weiber fort, die scheltend, mit geschulterten Waffen von ihrem Feldzug heimkehrend, nicht ahnten, daß sie die kleine Plage wohl ausgetrieben, die große aber unterdes gemästet hatten. –

Schon senkte sich die Sonne gegen den westlichen Himmelsrand, matt durchfilterten ihre Strahlen noch einmal das lockere, grauweißliche Regengewölk, als der fliegende Schreiber sich dem Spatzenhofe näherte. Freundlich erhellt sah er des Vaters Geburtsstätte unter sich mit dem weißen Wohnhaus, dem langgestreckten Stallgebäude, der hohen Scheune, mit dem kleinen Blumengarten, in dem nur noch einige wenige Astern im helleren Licht leuchteten. Und mit dem großen Obstgarten, in dem der Oheim stand und mißmutig einen Apfelbaum betrachtete, an dem der Krebs fraß.

In den kahlen Zweigen dieses Apfelbaums ließ sich der Neffe nieder, um auszuruhen und zu bedenken, was nun zu beginnen sei. Dabei schaute er dem Onkel zu, der mit dem Taschenmesser sorglich alles erkrankte Holz fortschnitt. –

»Ach, du solltest, lieber Mann«, dachte er bei sich, »ebenso sorglich das kranke Gewächs, das dir im Hause wuchert, wegschneiden. Besser wäre es dir und – ihr!« So dachte er, aber was er sprach, war nur das eintönige Piep.

Doch sah der Onkel trotzdem hoch, nickte dem Federball bedächtig zu und sagte. »Ja, piepe nur, Pieper. Der Winter naht, und dir ist ängstlich zumute. Doch wirst du immer auf meinem Dunghaufen genug Atzung finden, dich über die kargen Wochen hinwegzubringen. Aber merke dir eines, Spatz: wenn das Frühjahr kommt, und du gehst auf die Freite, bestehst mutig Kämpfe mit deinen Gesellen, und erwirbst dir ein Weiblein – niste mir nicht an Haus oder Scheune! Ich kann deine Liederwirtschaft mit hängendem Stroh und weißlicher Kleckerei nun einmal nicht ausstehen, und gleich müßte mir der Enak her und mit dem Besen deinen jungen Hausstand fortkehren.«

Freundlich piepte zur Antwort der Neffe und dachte bei sich: »Ach, herzlieber Ohm, wenn du wüßtest, daß es dem fremden Spatzen nicht nach einem Nest unter der Windfeder deines Daches gelüstet, sondern nach deiner eigenen schönen Tochter! Freilich – dafür wollte ich sorgen, daß alles hübsch ordentlich und ohne alle Liederei zuginge. Das Bettstroh dürfte mir nicht aus der Lade hängen, und was die weißliche Kleckerei angeht, so könntest du unbesorgt schlafen.«

Darüber überkam den Guntram solch inniges Sehnen nach dem Anblick der Liebsten, daß er von neuem die Flügel regte und um das Haus flog. Von den Fensterkreuzen und von den Weinreben spähte er in Fenster um Fenster, und in der Küche erblickte er auch die Muhme Petronilla, umringt von Mägden, wie sie ein schönes Schweineviertel, unterstützt von der Zilli, in den glühenden Bratofen schob. »Je fröhlicher die Gäste, je trauriger die Schweine!« dachte Guntram und flog weiter.

In der Base Monika Stube lag ein Schreibebüchlein aufgeschlagen auf dem Tische, Gänsekiel und Tintenfaß waren dabei. Doch nicht das schöne Gesicht des ernsten Mädchens sah auf die Blätter, sondern, die dicke Brille auf der Nase, saß der graufaltige Schreiber Bubo davor, las eifrig und wendete eilig die Seiten, immer wieder über die Schulter spähend, daß ihn auch keiner überrasche. Zornig über diese Entweihung wollte Spatt mit dem Schnabel gegen die Scheibe pochen, doch besann er sich, daß der weise Schuhu wohl schon mancherlei in seinem Leben erfahren habe und nicht aus unziemlicher Neugierde in den Geheimnissen des Mädchens schnüffele. Ja, plötzlich überkam es den Spatzen, als könnte auf jenen Blättern wohl gar etwas über ihn selbst stehen, vielleicht sogar ein günstiges Wörtlein, trotz des Streites am vergangenen Abend. Wie gerne hätte er da an des Bubo Statt gesessen und gelesen!

Eilig flatterte er weiter und gedachte, einen Einschlupf ins Haus zu finden, etwa durch die zerbrochene Scheibe in der Gästekammer. Im Vorbeifliegen sah er in die Stube der Zilli, doch die war leer. Aber befriedigt erblickte er ein schwarzweiß Kleidlein, das hastig über das Bett geworfen war. »Oh, du neugierige Elster!« dachte er. »Warte, laß mich nur erst im Haus sein, ich will dir deine Zauberhaut schon fein zerpflücken.«

In der Knechtekammer saß der ältliche, schwärzliche Großknecht, hielt einen Igel bei den Stacheln gepackt und schob ihn nun behutsam, mit gravitätischem Ernst, tief in die Röhre eines ungeheuren Kanonenstiefels. Dann griff er in einen zu seinen Füßen liegenden Sack, brachte einen zweiten Igel hervor und schob ihn in den andern Stiefel. Ernsthaft schaute er nun in das erste, in das zweite Rohr, schüttelte die Stiefel, lauschte, griff prüfend hinein, zog die Hand schnell wieder zurück und stellte die Stiefel dann neben ein Bett. – »Ach, armer Enak!« dachte Guntram vergnügt. »Wie wird es dir ergehen, fährst du morgen hastig in deine Drecktreter. Ach, ärmere Igel, mißbraucht vom menschlichen Übermut –!«

Er flog weiter zur Gastkammer, aber kein Einlaß war da, eine ordentliche Hand hatte ein gehobeltes Brett vor das Loch genagelt, die kalte Winterluft abzuhalten, bis etwa bei günstiger Gelegenheit aus der Stadt eine neue Tafel Glases beschafft werden könne. In einer Mägdekammer bohrte sich eine Magd nachdenklich in der Nase, über ihr auf dem Dachboden schippte ein Knecht Korn um, indes in einer Abseite ein Völklein Mäuse eine Versammlung abhielt und wohl über die Winternahrung ratschlagte.

Als letzten Weg, als besten Blick hatte sich Guntram Spatt den in des Onkels Stube aufgehoben. Aber wie ward ihm, als er durch die Scheibe hineinsah! Einander gegenüber, so nahe, daß sich die Knie berührten, saßen der falsche Schreiber und die schöne Monika. Die Flügelstumpen – denn man konnte das wirklich nicht Arme nennen! – hatte er ausgestreckt. Eine Lage Strickwolle war darum gelegt, und emsig wickelte die Base den weichen Faden auf ein Knäuel. Daneben aber stand der Herr Rat Asio, neckisch mit dem Finger tippend, suchte er den Lauf des Fadens zu verwirren und so Arm und weißen Hals, Kopf und Kopf einander näher zu bringen.

Wie zornig klopfte das Herz in der kleinen Spatzenbrust vor dem Fenster! Wohl sah er den ernsten, abweisenden Ausdruck im Gesichte der Base, aber viel mehr sah er den frechen Blick des Nebenbuhlers, der mit schräg gehaltenem Kopf einen Blick der Schönen zu erhaschen suchte.

Nun faßte der Rat mit zwei spitzen Fingern in den laufenden Faden, zog ihn hoch, warf ihn als Schlinge über den Kopf des Mädchens, als zweite Schlinge um den Hals des frechen Spatzen – zueinander zog er die beiden Köpfe, die beiden Gesichter ...

In zorniger Wut pickte Guntram gegen die Scheibe. Aber ungehört verhallte sein ohnmächtiger Protest, nahe schon waren die Gesichter, die Münder ... Schon spitzte der Falsche die Lippen und – – –

*Erstes Einsprengsel*

Bruchstück aus dem Tagebuch der Monika Spatt, aufgelesen vom Schreiber Bubo

Er ist gegangen, liebe selige Mutter, er ist für immer fort! So feige und unmännlich er sich gestern abend beim Überfall auf mich erwiesen, so mutig hat er heute mit offener Stirne den Beschuldigungen seiner Feinde getrotzt. Ach! mein Kopf muß ja den Beweisen, die von allen Seiten gegen ihn vorgebracht wurden, glauben, und er selbst hat es ja eingestanden, sich als erbärmlicher, gemeiner Spatz bei uns eingeschlichen zu haben! – Aber als er da mit roten Wangen und funkelnden Augen zornig aus der Stube schritt, gefolgt von dem ungefügen Knechte Enak, als er da mir allein noch einen Blick aus sanfterem, milderem Auge sandte, da galt mein weiser Kopf gar nichts, und nur mein altes törichtes Herz pochte, pochte, klagte. –

Doch was erzähle ich dir von mir, herzliebste Mutter?!

Der Vater macht mir Sorge. Bald ist er ungewohnt milde, bald plötzlich wild. Ich fürchte, der hohe Herr Rat Asio ist kein guter Mann. So weich er scheint, so hart ist er. Manchmal bemerke ich einen plötzlichen Blick, den er seinem ungeschickten Schreiber, den ich Vetter nennen soll, zuwirft – und ich erschrecke! Gestern abend hat er dem Vater die Urkunde gewiesen, die den Erbanspruch begründet, und der Vater sagt, Schrift und Namenszug seien echt. Ach, wie nur hat der verstorbene Herr Oheim solches schreiben können! Wie vielen Kummer bringt er damit über des Vaters Haus!

Doch ich will nicht über ihn schelten, er ist tot und schläft; stieße es mir doch das Herz ab, würde einer über dich, liebe tote Mutter, schelten!

Noch hat der Vater zu allen Vorschlägen des Herrn Rat geschwiegen. Aber ich merke ihm an, daß er immerzu daran denkt. Einen Rechtsstreit mit dem hohen Herrn darf er, der niedere Bauersmann, nicht wagen. Ihm den Hof zu räumen, das Ererbte und Erworbene fort zu geben und als armer Mann mit dem weißen Stock ins Land zu gehen, das bräche ihm das Herz. Das Dritte aber ...

Ach, liebe Mutter, wäre doch der Erste, der Falsche kein kleinjämmerlicher Spatz und feiger Küssedieb – wäre er ein stolzer Falke, wie gerne würde ich das Väterchen um den Hals fassen und ihm mein »Ja« ins Ohr flüstern ...

Recht böse Gedanken quälen mich diese Tage. Plötzlich ist mir die gute, fleißige Zilli völlig verhaßt. Als sie mich heute morgen trösten wollte, war es mir, als lachte sie immer dazwischen. Und auch die ernste Frau Großmuhme mag ich auf einmal gar nicht, wenn ich sehe, wie sie dem Herrn Rat süße Augen macht ...

Da habe ich es doch geschrieben – ach, liebe Mutter, behüte mein Herz!

*Ende des ersten Einsprengsels*

Schon spitzte der Falsche die Lippen und sein ganzes Gesicht drückte die diebische Freude über den erwarteten Kuß aus, da stieß Monika kräftig mit dem Fuß gegen seinen Stuhl. Er wankte, krampfhaft hob der Erschreckte die mit der Wolle gefesselten Arme in die Luft ... Schon stürzte der Stuhl und der Liebhaber fiel hart aufstoßend zur Erde. Da lag er, zappelte kläglich und verstrickte sich immer ärger in die Fäden, die er doch, das kostbare Gut achtend, nicht zu zerreißen wagte. Hilflos rückte der Herr Rat an seinem Toupet, bald bückte er sich zu dem Gefallenen und verwirrte nur noch mehr die Verstrikkung, bald wandte er sich an das Mädchen, das – oh! ernste, gehaltene Monika! – lauthals lachte. Vor dem Fenster aber der Spatz führte einen wahren Triumph- und Siegestanz auf. Er hüpfte, schlug mit den Flügeln, wirbelte gegen die Scheiben, piepte, als piepe ein ganzes Ährenfeld voller Spatzen, und führte sich so unbesonnen auf, daß ihn jeder Feind ganz unversehens hätte überraschen können.

Es war aber nur der Schreiber, Herr Bubo, der ihn mit der Hand von der Fensterbank wischte und scheltend sprach: »Beherzigt Er so meine Lehren, Musjö?! Dann wäre es Ihm besser, die Katze fräße Ihn gleich, damit Er nicht den Jammer, den Er doch nicht verhüten kann und will, mit Augen sieht. Wo ist das Haar vom Haupte des Feindes, heh? Hat Er schon im Kamm auf der Fremdenstube nachgesehen, ob darin vielleicht ein Haar des Burschen sitzt?! Hält Er so seine Versprechungen, heh?«

Wie hilflos war dem Schreiber da, als er im Gitterwerk der großen Menschenhand saß und statt aller Gedanken nichts hervorbringen konnte als ein erbärmliches Piep-Piep?! – »Ja, Piep-Piep, das glaube ich wohl«, schalt der Schreiber weiter. »Piep-Piep hin und Piep-Piep her, aber das Haar haben wir doch noch nicht, sonst würden wir nicht so jämmerlich piepen. Nun komm, du Wicht, und erzähle mir nicht auf Spätzisch, sondern auf gut Deutsch, was du denn bisher verrichtet. Gefressen hast du, das fühle ich an deinem Bauch, aber sonst hast du wohl wenig getan.«

Damit steckte der Schreiber den Spatzen recht resolut in die Tasche und ging mit ihm ins Haus zurück, wo er sogleich die Treppe zum Dachgeschoß empor zu steigen begann. Sehr schlimm fühlte sich Guntram in dem tuchenen Gefängnis des alten Junggesellen, ohne Licht und Luft ward sein empfindlicher Schnabel noch durch die verlorenen Krümel ausgestreuten Spaniols gereizt. Krampfhaft zuckte er, wenn ein neues Niesen ihm in die Nase fuhr. – »Ruhig bist du!« krächzte der Schreiber und klopfte derb auf die Tasche, und »Ob ich wohl der erste niesende Spatz dieses Erdballs bin?« fragte sich Guntram und nieste von neuem.

In seiner Kammer angekommen, drehte der alte Schreiber vorsichtig den Schlüssel im Schloß, hängte eine Decke vors Fenster und setzte dann den Spatz mit den milderen Worten zu Boden: »Nun werde wieder Mensch, lieber Bruder, und berichte.« Und als der junge Guntram, stattlich und gut anzusehen, statt eines schäbigen Spatzen vor ihm stand, setzte er noch hinzu: »Wie wunderlich es doch ist! Obwohl ich genau weiß, du bist Mensch und kein Sperling, hätte ich dir eben, als ich dein unsinnig Beginnen auf der Fensterbank sah, fast den Hals umgedreht, denn du warst ja nur ein Spatz. Jetzt aber, da du als Mensch vor mir stehst, frage ich ganz manierlich: Was hast du begonnen, lieber Bruder? Was hast du ausgerichtet?«

Ein wenig beschämt berichtete Guntram von seinen Erlebnissen in der Speisekammer des Müllers Packan. Sinnend wiegte der alte Bubo den Kopf hin und her. Schließlich sprach er: »Gleichst du doch wirklich, Bruder, einem Kochtopf, der auf zu hitzigem Feuer steht. Immer klappert bei dir vor aufsteigendem Wrasen der Deckel, und denkt man, nun ist endlich eine vernünftige Suppe gar gekocht – zisch! kochst du über und fährst nutzlos verdampfend über die Herdplatte. – Immerhin muß ich dir sagen, daß ein glücklicher Stern deinem törichten Tun einen vernünftigen Sinn gibt. Denn die Katze, der du so glücklich entronnen, war keine gewöhnliche, sondern eine Zauberkatze, genannt Mimi, eine enge Freundin der Muhme Thalerin. Manch Böses hat sie schon mit Spionieren und Leisetreten angestiftet, ich will nur hoffen, die Weiber haben ihr mit Schürhaken und Reiserbesen tüchtig das Fell gegerbt, daß sie nicht so bald imstande ist, hier zu erscheinen. Vorhin auf der Fensterbank wärest du ein unfehlbarer Fang für sie gewesen! – Und was weiter?«

Leichteren Herzens berichtete Guntram von der eben belauschten Szene in der kleinen Wohnstube, auch von dem vernagelten Loch in der Fremdenkammer. »So müßte ich dich«, sprach Herr Bubo, »sogleich durch die Tür in die Fremdenstube setzen. Verbirg dich dort gut, bis dein Feind erscheint. Sicher wird sich dann für dich eine gute Gelegenheit bieten, ihm ein Haar zu rauben.«

Doch voll heimlicher List bat Guntram: »Trage mich doch, weiser Meister, hinab in die Wohnstube. Mir schwant, daß sich dort mit der Rückkehr des Onkels wichtige Dinge begeben werden. Deine Kundschafterin, die Maus, wird lange nicht so aufmerksam lauschen, so rasch verstehen, wie ich.«

Lächelnd sprach Bubo: »Wenn der Maus gebratener Speck den Kopf verdummt, so rate ich, lieber Bruder, daß dich ein anderer Speck in die Wohnstube lockt, und ein recht appetitlicher, rosig-weißer ist das wohl. Nun, ich will es immerhin wagen, mag ja sein, daß dich dieser Speck hellhörig macht.«

Damit schob er den rasch verwandelten Guntram wieder in die Tasche, stieg leise ins Erdgeschoß, schlich lautlos über die Diele, lauschte einen Augenblick an der Tür und trat dann ein mit der demütigen Frage, ob der Herr Rat nach ihm gerufen? Es sei ihm so gewesen.

Unwillig rief Herr Asio: »Was klabastert und knastert

denn ewig an der Türe?! Jede Magd schiebt jede Minute ihren naseweisen Kopf herein. Und nun kommst auch noch du, alter Krächzer! Noch ist der Brautkuchen nicht gebacken, noch brauchst du das Pergament nicht zu glätten für den Ehevertrag – hebe dich hinweg, graues Staubhaar, und zähle mir die Astlöcher in den Bodendielen! Daß du mir aber nicht um eines fehlest!«

Keck krächzend antwortete der alte Schreiber, er werde die Mäuse fragen, die am besten die Astlöcher kennten. Seine Haare aber habe er sich nicht selbst gemacht, sondern seine Mutter, die wieder nicht allein die Schuld an ihnen trage, denn sein Vater habe ihr dabei geholfen.

»Schere dich hinaus, frecher Vogel!« schrie der Rat. »Wie magst du solche Reden vor jungen Leuten führen. Fort! Fort! Weg! Husch!«

Unterdes aber war es dem Schuhu gelungen, scheinbar verlegen hin und her tretend, den Spatzen hinter den Ofen zu schieben. Nun entwich er eilig.

Guntram aber saß in sicherem Dämmer und spähte neugierig in die Stube. Seine Base saß jetzt am Tisch und strickte eifrig, und vielleicht nicht ohne Absicht hatte sie die größesten und spitzesten Nadeln gewählt, mit denen sie dräuend hin und her fuhr. Auf dem Kanapee hockte halb liegend der falsche Vetter und ächzte jämmerlich. Mit gerunzelter Stirne schritt der Herr Rat auf und ab und versuchte vergebens, sein Gesicht in freundliche Falten zu legen.

Endlich sprach er: »Ehe der lästige Bubo hereinkam, Guntram, bat deine Base, ihr etwas vom Leben der großen Stadt zu erzählen. Wohlan denn, schönen Mädchen muß man ihre kleinen Wünsche erfüllen, auf daß sie, äußert man etwa einen großen, nicht zage seien.«

»Er soll sich nicht bemühen, hoher Herr Rat«, sagte Monika mit einem Blick auf den vorgeblichen Vetter. »Es könnte ihm zu viel Mühe machen.«

Und klagend piepte der Falsche: »Mir ist so trieb, mir ist so schlicht; ich firchte, ich kriege die Mauser!«

Unwillig sah der Rat auf den ungeschickten Lehrling, indes das Mädchen verstohlen lächelte. Dann sprach er: »Er ist wirklich krank diese Tage, der Herr Guntram Spatt. Schon mit einem Fieber bestieg er die Kalesche, vergebens riet ich ihm von der durchkältenden Fahrt ab – zu groß war sein Eifer, dich zu sehen, mein schönes Kind.«

Gelassen antwortete die Base, doch ihr Strickzeug klirrte bedrohlich: »Er hätte in der Stadt sein Fieber pflegen sollen, wir konnten seiner noch gut entraten.«

Ernsthaft mahnte der Herr Asio: »Hüte deine Zunge ein wenig, mein Kind, du weißt gar wohl, was dein Vater wünscht; und unziemlich ist es, den künftigen Gatten zu kränken.«

»Noch ist er mein Gatte nicht!« rief zornig das Mädchen und hob die funkelnden Nadeln. »Und helfen die guten Mächte, wird er es nie!«

»Ich ahne«, sprach recht höhnisch der Stadtrat, »hinter diesem Zorn ein weicheres Gefühl. Wie – die Tochter eines ehrbaren Landmanns hängte ihr Herz an einen betrügerischen Schuften?!«

»Ja«, rief sie flammend. »Ich leugne es nicht! Wenn ich diesen erbärmlichen – Pieper sehe, scheint der andere mir ein recht mutiger Mann! Sind doch die Rollen wie vertauscht! Er, der als Spatz gekommen, scheint ein Mann, dieser aber, der als Mensch aus der Kalesche stieg, piept hier herum, als sei er eben aus dem liederlichen Nest seiner Eltern gefallen!«

In seinem Ofenwinkel freute sich Guntram herzlich. Ehe aber der Herr Rat noch hatte antworten können, sprach die strenge Stimme der Muhme Petronilla Thalerin, die unvermerkt eingetreten: »Monika, Mädchen, mäßige dich! Wie kannst du so zum Herrn Rat sprechen? Der Vater ist auch auf dem Wege! Willst du durch raschen Zorn sein Herz tief verwunden?! Rasch, beruhige dich. Sprich: wie heißt der erste Grad der Zuckerläuterung?«

»Ach«, sagte Monika unwillig, »wenn man mich peinigt . . .«

Unerbittlich verlangte die Muhme: »Der erste Grad, Monika. Sprich.«

Und gehorsam antwortete diese: »Der erste Grad heißet der Breitlauf.«

»Und wie beweiset sich der Breitlauf?«

»Daß der Zucker in breiten Tropfen vom Schaumlöffel fällt.«

»Und wie heißet der dritte Grad?«

»Der dritte Grad heißet der Große Faden.«

»Und wie beweiset sich der Große Faden?«

»Wenn der Zucker zwischen Daumen und Zeigefinger einen großen Faden macht und nicht abreißt.«

»Und der sechste Grad, Monika?«

»Der sechste Grad heißet Flug.«

»Und wie beweiset sich der Flug?«

»Bläst man durch den in Zucker getauchten Schaumlöffel und entstehen fliegende Blasen, so ist der Zucker zum Flug gekocht.«

»Siehst du, Monika«, sprach ernst die Muhme, »so zeiget sich des Wissens Macht über die menschlichen Leidenschaften: schon bist du wieder ruhig, wirst artig zu deinen Gästen sein und den lieben Vater nicht betrüben.«

## Fünftes Kapitel

»In solcher Zeit wie diese ziemt es nicht,
Daß jeder kleine Fehl bekrittelt werde.«
Shakespeare, ›Julius Cäsar‹

Die Unterhaltung zwischen Wirtsleuten und Gästen schlich sich nur kümmerlich hin, in die fallende Dämmerung hinein. Den vollgestopften Spatzen im warmen Ofenwinkel fiel der Schlaf an, sein schönes Mädchen mochte ihm nun vorm Schnabel sitzen oder nicht. Behaglich plusterte er sich auf, streckte den Kopf unter die linke Flügeldecke, schloß die Augen und schlief ein.

Wie aber ward ihm, als er, wieder erwachend, allein in der völlig dunklen Stube saß?! Vor dem Fenster stand schweigend und dunkel die Nacht, schweigend lag das geräumige Haus. Kein Schritt schütterte die Dielen, keine Kette klirrte vom Viehstall her, es konnte Mitternacht sein oder morgens um zwei! Alles war versäumt, nichts war getan, vielleicht hockten eben jetzt die Verschwörer beisammen und brüteten über einen neuen Plan! Er hätte sie belauschen können, sicher aber hätte er vermocht, dem untergeschobenen Vetter ein Haar zu rauben – nun saß er gefangen in der engen Stube, zu Untätigkeit verdammt! Was würde der Bubo schelten – und gewiß mit Recht!

Ängstlich flatterte der Spatz in der Stube hin und her, den Ausweg suchend, von dem er doch wußte, er war nicht da. Aber nicht einmal kam ihm der Gedanke, daß es ja doch nur der Rückverwandlung in die menschliche Figur bedurfte, und er brauchte nur auf die Klinke der Stubentür zu drücken und konnte gehen, wohin er wollte. Nein, so verwirrt war sein Geist, der sich größter

Nachlässigkeit schuldig fühlte, daß er immer von neuem mit jammervollem Piep gegen dieselbe Scheibe flatterte, gleichsam, als sei er wahrhaft weiter nichts als ein törichter Spatz, und es wohne ihm nicht eine menschliche Seele in der gefiederten Brust, als sei nicht menschlicher Geist in seinem Vogelköpfchen daheim.

Aber auch hier noch waltete, wie schon über so mancher seiner Unbesonnenheiten bisher, ein gütiges Geschick: plötzlich hörte Guntram mit dem sinnlosen Flattern auf, lauschte, und pfeilschnell schoß er zurück in den bergenden Ofenwinkel. Leise, wie Geistertritt, hatte es sein Ohr getroffen, leise, wie Geisterhand, hatte es an der Tür getastet. Nun, kaum war er im Versteck, ging sachte die Tür auf, ein kalter Luftstrom wehte ihn an, schaurig wie Geisterhauch. Sanft knackend fiel die Tür ins Schloß zurück, und jemand stand im dunklen Gemach, lautlos, drohend, unsichtbar in der Schwärze wie ein Geist.

Ach, nun hätte unser Guntram so gut die Augen der Muhmefreundin, der Katze, gebrauchen können. Nichts sah er, und doch war ihm, als komme die dunkel dräuende Gefahr ihm immer näher. Der Ofenspalt verfinsterte sich, furchtsam drückte er sich in den äußersten Winkel . . . Griff nun nicht eine böse Hand nach ihm –?! Ach, der Feind war gekommen, er hatte sein Versteck erraten, war gekommen, ihn zu ermorden, ruhmlos, als verachteter Spatz sollte er sterben! Nicht einmal sie würde von seinem Tod erfahren!

Oh, dunkles Dräuen –!

*Zweites Einsprengsel*

Betrachtung des Schreibers Bubo, weiland Hofzaubermeister Seiner Majestät, des Kaisers von Kurdistan, anläßlich eines Fest- und Abendessens im Hause Spatt

Den rotsaftigen Rinderbraten konnte man sich schon gefallen lassen. So heruntergekommen man auch im Laufe der Jahrhunderte sein mag, so stumpf der Appetit auf dieses Leben auch geworden ist – den Geschmack an rotem Blut und frischem Fleisch hat man noch immer nicht verloren. Und da, trotz der Torheiten des jungen Spatt, meine Erlösung aus der Knechtschaft beim unwürdigen Asio immer näher winkt, den ich dann umgekehrt für einige Jahrhunderte zu meinem Sklaven machen werde, auf daß er sich ein wenig bessere, so ließ ich es mir auch schmecken. Fast ungebührlich langte ich zu, aber die dicke Großmagd auf meiner Seite half mir und schob mir eine Schnitte nach der andern zu. Es merkte auch keiner, nicht einmal die gestrenge Obereule Petronilla hatte ein Auge für mich, so sehr achtete alles verstohlen auf den armen Schelmen, den verwandelten Spatz, der sich ungeschickter denn je in seinem Menschenleibe benahm. – Bubo, hier hast du dein Meisterstück vollbracht, und daß du dem schlauen Asio diesen dummen Dreckspatzen statt eines sauberen Finken oder einer hübschen Meise, die tausendmal besser ihre Dienste getan hätten, hast unterschieben können – das kostet den Herrn Rat seinen Zauberrang und – Ring!

Natürlich ist selbst solch saftiger Rinderbraten nicht zu vergleichen mit den herrlichen Lendenschnitten, die sich einstens unsere Untertanen, die Kurden, unter ihre Pferdedecken aus Filz legten, und uns vom ersten Sonnenstrahl bis in die Nacht hinein mürbe ritten! Ach, Kaiser Demorus, warum mußtest du dahin aus der Kraft deiner vollbärtigen Mannesjahre, ehe dir noch mein Verjüngungstrank ewige Jugend, ewiges Wohlsein, ewiges, heiteres Lächeln lieh! Die Steinpyramide über deinem Gebein haben längst die zottigen Bergbären auseinandergeworfen. Völlig dahin bist du! Niemand weiß mehr von dir und deinen Heldentaten, nur ich, dein armseliger, arg bestrafter Bubo, gedenke noch manchmal deiner! Ich weiß, ich weiß, die geheimen Mächte wollen nicht, daß wir mit der uns verliehenen Kraft den Kindern der Menschen ewige Jugend verleihen – aber da ich dich doch so liebte! Hart bin ich für meinen Frevel bestraft! Löste sich nur bald meine Fessel – nichts mehr wollte ich von dem Treiben der Menschen wissen. In den dunkelsten, stillsten Schoß der Erde will ich mich zurückziehen und mein nächstes Jahrtausend mit dem Studium der edlen Steine verbringen, der höchsten Reinheit, die vulkanische Glut aus dem Schoß dieses unreinen Planeten geschmolzen! –

Nicht übel dieser Saft, wirklich nicht übel. Aber auch das junge, dunkle Mädchen ißt nicht mehr als der falsche Vetter. Sicher gedenkt sie des echten, der jetzt irgendwo kopflos in der Welt umher flattert: die Liebe hat sich ihr auf den Magen gelegt! Ach, ihr guten beiden Kinder, Monika und Guntram, Guntram und Monika – ihr solltet nur wissen, wie wenig mich euer Geschick kümmert und das Schicksal des Spatzenhofes dazu! Aber die lichten Mächte haben es nun einmal bestimmt, daß nichts auf diesem erloschenen Stern geschieht, das nicht irgendwie dem Guten dient, und so kann auch ich nur erlöst werden, indem ich euch erlöse und eure Liebe zum angenehmen Ende bringe.

Ich freilich halte mich erst einmal an den Rinderbraten und lasse mir von der Liebe den Appetit nicht rauben. Wenn ich genau nachdenke, muß auch ich einmal vor einigen Jahrzehntausenden dieses Gefühl gekannt haben. Richtig, richtig – sie hieß Xara, und keine konnte reizender ihr Köpfchen an eine männliche Schulter schmiegen als sie! Aber als dann der fette Oberpriester (pfui, pfui, dieser Schurke!) uns zusammengesprochen hatte, gärte ihr süßer Wein rasch in Essigsäure um, und wie sie mir dann, als ich ihre Salzfischchen tadelte, die Steinaxt an den Kopf warf, sagte ich nicht nur ihr, sondern auch der Liebe für immer Valet! Wieviel tausendmal habe ich sie seitdem in den Herzen der Menschen keimen und wachsen gesehen, diese Liebe. Sie haben sich um ihretwillen umschlungen und geküßt, um ihretwillen haben sie sich bekämpft und gar erschlagen. Immer aber nannten sie das wechselvolle Gefühl Liebe! Nun seid ihr daran, Mönchen und Guntram, immer erfüllet euern Beruf und liebet euch herzlich. Die Erde wäre längst öde und leer ohne das, was eure Herzen schneller schlagen macht und eure Köpfe verwirrt! (Wo er sich nur wieder herumtreibt, der närrische Bursche! Er bringt mir noch meine Entzauberung in Gefahr.)

Nein, nun macht er es zu toll, der untergeschobene Vetter und Neffe! Er hat in den Teller, den ihm die Muhme Petronilla sorglich mit Fleisch vollgeladen, mit dem Löffel hineingeschlagen, daß der Beiguß nur so spritzte. Jämmerlich piept er, sie sollen ihm Körner aus der Futterkiste bringen oder auch einen Wurm – einen guten, saftigen Regenwurm! An der rechten Seite hält ihn die Thalerin, an der linken der Herr Asio, dem die Fettunke das bleiche Gesicht glänzend macht. Der Herr Rat stammelt zu den erschrockenen Wirtsleuten von dem schweren Fieberanfall des Armen, der seine Sinne verwirrt. Jetzt führen sie ihn hinaus. Der Herr Rat Asio sieht sich suchend um, nun muß ich mit, den toll Tobenden ins Bette zu schaffen – und noch drei Scheiben Rinderbraten liegen auf meinem Teller! Ach, Eitelkeit alles Irdischen! Wehe, ihr unerfüllten Wünsche –!

*Ende des zweiten Einsprengsels*

Es griff aber keine Hand nach dem ängstlich in seinen Ofenwinkel geduckten Guntram, sondern scharf pinkte es in der Stubenmitte: Pink! Pink! Pink! Ein kleiner Schauer gelblich-bläulicher Funken fiel auf Zunder, rötlich lief die Glut durch das versengte Leinen, ein Atem fachte sie an – und nun sah Guntram im Schein der aufflammenden Kerze das Gesicht seines ehemaligen Brotgebers, des Herrn Asio.

Vorsichtig musterte auch der den Raum. Er hob den Leuchter, besser in alle Winkel zu leuchten, sah unter den Tisch, in die Schreibschrankecke, und schloß dann sorglich die Stubentür zur Diele gegen jede Überraschung, indem er den Schlüssel im Schloß drehte. Nun setzte er den Leuchter auf den Tisch, ging, noch einmal achtsam um sich sehend, an den Schreibschrank, zog an den Klappen und an den Laden. Sie waren zugeschlossen, doch das entmutigte nicht den nächtlichen Eindringling. Er zog ein schwärzliches Büchschen aus der Tasche des großblumigen lila Schlafrocks, schraubte den Deckel los, hob mit einem Span ein wenig feuerrote Paste heraus und rieb sie auf Schlüsselloch um Schlüsselloch der Schreiblade. Neugierig wagte sich Guntram immer weiter aus seinem Ofenloch hervor, spähte, sah zum ersten Male in seinem Leben Einrichtung und Wirkung der schwarzen Magie.

Der Rat Asio hatte den Tisch zur Seite gerückt, Platz vor dem Schreibschrank zu gewinnen, nun goß er aus einem Fläschchen eine helle Feuchtigkeit zur Erde, schön mit der nassen Spur einen Kreis rundend. Mitten hinein stellte er sich, den Leuchter mit dem Lichte in der Hand. Er neigte ihn zur Erde, hoch auf flackerte der bläulich brennende Weingeist, lustig tanzten und sprangen die Flammen um den Meister, der leise, das Gesicht gegen Osten gewandt, vor sich hin murmelte.

Der Spatz Guntram mußte die Augen fortwenden, immer strahlender, immer heller wurde der Glanz der Mauer, die den Herrn Rat umgab. Da tat es einen lauten

Schlag, und als Guntram wieder hinsah, brannte niedrig mit stiller Glut das Kreisfeuer, alle Laden aber waren aufgesprungen und boten ihren Inhalt dem Zauberer dar.

Der hob den Finger – und aus dem Schreibschrank fuhr die erste Lade, durch die Luft flog sie zum Herrn Rat, blieb schwebend vor ihm, ein rechteckiges Holzding, das ihm dienstbar war. Herr Asio spähte hinein, schüttelte verweisend den Kopf, und zurück flog die Lade in ihre Höhle.

Zwei Finger wurden gehoben, die zweite Lade flog herbei, aber auch sie wurde zurückgeschickt. So ging es weiter bis zur siebenten. Nicht wich der Herr Rat aus seinem Kreis, der mit niedriger Flamme bläulich um ihn glühte, dienstbar flogen ihm die Laden, eine nach der anderen, herbei. Aus der siebenten endlich hob der Zauberer ein gelbliches, uraltes Papier, in den Bügen gebrochen und zerfasert, mit verschollener Schrift eng bedeckt. Das Papier in der Hand sandte er die Lade zurück, schob die Brille auf der Nase zurecht und begann, eifrig im Diebesgut zu lesen.

Doch nun litt es Guntram nicht länger. Schmählich schien ihm der Diebstahl, gefährlich die verwitterte Urkunde in der Hand des Argen. Sachte flog er heran zu erspähen, was in ihr wohl stünde. Aber er hatte nicht des feurigen Zauberkreises geachtet. Kaum überflog er ihn, tat es einen zweiten, weit stärkeren Schlag. Eine unsichtbare Macht entriß der Hand des Rates das Papier, rauchend flog es durch die Luft in seine Lade zurück, stoßend fuhren alle Laden zu, knackend schnappten die Schlösser wieder ein – aber zur Erde stürzte Guntram, hart aufschlagend, kein Spatz mehr, sondern ein Mensch!

Eilig war der böse Mann über ihm. »Halte ich dich endlich, Bube!« schrie er kreischend. »Ist es nicht genug damit, daß du Undankbarer, der genossenen Lehre uneingedenk, mich treulos verlassen – willst du mir nun auch mein sorglich bereitetes Spiel stören –?! Ja, ich hätte dich reich und glücklich gemacht, die Monika hätte ich dir zur Frau gegeben, wärest du mir weiter gehorsam gefolgt. Aber du bist, ich weiß es nun, mit dem verräterischen Bubo im Bunde – so klug er sich auch dünkt, das hat er nicht erraten, daß unter seinem Bett die neugierige Elster Zilli hockte, während ihr heimliche Zwiesprache hieltet. Jetzt zerschmettere ich dich, und ein jämmerliches Los soll dir werden! Trägst du doch so gerne das Spatzenkleid, so sollst du denn immer als Spatz herumschwirren, menschliche Seele in der Brust, aber nicht mehr fähig, dich zurück zu verwandeln. Und daß dir auch die geringe Lust des Vogeldaseins fehle, will ich deinen Augen auch noch das Himmelslicht nehmen! Dunkel soll es ewig um dich sein, wie du im Dunkeln mit deinem Spießgesellen gegen mich gewühlt, den ich nach dir, und noch viel ärger, strafen werde . . .«

So sprach der Herr Rat Asio mit schäumendem Munde, und dabei umstrickte er immer rascher mit fliegenden Händen die Glieder des zu Boden Gestürzten durch einen hauchdünnen Faden, den er, schnell abhaspelnd, aus einem Spinnweb aus der Zimmerecke zog. Machtlos lag Guntram, aber mutvoll antwortete er: »Tu immer, was du vermagst, schlimmer Asio! Überliste selbst den weisen Bubo – unerschütterlich wohnt mir in der Brust die Gewißheit, daß der Sieg unser sein wird. Denn wir sind im Lichte, du aber lebst von der Finsternis der Hölle!«

Wütend kreischte der Rat auf, den Leuchter schwang er wie eine Fackel, vom Finger Guntrams streifte er das Zauberhaar, hielt es ins Licht, es zischte auf, dahin war es –! Nun murmelte er geheimnisvolle Zauberworte, der Mensch Guntram schwand dahin, zusammen zog sich sein Leib, aus dem schönen, grünen Rock des Onkels wurde ärmliches, graubräunliches Gefieder. Angstvoll, unfähig jeder Bewegung, hockte er am Boden, hohnlachend rief der Rat, den Leuchter schräg haltend: »Nun tropfe ich dir glühenden Talg in die Augen, daß du auf ewig erblindest –!«

Näher kam schon der feurige Schein –: »Vorbei, vorbei, nie mehr wieder werde ich dich sehen, liebe, güldene Sonne, nie wieder dich, mein freundlicher Geselle, bleicher Mond. Nie wieder werde ich nächtens in der dunklen, niedern Gasse stehen bleiben und zu euch empor blicken, liebe kleine Funkelsterne, unter die ich als Knabe die lieben Eltern versetzt glaubte. Nie wieder sehe ich deine holde Gestalt, Base Monika, dein schönes stilles Gesicht, das Senken deiner Lider, das ist, als fiele ein dunkler Vorhang und löschte das Liebeslicht der Welt aus ...«

Von oben tönte ein wildes Gebrüll, als schrie ein wütender Bulle. Vieles stürzte krachend. Es lief dröhnend, nun schrie es, schrie piepend ... Ja, ohne Zweifel, der Pieper schrie gellend um Hilfe: »Hiiiilfi! Hiiiilfi!«

Mit einem Fluch raffte der Rat den Spatzen von der Erde, der drohende, glühende Talgtropfen fiel aufzischend in den magischen Flammenkreis, der erlosch. Guntram ward in die Schlafrocktasche gezwängt, eilends schloß der Rat die Tür auf und stürzte in das Obergeschoß, aus dem immer gellender das Hilfegeschrei des falschen Vetters, untermischt von klatschenden Schlägen, erscholl.

## *Drittes Einsprengsel*

Klage des gemeinen Stadtspatzen, Passer domesticus, über die Einrichtungen der Menschen

Hätten sie mich nur in der Stadt gelassen! Der angenehmste Winter stand mir bevor. Gerade war mein dreiundzwanzigstes Eheweib, die liebe Pippi, in den Sprenkel eines frechen Jungen gegangen, und für niemanden hätte ich trauernder Witwer zu sorgen gehabt als für mich. Ich muß gestehen, ich kannte längst diesen mit roten Vogelbeeren verbrämten Sprenkel, aber recht mit Fleiß hatte ich meine Huldin auf den Wohlgeschmack dieser roten, in der großen Stadt so seltenen Beeren lüstern gemacht, denn ein Witwer ist ein viel angesehenerer Mann als ein ewig beaufsichtigter Familienvater. Kurz vor der Sitzung des weiblichen Komitees zur Bekämpfung der überhand nehmenden Drosselplage verspürte Pippi einen unwiderstehlichen Hunger auf Vogelbeeren. Sie pickte ein weniges und erhängte sich. Ich kann sie nur beklagen.

Wie gesagt: mein Winter wäre mir leicht gewesen. Durch Zufall hatte ich einen losen Ziegel am Dach eines Getreidespeichers am Hafen entdeckt, ich zwängte mich ein und fand Körnervorräte, genug für alle Spatzen in der Stadt. Natürlich hütete ich mich, irgend jemandem etwas davon zu verraten. »Kein Korn dem andern!« ist ein Grundsatz gewesen, der das Volk der Spatzen groß gemacht hat.

Es ist männiglich bekannt, daß es kein älteres, berühmteres, mutigeres, klügeres Volk auf Erden gibt als das der Spatzen. Von der stummen Larve im Baum bis zum mistenden Pferd, vom sich ringelnden Wurm bis zum körnerbauenden Menschen hat alles uns dienstbar zu sein, so hat es der Große Urspatz bestimmt. Leider aber sind unsere Feinde, zu denen ich vorzüglich die gänzlich unnützen Nachtvögel rechne, noch immer zahlreich. Und wenn auch zu erwarten steht, daß unsere Übermacht sie eines Tages sämtlich vernichten wird – gelang es uns doch in der berühmten Schlacht am Tannenfluß, einen ganzen Eulenhorst voll nackter Junger zu zerhacken und uns selbst vor dem feigen Gegenangriff der Mutter mutig in Sicherheit zu bringen –, so war doch mir das schwarze Los gefallen, daß ich auf meiner

Heimkehr von einer fröhlichen Witwerfeier in die Fänge des gräßlichen Schuhu geriet!

Wie wir Spatzen das klügste Volk dieser Erde sind, sind wir auch das listigste. Kaum erriet ich, daß der große Schuhu mich nicht zur sofortigen Hungerstillung gefangen habe, sondern zu einem weitaus anderen Zweck, nahm ich sofort die demütigste und dienstwilligste Miene von der Welt an, in der Hoffnung, bald durch List meinem Häscher zu entrinnen. Ich wurde dem Herrn Rat Asio vorgeführt, der in jener Nacht als Eule verleiblicht war, und ich bin überzeugt, nur meine geschickte Haltung rettete mir das Leben. Herr Asio prüfte mich, meine rasche Intelligenz entzückte ihn, die Vorschläge des alten Bubo wurden angenommen, und ich zum Stellvertreter des läppischen Schreibers Guntram Spatt bestimmt.

Wie ich heute errate, hat ursprünglich der Plan bestanden, mich zu ermorden, abzubalgen, und in meinem Federgewande dem besagten Guntram Spatt die niedrigen Vogelzauberwürden zu verleihen. Doch gewisse trübe Mencheneigenschaften, die bei uns Spatzen längst mit Todesstrafe belegt und darum völlig ausgestorben sind, Eigenschaften wie Wahrheitsliebe, Rechtlichkeit, Edelmut, Hilfsbereitschaft, machten ihn ganz ungeeignet für diesen Plan. Darnach war beschlossen worden, daß eine Stellvertretung stattfinden sollte, und mir wurde durch gewisse Zaubersprüche, die zu behalten ich keine Veranlassung hatte, da sie dem gemeinsten Aberglauben niedriger Wesen entsprungen und vom Großen Urspatz mit dem Bann belegt worden sind, die Fähigkeit verliehen, auf Geheiß des Herrn Asio menschliche Gestalt, und zwar die des Schreibers Guntram, anzunehmen.

Ich kann es niemandem ausmalen, welch widrige Gefühle mich befielen, als ich zum ersten Mal in einem stinkenden, dunklen, luftlosen Raum saß und meine Feder, die Pose eines wohl tiefstehenden, aber immerhin doch verwandten Vogels, über das Papier laufen ließ! Mit welcher Sehnsucht dachte ich meiner behaglichen Ruhestatt unter der Rinnentraufe am Domdach! Frei und luftig, mit weitem Blick über die Stadt, gesichert vor allen Feinden, konnte ich dort sitzen, indes hier jede Minute ein Mitmensch eintreten konnte, mich – mit sanftem Lächeln und verstellter Freundlichkeit – zu Not, Hunger, ja in den Tod zu treiben! Was für ein niederes Wesen ist doch diese bleiche, größte Made des Weltalls, Mensch genannt! Hier spritzte ich in gutem Eichenwald gewachsenen Galläpfelsaft über faseriges Papier zu Schriftzügen, die in einem Spatzenalter kein Mensch mehr lesen würde, und allein diese alberne Tätigkeit gab mir das Recht auf Atzung und Wärme, das mir doch mein Mitmensch Asio jederzeit trotz meines größten Eifers wieder nehmen konnte, nur um etwa einem Gevatterkind meinen Stuhl zu geben oder dem Sohne eines gleich mächtigen Ratsherrn! Nein, der Große Urspatz hat es schon weise eingerichtet, daß diese niederen Tiere in dunklen, riechenden Höhlen leben müssen, ewig uns dienstbar als Anbauer unserer Nahrung.

Wie zwickte und preßte mich schon meine lächerliche Gewandung an allen Gliedern! Auf der untersten Stufe alles Lebens stehend, dem nackten Wurme gleich, sind diese Menschen gezwungen, um sich vor dem Erfrieren zu schützen, uns höherstehenden Wesen unsere Bälge und Häute zu stehlen, aus denen sie mancherlei künstliche Röhren, Gehäuse und Futterale verfertigen. Aber wie erbärmlich ist das doch alles gegen das warme, nahtlos angepaßte und doch lockere Gewand, das wir Spatzen tragen! Schändlich rieb es mich bei jedem Schritt, den ich tat. Rührte ich aber einmal kräftig die Flügel, die ich jetzt Arme zu nennen hatte, um mich schneller vorwärts zu bringen, so kniff es mich in den Achseln, daß ich hätte schreien mögen! Ach, überhaupt diese Arme mit den ungeschickten fünf nackten Würstchen am Ende – wie recht haben die Menschen, sie »arm« zu nennen! Da lobe ich mir einen kräftigen Spatzenflügel mit schönen Schwungfedern – das ist ein trefflich Ding, das seine Schönheit in sich und an sich hat.

Doch ich will nicht gar zu weitläufig bei diesen Anfangsmolesten meiner Menschenlaufbahn verweilen, waren sie doch nur ein kleiner Vorgeschmack der Kümmernisse, die mich später auf dem Lande heimsuchten. Stundenlang könnte ich von alledem erzählen, wie ich zum Exempel stets zusammenfuhr, wenn der große Kater des Herrn Rat lautlos in die Schreibstube geschlichen kam und, immer mich überraschend, plötzlich schnurrend auf den Tisch sprang, mich mit seinen bösen Augen grell anblickend. Meinte ich doch immer, ich sei noch ein kleiner Spatz und jener könne mich verschlingen! Wie ich dann allmählich lernte, daß ich nun der große Mensch sei und er bloß ein Kater, und wie ich ihm manchen Lebensschreck gar mutig mit heimlichen Tritten, ausgerissenen Schnurrhaaren, ja, einmal mit einem zwischen die Tür geklemmten Schwanz heimzahlte! Ja, damals war ich ein rechter Held und ich bin gewiß, die spätesten Spatzengeschlechter werden noch von meinen Taten piepen!

Nein, von alledem will ich nicht berichten, genug, wir fuhren – zu unheilvoller Stunde – auf das Land, zum sogenannten Spatzenhof. Ich muß nur noch das eine sagen, daß mir unterdes der Herr Rat Asio wegen seiner meisterhaften Schurkerei recht lieb geworden war, so weit eben solch nieder Wesen wie ein Eulenmensch einem hochgeborenen Spatzen lieb werden kann. Völlig verhaßt war mir auf der anderen Seite aber der Schreiber Bubo oder Schuhu, und nicht nur darum, weil recht eigentlich er mir mein elend Los bereitet, sondern vor allem deswegen, weil er, wie ich bald sah, heimtückisch die listigen Pläne des Meisters Asio durchkreuzte. Ich hätte wohl den Meister warnen können, aber das ist nicht Spatzenart. »Jeder suche sich selbst den Schlund, der ihn verschlingt!«, ist ein altes gutes Spatzenwort.

Was aber den sogenannten Spatzenhof angeht, so kann ich nur sagen, es ist eine Anmaßung, es ist eine schamlose Frechheit, diesen Menschenhöhlen einen so hehren, erlauchten Namen zu verleihen! Wir Spatzen sind das freieste Volk dieser Erde, wir kleben nicht an den Dingen, wir werden nicht ihre Sklaven; frei schalten wir mit ihnen, heben sie auf und lassen sie fallen, wie es kommt. Hat unser Nestbau seine Dienste getan, so mag der Wind nur die Halme auseinander raufen; wir wissen, es gibt genug Halme auf dieser Welt. Es kümmert uns nicht, immer wieder werden neue Halme wachsen, die uns dienstbar sein müssen. Eine heitere Großzügigkeit, eine wohl angebrachte Verschwendung, die dem Plan des Lebens, der Unerschöpflichkeit der Erde vertraut, sind hervorstechende Grundzüge jedes Spatzencharakters.

Wenn wir von der Zeitkrankheit »Lebensangst« verschont geblieben sind, so danken wir das diesen Eigenschaften. Die von ihr erfaßt sind, sind alles niedere, in der Erde, im Dunkeln wirtschaftende Tiere. Es ist zuerst der Mensch, der sich nicht genug darin tun kann, alle Kammern, Scheunen, Keller mit Vorräten vollzuhäufen, über die wir dann, im Verein mit unseren vierbeinigen Gesinnungsverwandten, den Mäusen, am freiesten verfügen. Es ist auch der jähzornige Hamster, der den ganzen Sommer und Herbst schleppt und sich rackert, um, ehe er in den Genuß des Erworbenen gerät, schmählich in einer Falle oder in den Fängen eines Raubvogels zu enden. Es sind ferner die törichten, im lichtlosen Korb lebenden Bienen, die von früh bis spät ohne Erholung Honig tragen; kommt aber der Winter, setzt der Mensch ihren Bau über ein Rauchfeuerchen, tötet sie und beraubt sie der mühseligen Tracht.

Wie frei schalten wir Spatzen dagegen mit den Gütern der Welt! Recht feindlich berührte mich schon der Anblick der weißen Höhle, an deren Außenseite jedes Weinränkchen sorgsam aufgebunden war, jedes Rißlein säuberlich verkittet! Und als ich erst eintrat in diesen dunklen, luftlosen Mief und Muff, in dem Hausrat herumstand, der wohl schon tausend, zehntausend Spatzengeschlechter alt ist, von Würmern angenagt, vom Alter gebeizt, mit dem abgestandenen Geruch längst vermoderter Geschlechter! »Ach, ihr törichten Menschen«, dachte ich da. »Wächst nicht alle Jahre neues Holz im Walde? Müßt ihr das alte so sorgsam bewahren? Ist ein Sommer nicht schöner im grünen Buchengeäst als in solch düsterer Höhle, deren Scheiben ihr wohl immer wieder mit Tüchern abwischt, durch die aber das Sonnenlicht doch nur zu einem trüben Dunst gefiltert dringt –?! Ach, der Herr Rat Asio hat mir keinen Gefallen getan, als er mir diesen Spatzenhof als Erbe und Eigentum versprach! Ich mag ihn nicht, ich will ihn nicht. Niemand auf der Welt braucht mir etwas zu versprechen, es ist ja alles da, was ich liebe – ich brauche es mir nur zu nehmen!«

So dachte ich, aber ich lag in den Banden der Verzauberung und mußte tun, was sie wollten! Einigen Spaß bereitete es mir noch, den dummen Mitmenschen Guntram zu überlisten und ihm ein Haar auszureißen! Aber auch das hätte ich nicht getan, hätte ich die Folgen geahnt! Widernatürlich genug war es schon für mich gewesen, auf Menschisch einherzugehen, aber wie wurde mir erst, als ich nun noch à la Mensch parlieren sollte! Wie taten mir diese A's und E's, diese dumpfen O's und U's wehe, wie völlig verhaßt waren mir die gemeinen Zischlaute aus S und Z, die jedes Spatzenohr verwunden müssen. Wie herrlich klingt dagegen ein offen spätzisches Piep, wie schmeichelt es sich ins Gehör! Die Menschen haben das ja auch längst erkannt und zugegeben, indem sie das einzige Gefühl, für das sie sich interessieren und auf das sie Wert legen, ›Liebe‹ nennen, ein Laut, der mit »Piep« nahe verwandt ist.

Nie habe ich mich ganz an diese barbarische, zungenbrechende Sprache gewöhnen können und mögen. Als ich das Guntramhaar erst einige Stunden im Besitz hatte, hätte ich recht gut Menschisch reden können, aber alles in mir sträubte sich dagegen! Sie konnten mich verzaubern und sich dienstbar machen, meine Liebe zum angestammten Spatzenvolk brach doch immer wieder mit dem geliebten Piep-Laut durch. Da hörte ich nun wirklich auf keinen Tadel des sonst geschätzten Herrn Asio!

Er glaubte mich gefügiger zu machen, indem er mir die sogenannte schöne Monika zur Frau versprach! Nun, ich kann nur sagen, ein wirklich weiser Zauberer hätte mir mit dem Versprechen einer Hand voll Weizenkörner eine größere Freude gemacht! Wie bereits bemerkt, habe ich schon dreiundzwanzig Ehen hinter mir, und ich weiß, was ich von dieser Einrichtung zu halten habe! Um es kurz zu sagen, sie ist ein Schelmenstreich der Natur! Für ein recht vorübergehendes Vergnügen werde ich gezwungen, wochenlang eine Frau zu ernähren, dann die ewig aufgesperrten Schnäbel von sechs Kindern zu stopfen, die sich nicht entblöden, kaum sind sie herangewachsen, um jeden Brocken ihre Schnäbel gegen den Erzeuger zu kehren, ja, ihm die reizendsten, jüngsten Spätzinchen abzujagen! Ich muß ja gestehen, daß auch ich immer wieder dieser List der Natur aufsitze, aber ich tue es mit dem überlegenen Geist des spätzischen Philosophen, der wohl seine Pflichten zum Ruhme des Spatzenvolkes erfüllt, aber die Eitelkeit des Weges, der dahin führt, durchschaut.

Wie über alles haben auch hierüber die Menschen ganz andere Anschauungen als wir: rückständige, barbarische Anschauungen. Ich sprach schon von der abgöttischen Verehrung, die sie dem Gefühl »Liebe« weihen. Es war für mich recht possierlich anzusehen und gehört zu den schönsten Erinnerungen meines Lebenswandels, wie der junge Guntram die Augen verdrehte, wenn er auf seine sogenannte Schöne sah, wie er von einem Fuß auf den andern trat, blaß und rot wurde, mit der Hand zum Herzen und nun wieder verzweifelt durch die Haare fuhr, wie er seufzte, an den Lippen käute, das Schnurrbärtchen zwirbelte – kurz, was es alles für verliebte Albernheiten gibt. Wir Spatzen sind da etwas klüger, ist es die eine nicht, ist es die andere, zum Schluß kommt es doch nur auf besagtes Futterschleppen und Atzen heraus, und das ist bei der einen genauso wie bei der anderen! Gib dir darum bloß nicht so viel Mühe, törichter Mensch!

Und wenn man sich dann noch dazu diese sogenannte Schöne und Huldin betrachtete! Das Beste, was ich an ihr rühmen kann, war, daß sie bis oben an den Hals sorgfältig mit einem bunten Futteral zugedeckt war, und das hatte sie ja zweifelsohne nur darum getan, weil sie selbst den Anblick des eigenen Leibes nicht ertragen konnte! Wie mußte da erst andern zumute werden! Die Kostproben, die sie mit Gesicht, Haaren und Händen gab, genügten wahrhaftig, einen rechten Spatzen blind zu machen! Ich kam einmal, durch die Arglist des Herrn Asio, in die schreckliche Lage, meinen Schnabel ganz in die Nähe ihres Mundes bringen zu müssen – auf der Stelle bin ich hingestürzt und habe mich sogar arge verletzt –!*

Doch war der lächerliche Guntram bei weitem nicht der einzige, der diese Menschenmade, dieses Menschenmädchen mit verliebten Augen ansah! Von dem Vater Spatt will ich ganz schweigen, auch das scheint so eine rechte Menscheneigenschaft, daß Väter in ihre Töchter verliebt sind; wir Spatzenväter sehen in unseren Töchtern nur das Ebenbild ihrer Mütter, und das genügt völlig, ihnen recht kühl gegenüber zu stehen.

Nein, fast jedes männliche Auge sah ich wohlgefällig auf der Monika ruhen, und hier kann ich nicht einmal den sonst ganz vernünftigen Herrn Asio ausnehmen. Einzig

* Lügnerischer Spatz! hast du nicht recht artig dein Schnäblein ihrem Mündlein entgegengespitzt, und hat nicht allein das Mägdlein mit einem kräftigen Stoß gegen deinen Stuhl deine Frechheit vereitelt?! – So fälscht man Geschichte, Herr Spatz! (Anmerkung des Herausgebers.)

der alte Bubo machte da eine Ausnahme, doch war das keine Merite von ihm; man kennt ja die Art der mißvergnügten alten Schuhus, alles anzukauzen und anzukrächzen! Aber da war ein Knecht, ein ungeheurer Lehmbrokken Mensch, der wandte kein Auge von ihr, er vergaß über ihrem Anblick sogar das Essen, das sonst sicher seine liebste Beschäftigung war. Und ertappte er gar einen anderen auf Blicken zu der Monika, so schossen seine Augen so finsterglühende Strahlen, daß es mir vor Lachen den Bauch schütterte.

Kaum hatte ich seine hilflose Verliebtheit bemerkt, so bereitete es mir das größte Vergnügen, das Mönchen ständig mit den verdrehtesten Augen anzuschauen, ja, war er in der Nähe, überwand ich mich sogar so weit, das Mädchen mit dem Ellbogen zu streifen, von hinten anzustoßen. Und einmal streichelte ich sogar der Monika auf dem Gange oben recht sichtbarlich mit erheucheltem Wohlgefallen den Rücken und das Daruntere – da mußte ich mich aber mit einem raschen Sprung in meine Kammer retten und den Schlüssel im Schloß umdrehen, so zornentbrannt stürzten sie alle beide auf mich! Nachher ließ ich mich fein nur in der Gesellschaft des Herrn Rat sehen, bis der erste hitzige Zorn verraucht war. Hätten die beiden gewußt, welche Überwindung es mich gekostet, diesen weichen, breiigen Leib anzufassen, der Knecht wäre kaum so zornig hinter mir dreingesprungen. Freilich, die »schöne« Monika hätte mir wohl erst recht das Gesicht zerkratzt –!

Das Haus war nichts, die Sprache war nichts, das Mädchen war nichts – aber ein altes Spatzenwort sagt: »Der Bauch zuerst!« Hätte nun wenigstens das Futter noch was getaugt! Sie haben doch alle Kisten, Kasten, Keller und Scheunen voll, konnten sie da einem Spatzen nicht ein ordentliches Körnermahl vorsetzen?! Im Garten und auf dem Feld lagen genug Steine, sie hatten sattsam Kräfte, sie umzudrehen – warum drehten sie sie nicht um und gaben einem ehrlichen Spatzen seinen ehrlichen Wurm?! Es ist nichts los mit diesem Menschengesindel, so geschäftig sie auch tun! Meinen sie doch wirklich in ihrem beschränkten Verstande, die ganze Erde sei nur für sie geschaffen, und sie wollen, jedweder lebe nach ihrem Kopf, auf ihre Art!

Kein Bitten und kein Zureden konnten den Herrn Rat Asio überzeugen, daß mir ein Würmermahl zuträglicher sei als eine Bratenschnitte, daß zur Not trockene Brotkrumen mir besser täten als eine Scheibe Brot mit versalzenem Kuhfett und gewürzter Wurst. »Was sollen denn Braut und Schwiegervater denken, wenn du Würmer schlingst!« rief er. Da hat man so recht die Menschen! Uns Spatzen kümmert gar nicht, was ein anderer von uns denkt; wir nehmen und tun, was wir lustig sind, und mit diesem Grundsatz wurden wir das mächtigste Volk dieser Erde!

Den Tag über mochte es noch gehen; was ich am Morgen vor der Verwandlung erpickt, hielt noch den schlimmsten Hunger ab. Als dann am Nachmittag der Herr Rat im Sofa ein weniges nickte – ihm gegenüber blies im Ohrensessel die Petronilla sanft durch die Nase –, schlich ich mich in den Garten und tat mich gütlich. Es gab da genug Pickenswertes. Ich muß überhaupt sagen, daß wir Spatzen, wie in allen Wissenschaften, auch in der Pickwissenschaft am weitesten fortgeschritten sind.

Drei Grade gibt es in dieser Wissenschaft, einen immer höher als den anderen. Den unteren Grad, die einfache Sättigung des Hungers, kennt alles Lebende. Es ist ein recht langweiliges Geschäft, wir Spatzen begnügen uns damit höchstens im tiefsten, strengsten Winter.

Der zweite Grad, das Anpicken, haben nur wenige Wesen mit uns gemein. Zu ihnen gehört der Mensch, und etwa noch das Schwein. Bei diesem feineren Grade ist der Hunger bereits gestillt, man pickt nun über den Hunger hinaus, da ein bißchen, dort ein weniges, und läßt um ein

Bröselchen vieles verderben. So sehr der Mensch in diesem Falle unser Beispiel nachahmt, so erzürnt ist er doch auch wieder, wenn wir ihm im Frühsommer alle Kirschen an seinen Bäumen angepickt haben, so daß Fäulnis in sie eindringt. Da sieht man so recht die Verkehrtheit seiner Natur: diesen selben Menschen sah ich seinen Teller vollhäufen, daß die Tunke über den Rand tropfte und er es unmöglich bezwingen konnte. Er tat's aber lieber in den Schweineeimer, als daß er es seinem hungernden Mitmenschen gönnte.

Der dritte und vornehmste Grad dieser Wissenschaft schließlich ist das Wüstpicken. In diesem Grade sind wir Spatzen unübertroffene Meister. Wenn etwa kurz vor der Erntezeit ein Feld Weizen recht stattlich auf des Bauern Sense wartet, verabredet sich unser ein ganzes Volk, bricht ein, knickt, pickt wüst, zerrt, läßt fallen, verstreut – und je größer die angerichtete Verwüstung ist, um so strahlender ist auch der Ruhm, den solches Volk erntet. Es gibt mutige Spatzenvölker, von denen die Überlieferung berichtet, die lieber Dutzende von Toten auf dem Kampfplatz ließen, als daß sie auf das Wüstpicken solcher Felder verzichtet hätten. Ewiger Ruhm ist ihnen sicher!

Um aber zu meinem Bericht zurückzukehren. Leider konnte ich bei meiner Exkursion in den bäuerlichen Garten nicht den zweiten, geschweige denn den dritten Grad des Pickens erreichen, denn unversehens trat der Bauer Spatt hinter einem Gebüsch hervor und fragte mich recht barsch, was ich da treibe. Keck erwiderte ich ihm, ich suche schädliches Gewürm, und nun wies ich dem Staunenden, wie meine spätzische Weisheit mich noch in der kleinsten Baumritze, hinter der sachtesten Rindenlockerung das entdecken ließ, was er recht töricht Ungeziefer nannte. Zwar blutete mein Herz und mein Magen kollerte kräftig protestierend, wenn ich seinen derben Lederschuh die seltensten Delikatessen der Jahreszeit zertreten sah. Aber ich hatte doch die Befriedigung, daß er am

Ende milder sagte: »Du hast ein gutes Auge und viel Geschick für einen Obstgärtner, Guntram. Ganz unbrauchbar scheinst du nicht.«

Ich bedankte mich mit tiefer Verbeugung für dieses seltsame Kompliment – denn wir Spatzen haben nicht den Ehrgeiz, brauchbar zu sein – und wünschte mir Glück, daß ich meinen Hunger gezügelt hatte. Leider gelang mir das später, beim Abendessen, nicht so gut. Ich hätte wohl noch den Mangel jeder vernünftigen Eßware ertragen und mich, in der Hoffnung auf die Nacht, mit dem bloßen Zusehen begnügt, aber der widerwärtige Anblick der Essenden, der ekle Geruch der verdorbenen Speisen, die der Mensch mit dem feindlichen Feuer und dem scharfen Gewürz wieder eßbar zu machen meint, schließlich der eigene Futternapf, den die Muhme Petronilla, die es besser hätte wissen müssen, immer voller häufte – all das erhitzte mir das ruhige Blut zu wildestem Fieber. Mit dem Löffel schlug ich in die auseinander spritzenden Gifte und piepte empört – was, weiß ich nicht mehr.

Doch sahen sie sogleich ein, daß sie mir mehr zugemutet, als ein edel Spatzenherz ertragen kann. Eilig führten sie mich aus der mit den üblen Freßdämpfen geschwängerten Diele in die reinere Luft des Stiegenhauses und endlich in meine Kammer, wo sie mich aufs Bett legten. Mit ernstem Wort wies der Herr Rat den Schreiber Bubo, der recht an der Wand festklebte, hinaus, schloß dann sorgfältig die Tür hinter ihm, setzte sich zu mir auf das Bett und sprach also: »Edler Spatz, ich weiß wohl, wie sehr dich das niedrige Gefängnis dieses Menschenleibes bedrückt, leide doch auch ich Unsägliches in dieser schamlosen Nackthaut. Aber ich bitte dich doch herzlich, dich noch einige Tage zusammenzunehmen, bis wir Vater, Mädchen und Hof völlig in Fesseln geschlagen haben. Ich weiß, was deinem erlauchten Verstande möglich ist – tu also mir zuliebe, was nur du vermagst!«

Wir Spatzen haben immer die Gewohnheit gehabt, Bittende recht kräftig in den Kopf zu picken, auf daß sie noch tiefer geduckt werden. So wandte ich mich nur stöhnend auf meinem Lager und klagte, ich werde dem Bauern und seiner Tochter alles entdecken müssen, damit ich nur recht bald eine schöne Schwinge voller Weizenkörner bekomme.

Oh, wie böse leuchteten da die gelben Augen des Listigen auf! »Hoho! Brüderchen! kommst du mir so?« krächzte er. »So siehe zu, wie dir dies gefällt!« Und mit einem raschen Zauberwort hatte er mir meine Spatzengestalt wiedergegeben, während er als breitschwingige Eule auf mich niederstieß, ehe ich mich noch vor ihm in Loch oder Lücke hätte bergen können. Da saß ich Armer, gefangen zwischen seinen spitzen Fängen, nahe drohte sein krummer Schnabel, nahe glühten die bösen gelben Augen. Kläglich piepte ich um Gnade und versprach, ihm in allen Dingen zu Willen zu sein – denn man muß sich vor den Mächtigen dieser Erde ducken, wenn sie zürnen.

»Wirst du fein Menschisch reden, elendes Spatzgetier?« krächzte er. »Wirst du picken, was dir auf den Teller getan wird? Wirst du dem Mönchen schöne Augen machen und ihr Schnäbelchen küssen, so oft sie es verlangt?!« Zitternd versprach ich alles. »So wollen wir erst einmal«, krächzte er, »hier üben, wie man richtig auf Mensch geht, sich bewegt, steht. Du törichter Spatz bewegst deine Arme noch immer, als seien es Flügel, und statt gesittet einher zu schreiten, hopst du mit gebogenem Knie!«

Was soll ich sagen? Drei Stunden exerzierte der Grausame mit mir; in jede Haltung, nur in keine vernünftige, mußte ich meine Glieder bringen. Und zum Schluß übte dieser alte Kracher gar, wie ich das Mädchen etwa zu umfassen, zu umarmen, zu küssen hatte! »Küsse fester!« befahl er. »Feuriger! Drücke deine Lippen mehr auf die meinen! Hast du denn kein Feuer im Leibe?! Bist du denn ein toter Schellfisch?!« Ach, mir wurde fast ohnmächtig bei der Berührung seiner welken, runzligen Lippen! Gar zu gerne hätte ich mich gegen ihn aufgelehnt, aber mutig hielt ich durch, eingedenk seiner scharfen Krallen und seines krummen Schnabels.

Schließlich – in tiefer Nacht – ließ er von mir ab und ging, indem er mir befahl, sofort ins Bett zu steigen. Völlig ermattet sank ich auf mein Lager, gänzlich verzweifelt war ich. Hätte ich gewußt, wo mich sicher vor ihm bergen, ich wäre auf der Stelle geflohen. Aber mir war bekannt, daß viele und geheime dunkle Mächte ihm hilfreich zur Seite standen und daß es keinen Fleck auf Erden gab, der vor seinen Häschern verborgen blieb. In den Nächten, da ich für den Schreiberberuf zurechtgestutzt wurde, hatte ich es wie einen grauen Schleier durch das Schlüsselloch seiner Stube rinnen sehen, und als es vor seinem Schreibtisch anlangte, waren es Fuchs und Maus gewesen. Die böse, spatzenfeindliche Natter und die sanfte Taube, das Eichhörnchen aus dem Walde wie der Maulwurf aus dem Erdenschoße hatten ihm Botschaft zugetragen – nirgend gab es Rettung vor ihm! Es blieb mir nichts, als auszuharren und auf irgendeine glückliche Erlösung zu hoffen.

Allmählich überkam der Schlummer mich Verzweifelten, und als ich, von einem stinkenden Qualm erweckt, erwachte, brannte das Licht mit langer Schnuppe. Ich stützte den Kopf auf und lauschte in das Haus. Alles war totenstill, alles schlief wohl längst. Plötzlich fiel mir ein, daß ich im Traum über einem herrlichen Kornfeld dahin geflogen war. So oft ich mich aber, von den Körnern zu picken, hinablassen wollte, hinderte ein feines Netz, das dem Auge aus der Höhe unsichtbar blieb, mich daran. Ein quälendes Gefühl in meinem Leibe erinnerte mich, daß dieser Traum mich nicht umsonst aufgesucht hatte: die vom Bauern unterbrochene Würmermahlzeit war verbraucht und der Magen schrie nach neuer Atzung.

Ich stieß das Fenster auf und spähte hinaus. Aber kein Mond schien, es war völlig dunkel und ganz unmöglich, bei dieser Schwärze einen Wurm zu finden. Plötzlich fiel mir der Pferdestall ein und die Futterkiste auf seinem Gang, die ich heute auf einem Rundgang gesehen. Barg sie auch nicht Weizen oder Roggen, hat er Hunger, nimmt der Spatz auch mit Hafer vorlieb.

Eilig ergriff ich den Leuchter, und leise schlich ich mich durch das schlafende Haus in den unteren Stock. Durch die Ritzen der Wohnstubentür sah ich Licht, auch meinte ich Gemurmel zu hören; um so leiser drückte ich die Tür nach dem Hofe zu auf. Für den mutigsten Spatzen ist es – auch in menschlicher Gestalt – ein waghalsiges Unterfangen, auf nächtlichen Abenteuern unterwegs zu sein. Wir Spatzen lieben das Licht und hassen das Dunkel, in dem nur unsere Feinde, die Katzen, Eulen, Käuze, Uhus gespenstern. Wie leicht konnte solch Katzentier mich auf meinem Weg belauern, mich im Dunkel anspringen und zerreißen!* Sorglich schirmte ich das mit freundlichem Gelb leuchtende Licht und wagte heldenhaft den Gang.

Aber wie ward ich enttäuscht, als ich zur Futterkiste kam! Ein durch eine Eisenkrampe gezogenes Schloß schützte den Inhalt der Kiste vor jedem Zugriff! Ich rüttelte an dem Deckel, dann versuchte ich die Krampe herauszuziehn – alles umsonst! Ich suchte mit dem Licht auf der Erde, ich wagte mich bis an die Futterkrippe der Pferde, ob nicht wenigstens ein verstreutes, vergessenes Körnchen zu finden sei – aber nichts!

»Der Bauch zuerst!« Diese edle Spatzenweisheit hatte mich nun ganz entflammt. Ich war fest entschlossen, nicht eher ins Bett zu gehen, ehe ich nicht meinen Hunger gestillt. Schon war der kühne Plan entworfen und

* Ach, heldischer Spatz, in deinem Über-Mut vergißt du ganz, daß du in deiner Menschengestalt bist, 1,76 Meter hoch und 65 Kilogramm schwer – ein etwas zu kräftiger Bissen auch für den größten Kater! (Anmerkung des Herausgebers.)

beschlossen, den späten Murmler in der kleinen Wohnstube, vermutlich den Bauern selbst, um die Schlüssel zu bitten; wollen wir Spatzen erst einmal etwas, so setzen wir es auch durch! Ich hatte Hunger, also wollte ich.

Ich brauchte nicht bis in die Wohnstube zu gehen. In der Küche fand ich eine junge Magd, die, mit gelöstem Haar und Nachtjacke und Rock recht mangelhaft bekleidet, nach einer Mausefalle suchte. Eine Maus hatte sie in ihrem Schlafe gestört und statt, wie es ein Spatz getan hätte, bei ungünstigen Umständen einfach einen anderen Sitz- und Ruheplatz zu suchen, sann sie recht nach Menschenart auf Mord an diesem uns Spatzen so verwandten Tier.

Die Schöne errötete gewaltig, als ich sie in so mangelhafter Kleidung überraschte, und, wahrlich! sie hatte alle Ursache dazu, denn der Anblick ihres bloßen Fleisches war höchst widerwärtig! Leise kreischend forderte sie mich auf, sofort wegzugehn, dabei aber hielt sie meine Hand wie im höchsten Schrecken umklammert. Ich kenne diese zippe Art wohl von unseren Spatzenfräuleins, die auch tun, als sähen sie unsereinen nicht, um so verführerischer aber mit den Flügeln schlagen und mit dem Bürzel wogen. Hier hilft nur äußerste Grobheit, sonst verrennen sie sich ganz in ihren Liebenswahn. – »Wo schlafen die Knechte?« fragte ich scharf. Sie kreischte, aber nur leise: »Oh, was das Herrchen von mir denkt! Für solche hat doch meine Mutter keine Tochter gekriegt.« – »Gans!« schalt ich nach Menschenart und tat ihr damit mehr Ehre an, als sie verdiente. »Ich will wissen, wo die Knechte schlafen. Ich brauche die Schlüssel zur Futterkiste.« – »Ach, Herrchen!« bettelte sie. »Helft mir doch die Maus fangen! Kommt mit – sicher sitzt sie unter meinem Bett.«

Scheinbar willig ging ich mit ihr, denn ich erriet, daß die Knechtstube in der Nähe der Magdstube sein müsse. Im Wohnzimmer brannte noch immer Licht, und die Lautlosigkeit, zu der wir dadurch genötigt waren, benutzte die Liebestolle, meine Hand auf ihr pochendes Herz zu legen. Beschämt gestehe ich, daß ich schon so vermenscht war, daß dies mir einiges Vergnügen bereitete.

Doch: »Der Bauch zuerst!« – und als ich schon mit ihr in ihre Kammer zu treten schien, fragte ich gedankenlos, leichthin: »Und wo schlafen die Knechte?« Sie wies auf eine Tür gegenüber. Mit einem Ruck machte ich mich los, sprang hinüber und hinein, noch hörte ich den leisen, bedauernden Aufschrei hinter mir ...

Das Licht meiner Kerze erhellte nur unzureichend den kleinen Raum mit seinen zwei Betten, dessen schlechte Luft mir fast die Besinnung nahm. Doch erkannte ich in dem einen Bett einen ältlichen, schwärzlichen Knecht, den ich beim Essen schon gesehen, in dem andern aber jenen dicken, ungefügen, jungen Burschen, den ich am Nachmittage durch meine Vertraulichkeit mit dem Mönchen so sehr gereizt ... Doch muß ich gestehn, daß mir diese Tatsache im Augenblick völlig entfallen war, sonst hätte ich wohl kaum so kühn in der Kammer gestanden! Vorsicht, umsichtigste Vorsicht ist eine Eigenschaft, die das Spatzengeschlecht über alle Geschlechter dieser Erde erhoben hat. Daß ich sie im Augenblick so völlig außer acht ließ, lag nicht nur an meiner Umwandlung in Menschengestalt. Der mutige Gang über den nachtdunklen Hof, die Begegnis mit der liebestollen Magd, vor allem aber der nagende Hunger in meinen Eingeweiden – dies alles hinderte mich, an Vergangenes zu denken, vorsichtig zu sein.

So fragte ich denn ganz kühn den schwärzlichen Knecht, der vom Licht meiner Kerze erwacht war, um die Schlüssel zur Futterkiste. Der Alte sah mich prüfend an, dann stieß er seinen weiterschlafenden Bettnachbarn derb an: »Du, Enak! Sollst die Futterschlüssel hergeben!«

Nur schwer ermunterte sich der grobe Bengel. Zehnmal drehte er sich wieder in seine Decken und Kissen, doch stets von neuem stieß ihn der Alte wach. Schließlich setzte sich Enak im Bette auf, rieb sich die Augen und sah mich an, als sei ich eine Traumfigur. Doch als er schließlich begriffen, daß Ich Ich sei, war er völlig wach und sagte gehorsam: »Die Futterschlüssel? Ja, Herre, ich komme gleich mit.« Der drohende Stimmklang, die düsteren Blikke, alles hätte mich warnen sollen, immer noch war Flucht möglich. Aber in dieser Nacht war ich von allen guten Mächten verlassen, nur ungeduldig nach meinem Hafer sah ich zu, wie der Knecht seine Hosen anzog –

Ich sah noch den Ältlichen schmunzeln ...

Knecht Enak fuhr mit beiden Beinen in seine Langschäfter ...

Ach, hätten sie mich doch in der Stadt gelassen!

*Ende des dritten Einsprengsels*

Der Rat Asio rannte, den Leuchter in der Hand, den oberen Gang entlang, so schnell er nur konnte. Der echte Guntram Spatt in seiner Schlafrocktasche arbeitete sachte, doch eifrig gegen den Druck des Stoffes, gegen die Taschenklappe an, die wie ein Dach über seinem Kopf saß. Ohrenbetäubend gellte das Hilfi-Geschrei des falschen Guntram aus der Knechtekammer, der in keinem besseren Gefängnis steckte als der echte, nämlich zwischen den derben Oberschenkeln des Enak. Nächtlich vermummte oder entblößte Gestalten spähten durch Türen, traten schon, hilfsbereit oder neugierig, auf den Gang hinaus. Der Notschrei des gepeinigten Leibes hatte fromme Zucht und Sitte vergessen lassen. Zilli merkte nicht, daß sie nur im Hemde war, die Muhme Petronilla zeigte ihren Kahlkopf, den niemand unter ihrem ehrwürdig weißen Altershaar geahnt, und bei der Nachtjacke der jungen Magd standen noch zwei Knöpfe mehr auf. Nur die Türen des Bauern und seiner Tochter Monika waren noch geschlossen.

Welch kläglicher Anblick aber bot sich dem Rat dar, als er flugs und ohne Zögern in die Knechtekammer trat! Auf seiner Bettkante saß der Knecht Enak, seine kleinen, schwarzen Augen funkelten vor wilder Wut. Zwischen den Beinen eingeklemmt hielt er den falschen Schreiber und taktmäßig, mit ungeheurer Wucht, fielen seine schweren Fäuste auf Rücken und Gesäß des Unglücklichen nieder. »Das Feldgeschrei, Bursche!« verlangte der Knecht. »Sage an das Feldgeschrei, daß ich auch nicht den Falschen gerbe!« Der andre aber verstärkte nur beim Anblick des Rates sein jämmerliches Hilfegeschrei, doch war vor lauter piependen I-Lauten ganz und gar nicht auszumachen, wie er denn in diese Lage gekommen sei. Der Knecht hingegen rief: »Falsch das Feldgeschrei! Ich gerbe den Rechten!« und schlug schweigend weiter. Schrie jener lauter, schlug dieser fester, und beider Beginnen schien immer noch größerer Steigerung fähig.

Der ratlos umherirrende Blick des nun auch recht erregten Herrn Asio übersah das einzige, was etwas Licht in das Dunkel der Geschehnisse hätte bringen können: die von Igelstacheln gespickten, heftig blutenden Füße des Knechts. Er blieb auf einem stark wellenden und wogenden Kissengebirge haften, aus dem von Zeit zu Zeit Teile des in Lachkrämpfen sich windenden ältlichen Knechtes auftauchten. »Was bedeutet dies?« fragte er schwach. Doch der Alte war zu sehr in den Genuß der Schadenfreude versunken, um antworten zu können, nur das rätselvolle Wort: »Igel –! Igel –!« tönte dumpf aus den Kissen.

So eilte Herr Asio beherzt auf den Knecht Enak zu, schüttelte ihn mit der Hand an der Schulter und rief: »Hör Er sofort auf, Er Kerl, mit diesem unzüchtigen Beginnen, was hat Ihm dieser Unschuldige tun können?!«

Der Knecht wankte so wenig unter diesem Rütteln, wie eine hundertjährige Eiche vom Schütteln einer menschlichen Hand sich gerührt hätte. Doch rann von der schief gehaltenen Kerze des Rats ein ganzer siedender Talgstrom in den Nacken des unseligen falschen Schreibers und entlockte ihm einen Schrei, gellender, fürchterlicher als jeder vorhergehende. Dies brachte den Bauern auf den Plan; anständig mit einer blauen Beiderwandjacke bekleidet, trat er ein, ging auf den Knecht zu und rief ihn an: »Enak, bist du toll geworden?! Sofort hörst du auf.«

Enak starrte einen Augenblick seinen Hofbauern an, einen Augenblick war es, als erwache er aus seinem Zornesrausch für die Umwelt. Aber schon erinnerten ihn wieder die brennenden, wie mit Dolchen stechenden Schmerzen der Füße an die Untat, und von neuem fielen die Fäuste auf den Ächzenden.

Auf der einen Seite der Rat, auf der anderen der Bauer zerrten, pufften, schlugen sie den Enak jetzt, der unermüdlich walkte. Dabei warfen sie einander bittere Worte zu. Erzürnt verlangte der Herr Rat, daß der Bauer sofort seinen Knecht wieder unter Botmäßigkeit und in Zucht bringe; der Bauer fragte dagegen, was der Bengel denn in der Knechtestube zu suchen habe. Hinter ihnen tanzte, dumpf durch die Kissen prustend, der ältliche, schwärzliche Knecht seinen Schalksnarrentanz.

Nun aber trat durch die sich in der Tür drängenden Zuschauer, die das ungewohnte Nachtspiel als Belebung des dörflichen Einerleis mit vollen Zügen genossen, die schöne Monika. Frisch wie der frühe Morgen, anständig gekleidet, ein gutes, geblümtes Tuch um das nur lose aufgesteckte Haar, ging sie auf die Gruppe der Schläger und Geschlagenen los. Unverzüglich sah ihr Auge Ursache dieses Gemenges. »Vater!« rief sie bittend. »Herr Rat!« sprach sie mahnend. »Enak! Oh, Enak!« rief sie ihn sanft an.

Es war, als fiele ein Wolkenbruch rauschend in ein aufzüngelndes Feuer. Die zum Schlage erhobenen Arme sanken herab, die zornverzerrten Gesichter hoben sich ihr entgegen und glätteten sich, tiefe Stille trat ein, und nur der immer noch zwischen den Beinen Eingeklemmte ächzte leise weiter und kam nicht in den Genuß des Gesichtes von diesem Friedensengel. Sondern er mußte weiter in ein Astloch der Dielen starren, in das er sich schon manche qualvolle Minute vorher so gerne verkrochen hätte.

Mit behutsamen Händen zog die umsichtige Monika den einen, dann den andern arg gequetschten Igel aus den dunklen Röhren ihres Verlieses. »Oh!« rief sie, »welcher Feigling hat euch nützliche, listige, mäusefresserische Stacheltiere zu solchem Bubenstück mißbraucht?! Marsch, los, Elsa«, rief sie der jungen Magd zu. »Hinunter mit ihnen in die Küche und ihnen warme Milch und geschabtes Fleisch gegeben, daß sie uns nur nicht eingehen! Aber mach erst einmal die Knöpfe deiner Jacke zu – bist du denn eine Schlampen oder eine ehrliche Magd?!«

Errötend nestelte das Mädchen an seinen Knöpfen; die Igel aber, als ahnten sie das freundliche Gemüt, schnüffelten mit ihren schwarzen Schnobernasen auf den Armen der Monika und hatten die Stacheln fein glatt gelegt. Freilich sträubten sie sie sofort, als sie der Magd zugereicht wurden, die sich mit ihnen treppab trollte.

»Und nun laß endlich den Armen aus deinen Beinen, Enak!« befahl das Mädchen weiter. Und gehorsam klappte Enak die Schenkel auseinander. Aufseufzend sank der falsche Guntram zur Erde. Ihm sprangen der Rat wie der Bauer zur Hilfe, während Monika die Füße des Knechtes in eine Waschschüssel tauchte und mit sanfter Hand die Stachelspitzen auszog. Die beiden männlichen Helfer wollten ihren sterbensbleichen Betreuten zum Sitzen bringen, aber gerade das widerstrebte ihm gänzlich. Die einzig ruhevolle Stellung schien seinem gepeinigten Gesäß die Bauchlage. So wirtschafteten die drei stumm, aber eifrig. Saß der falsche Guntram halb, rollte er auch schon wieder nieder. Unermüdet hoben sie ihn, hartnäckig entglitt er ihnen wieder.

Über den Füßen Enaks, der milde lächelnd sich die Pflege gefallen ließ, rief Monika: »Und wer hat dir so übel mitgespielt, Enak? Sprich doch, antworte!« – Im Kopfe von Enak war alles von Anfang an klar gewesen: wer die Monika, ihm zum Tort, zwickte, war ein Schurke. Nur ein Schurke hatte die Igel in die Stulpen gesteckt. Und da der Schurke den Erfolg seines Streiches nicht abwarten konnte, war er unter dem falschen Vorwand, die Futterschlüssel haben zu wollen, nächtens in die Kammer gedrungen. So hob Enak auf die Frage des Mädchens nur den Finger, wies und sprach: »Dieser!«

Doch die kluge Monika sah klarer. Zum anderen Bett rief sie streng: »Du da, alter Maulwurf, schäle dich aus deinen Kissen! Sieh mich an und sag, wer die Igel in die Stiefel gesteckt!«

Langsam und zögernd nur kroch der Schwärzliche aus seinen Hüllen, auf die Lust sollte Leid folgen, und dieses mögen die Menschen nie, wie oft sie es auch von Kindesbeinen an erfahren. Doch war ihm noch ein kleiner Aufschub gewährt. Ehe er noch ganz enthüllt antworten konnte, fuhr aus der Tasche des Herrn Rat aufpiepend der Spatz. Die Stimme des geliebten Mädchens, die selbst durch die dicke Wattierung des Schlafrocks zu ihm gedrungen, hatte ihm die Kräfte eines Überspatzen verliehen. Er hatte die Deckelklappe gesprengt und stieg flatternd nun auf in Licht und Freiheit.

Wütend über dieses neue Ärgernis ließ Herr Asio den Kopf des Verletzten los, der hohl dröhnend gegen die Dielen schlug. Eilig sprang er dem Ausreißer nach und griff nach ihm. Doch dieses Mal war der Spatz dem Zauberer überlegen, rasch flatternd landete er auf der Schulter der Monika und schmiegte seinen Leib gegen ihre Wange, kläglich piepend, als erbitte er Hilfe.

»Mit Verlaub, mein schönes Kind!« rief der Rat hastig und griff nach Vogel und Mädchen. – »Aber nein, hoher Herr!« rief die Schöne zurücktretend. »Bei mir hat er Schutz gesucht und – mit Verlaub – er sei dir gewährt, kleiner Bettelmann.« Der Spatz piepte in herzlicher Dankbarkeit. – »Es ist mein Spatz«, beharrte der Rat und ging ihr nach. »Ich habe ihn mit unsäglicher Mühe zu einer recht künstlichen Uhr abgerichtet. Schon vermag er die vollen Stunden zu piepen, drücke ich ihn auf den Bauch.« Und er griff wieder nach dem Vogel. – »Monika!« rief schrill die Muhme Petronilla von der Tür her. »Du ungezogenes Mädchen wirst doch nicht dem Herrn Rat widerstehen?!«

Unschlüssig blickte Monika, ängstlich piepte der Spatz an ihrem weißen Halse. Doch gewaltig platschend trat aus der Schüssel Enak und stellte sich vor die Bauerstochter. »Der Spatz ist ihrer«, sagte er drohend. »Wenn sie es sagt, ist er ihrer.« – Und griesgrämig bemerkte auch der Bauer: »Ich hoffe, Herr Rat, Ihr seid nicht auch mit diesem unverschämten Vogelunwesen behaftet, das der fortgejagte Betrüger hier eingeschleppt!«

»Aber keineswegs, verehrter Herr Spatt!« versicherte der Rat eilig, der einsah, daß der Riese Enak doch jeden Zugriff vereitelte, und auf eine günstigere Stunde hoffte. »Ich verehre das Tier gern dem Fräulein als Angebinde. Zwar habe ich manche Stunde auf seine Unterweisung verwandt, aber«, sagte er recht hämisch lächelnd, »ich kann versichern, daß er nichts ist als ein Spatz. Ein gemeiner, frecher, verfressener, lügnerischer Spatz – und nie wird er etwas anderes sein.«

»Schelten sie dich arg, Armer?« fragte das Mädchen und drückte sanft ihre Wange gegen das Gefieder des Vogels. »Bist doch auch du nicht anders, als dich unser Herrgott erschaffen hat, und mag es wohl sein, daß mancher von uns in dessen Augen noch weniger ist als ein Spatz.«

Damit sah sie den Herrn Rat recht mutig an, legte die Hand schützend um den Vogel und ging eilig mit ihm in ihre Kammer, deren Tür sofort von ihr verriegelt ward.

## Sechstes Kapitel

»Nein, niemals sah ich einen reizenderen Liebesboten.«
Shakespeare, ›Der Kaufmann von Venedig‹

Still lag wieder das Bauernhaus, in ihre Kammern waren sie alle zurückgegangen, die Neugierigen, aber manche und manchen floh noch der Schlaf, da sie bedachten, was alles am letzten Tag auf dem stillen Hof sich ereignet.

Still lag das Haus, doch noch nicht lichtlos. In der Knechtekammer schalt der Bauer derbe mit den beiden Männern, mit dem einen, weil er den Gast und Neffen so arg geprügelt, mit dem andern, weil er durch einen feigen Schelmenstreich den Anlaß dazu gegeben. Stille schwieg zu dem herben Tadel Enak, nur manchmal hob ein Seufzer, und zwar ein seliger, seine Brust, wenn er dessen gedachte, wie die weißen Finger der Geliebten den Schmerz seiner wunden Füße gelindert.

Stille hörte auch der ältliche Knecht zu, schließlich aber sprach er: »Bauer, tadelt uns auch nicht gar zu arg, als seien wir wahre Hundsfötter. Die Igel werden morgen schon wieder vergnügt ihre Mäuse fangen, die Füße schmerzen den Enak längst nicht mehr, seit Eure Tochter sie so linde gebadet. Was aber den jungen Burschen angeht, auf den der Enak losgeschlegelt, als sei er eine von den großen Werbetrommeln, so meine ich, das kann ihm nur von Nutzen gewesen sein. Denn ein recht feiger, lügnerischer, prahlhänsiger Bursche scheint mir der – und eher will ich glauben, er ist des Herrn Rats Sproß als Eures Bruders Sohn, so sehr enträt er aller Eigenschaften der Spattens.«

Betroffen hörte der Bauer auf die Rede des alten Knechtes, schweigend drückte er dann die Klinke und schweigend ging er in seine Kammer. –

In der ihren hatte die Monika den Vogel auf dem Finger und sprach ihn also an: »Der Herr Rat hat gesagt, Spätzchen, du bist nichts wie ein Spatz – bist du's aber auch wirklich? Ich möchte doch gerne wissen, wem ich Gastfreundschaft gewähre, sprich, Spätzchen!«

»Piep!« sagte der Spatz.

»Ja, Piep – Piep – Piep –: nichts wie Piep!« schalt die Schöne. »Zwar trägst du ein sehr ehrbar Mäntelein, dein Schnabel und deine schwarzen Äuglein sind völlig spätzisch – aber, kann man dir trauen? Versteckt sich vielleicht ein anderer unter diesem Gefieder? Einer, den ich vielleicht kenne, dem ich zum Abschied nachgesehen –?«

»Piep!« sagte der Spatz.

»Jawohl, Piep, wieder und wieder Piep. Piep ist deiner Weisheit erster und letzter Ratschluß, kleiner Vogel, du. Aber wir sind ein ehrbares Mädchen, Herr Spatz, und keines von euern losen Spatzenfräuleins, daß Er's nur weiß! Vieles hat sich in den letzten vierundzwanzig Stunden in diesem Haus begeben, was uns vorsichtig macht, und wir sind um unseren Ruf besorgt.«

»Piep«, sagte der Spatz.

»Es ist freundlich, daß du mir zustimmst, Graurock«, sprach das übermütige Mädchen. »So wirst du auch meinen Vorschlag nicht verwerfen. Ich traue deiner Gestalt nicht ganz. Darum, solange ich mich entkleide, bis ich im Bett bin, hüpfe dort ins Dunkle unter die Lade. Nachher darfst du immerhin auf mein Kopfkissen flattern und neben meiner Wange die Nacht verbringen.«

»Piep!« sagte der Spatz, flog von ihrem Finger und hüpfte unter die Lade.

»Er versteht mich! Er versteht mich wirklich und wahrhaftig!« rief die schöne Monika betroffen, und ein tiefes Rot färbte ihre Wangen. »Spatz, Spatz, Spätzlein, komm noch einmal her.« Der Spatz flog auf ihren Finger. »Ach, Spatz«, sprach sie traurig, »bist du wirklich der arge Betrüger, den der Vater mit Schimpf und Schande vom Hof jagen mußte? Ober bist du ein ehrlicher Bursch, an den ein braves Mädchen mit Fug und Recht denken darf? – Du nickst mit dem Kopf, ach, Spätzlein, ich wollte, ich dürfte dir glauben!«

Eifrig rief der Spatz viele Male Piep!

»Ja, Kleiner, du rufst und rufst, aber Spätzisch verstehe ich nicht. Bist du denn ganz in diese klägliche Gestalt verzaubert? Kann nichts dich erlösen? Doch?! Du nickst mit dem Kopf? Sage doch, Spätzlein, da ich keinen andren Namen für dich in meiner Kammer gebrauchen darf, Spätzlein, sage doch an, was muß ich tun –?«

»Piep!« rief der Spatz.

»Ach, wiederum nichts wie Piep!« rief die schöne Monika betrübt. »Da wird es nicht viel werden mit uns bei solcher Pieperei. Marsch, fort mit dir unter die Lade, Spätzchen – es war wohl nur ein Zufall, der dich vorhin darunter flattern ließ.«

Trübe ließ sich der Spatz zur Erde, verschwand im Dunkeln, leise sagte das Mädchen: »Wieder tut er, was ich ihm sage. Vielleicht ist er es doch –?! Was würden dann wohl die Leute im Dorfe sagen, erführen sie, ich halte einen verhexten Mann in meiner Kammer?! Die Großmuhme würde mir das Haar abscheren, der Herr Rat mir die Fingernägel mit der Zange ausreißen, der Büttel würde mich kräftig stäupen – und nur der gute Vater würde ferne stehn und weinen. Oh, du böses Mädchen Monika!« Sie zog die Decke über sich, dann lockte sie: »Komm, Spätzlein, komm.«

Eilig schwirrte der Spatz herbei, schmiegte sein Federwerk eng an ihre weiche Wange. Sie griff aus dem Bett und erdrückte den leuchtenden Kerzenfunken zwischen Daumen und Zeigefinger. –

Ärgerlich fauchte die Muhme Petronilla Thalerin ihr eigen Spiegelbild an, als sie, zu ihrem Bette zurückkehrend, sah, wie nackt und bloß sie ihr Haupt den Blicken der Bewohner des Spatzenhofes geboten. Enthüllt war das lange gehütete Geheimnis, durch die Nacht an den Tag gebracht der Verlust weiblicher Zier. Manches Mal schon hatte sie sich in ihrer Geschäftsverbindung mit dem Herrn Rat geschmeichelt, eines Tages könnten auch andere, holdere Beziehungen zwischen ihnen beiden bestehen – und nun hatte das Auge des Allerwertesten auf ihrer kahlen Rundung geruht! Wütend funkelte sie ihre Schmach im Spiegel an und vor Zorn hätte sie sich am liebsten in die Unterlippe gebissen – hätte die nur nicht zu sehr kinnab gehangen!

»Nein, hochverehrtester Herr Asio!« sprach sie bei sich. »Nun gibt es kein Zaudern, um Euretwillen wird getan, was getan werden muß!«

Aus der tiefsten Tiefe ihrer Lade hob sie ein feuerrot Büchslein, das eine seltene, kostbare Latwerge barg. Ein mächtiger Zauberer, dem sie in Jugendjahren angehangen, hatte es ihr einmal geschenkt. »Merke wohl, Petronilla«, hatte er gesprochen, »diese Salbe ist von wunderbarer Kraft: verlierst du eine Hand und schmierst du die Salbe auf die Wunde, so wächst dir die Hand wieder. Schlägt dir Meister Hämmerling ein Bein ab, was uns bei unserem Berufe leicht einmal geschehen kann, nimm die Salbe – und du hast dein Bein wieder. Alles, was du am Leibe verlierst, gibt dir die Salbe zurück, aber merke wohl: nie und nirgend läßt sich das Leben überlisten, denn die Lebenskraft ist die erste und älteste aller Kräfte! Für jeden Zentimeter, den du deinem Leibe zusetzt, nimmt es dir ein Jahr deines Lebensalters! Überlege es dir wohl, ehe du diese Salbe anwendest, ob es nicht besser ist, ihrer zu entraten.«

So hatte der mächtige Zauberer einstens gesprochen. An jedes seiner Worte hatte die Muhme sich jeden Tag ihres Lebens erinnert und nie hatte sie gewagt, sogar um des Verlustes ihres Haupthaars willen, den Verlust manches Lebensjahres daranzugeben. Doch nun hatte die Nähe des geliebten und verehrten Mannes völlig ihren Geist verwirrt. Wie sie da im Ohrensessel geruht, seine Hand in der ihren, das schien ihr Glück über alles Glück des Daseins, nicht zu teuer mit ein paar Lebensjahren erkauft! Sie vergaß völlig ihren hinkenden Gang, die hängende Lippe, sie dachte nur des schmählichen Anblickes, den sie geboten: mit zitternden Fingern drehte sie den Deckel von dem feuerroten Büchslein und sah neugierig auf die weißliche Latwerge. Ein seltsamer Duft, süß und kühl, stieg von ihr auf, sie beugte sich nahe über sie, um diesen Duft einzuatmen.

Dann setzte sie sich auf den Schemel vor dem Spiegel. Noch hatte ihre Vorsicht sie nicht gänzlich verlassen: »Bis zu den Schultern! Nur bis zu den Schultern!« flüsterte sie und rieb die Salbe mit den Fingerspitzen in die Haut.

So kühl es geduftet, so heiß brannte es. Ja, wie fressendes Feuer lief es über die Kopfhaut, fraß sich ein, mit tausend Schwertern stach es in ihr Hirn, feurig glühte es vor ihrem Blick, dann verdunkelte er sich ... Ächzend vor Schmerzen hielt sie sich an der Kante des Tisches ...

Über eine kleine Weile war der Schmerz sachter geworden, sie öffnete das klarer schauende Auge und sah das kahle Haupt bedeckt mit kurzem schwarzem Haar! Schnelle, fast sichtbar ihrem Auge, sproßte und wuchs es. Schneller als je eine Saat, von der Frühjahrssonne gelockt, hochgeschossen, wuchs es. Schon legte es sich in sanften Ringeln an die Schläfen, bedeckte mit seidigen Wellen das Ohr. Sie schüttelte den Kopf, die Haare flogen, wie sie in ihrer Jugend geflogen waren, sie lächelte selig!

Dann war es vorbei. Der Schmerz war vorüber, und das Wachsen war auch vorüber. Mit zitternder Hand griff sie in die vollen Wellen, die bis zu ihrer Schulter wogten, fühlte die seidige Frische, sah den dunkel schimmernden Glanz.

Es war herrlich, herrlich, es war unsagbar köstlich, von diesem neuen jungen Haar rann eine Jugendfrische, wie sie der alte, verbrauchte Leib seit manchem Jahrzehnt nicht empfunden, durch sie. Zitternd betrachtete sie sich im Spiegel. Sie sah nicht das alte Gesicht, die wulstig hängende Lippe – sie sah nur das seidig schimmernde Haar. Die Jugend war zu ihr zurückgekehrt – wie schön, oh, wie schön!

Aber es war nicht genug, es war bei weitem nicht genug! Jedes zehnjährige Mädchen hatte längeres Haar als sie, zu schweigen von der Monika, der das gelöste Haar bis in die Kniekehlen hing. »Das Längste ... das Schönste!« flüsterte sie mit bebendem Mund. Und von neuem griffen ihre Finger in das Salbenbüchslein. Von neuem kam der Schmerz, der mit Schwertern stieß, mit Messern schnitt, mit Feuer brannte. Von neuem verdunkelte sich ihr Blick – und länger dieses Mal!

Als sie wieder sehen konnte, hing das Haar ihr schon bis zu den Hüften. Wie ein herrlicher Rahmen, köstlicher als Ebenholz und feiner als gesponnenes Gold, umgab es ihr altes Gesicht. In Wellen, zarter als die Wellen eines Baches, floß es über den krummgearbeiteten Rücken. Ein süßer Duft von Jugend und Mai stieg aus ihm auf; ihr war, als hätte eben ein Bursche über den Gartenzaun: »Nella! Meine Nella!« gerufen. Sie aber wiegte sich wie ein Vogel in den Zweigen der großen Buche, wieder ein blutjunges Ding!

Und das Haar wuchs und wuchs! Keine Königin konnte einen prächtigeren Mantel tragen, als ihn die alte Großmuhme Petronilla trug! Der Spiegel wurde zu klein, sie hob die Spitzen ihres Haares an den Mund und küßte sie, berauscht. Ihre Hand wühlte in den Wellen, wie nur ein Geizhals in seinem Golde wühlt – Wonne und Seligkeit, Jugend und Entzücken!

Knackte eine Tür –? Schlich ein Schritt –?

Ach, Muhme Petronilla, der dich jetzt besucht, bedarf keiner Türen, und sein Schritt ist leiser als das Fallen eines Tautropfens ins Gras! Du hast auf den Bräutigam gewartet, um seinetwillen hast du diesen herrlichen Hochzeitsmantel angelegt, nun schreitest du mit einem andern Bräutigam zum Tanz –!

Doch der Meister aller Meister ist milde mit der alten Närrin. Sanft legt er ihr die kühle Hand vor die Augen. »Bist du es?« flüsterte die Versinkende. – »Ich bin es«, wehte der Hauch. »Und ich werde es immer sein.«

Ihr königlich geschmücktes Haupt sank vornüber auf den Tisch, noch einmal atmete sie ein seliges Ach! – dann war sie hinüber, hinüber in jene Gründe der ewigen Schläfer, von denen wir nichts wissen. –

Ächzend lag der falsche Guntram bäuchlings in seinem Bette. Ernst kühlte der Schreiber Bubo ihm das Rückwärtige mit nassen Tüchern, ergrimmt schalt der Herr Rat Asio auf ihn ein: »Nur Seine verfluchte Fresserei und Völlerei hat Ihn in diese schlimme Lage gebracht, Er, unnützer Bursche, Er! Mit Seinen Flünken müßte man Ihn ans Scheunentor nageln, zum abschreckenden Exempel für jeden Spatzen!« Doch der Kranke stöhnte bloß. Zum Schreiber Bubo sprach der Rat verdrossen: »Pflege ihn weiter, daß er morgen früh ein wenig reputierlich vor Schwiegervater und Braut treten kann ...«

»Nie!« piepte der Gepeinigte.

»Treten wird er schon können, aber nicht neben der Braut sitzen«, sprach der Schuhu.

»Laß Er Seine Sottisen!« fuhr ihn der Rat an. »Ich verlange von Ihm, daß Er die Nacht hier sitzt und kühlt, damit die Heilung schneller vorwärts schreite. Ich muß, nach den Erregungen des Tages, unterdes auch der Ruhe pflegen. Gute Nacht.«

Doch niemand antwortete ihm, so ging er. Ungern ließ er die beiden allein, denn er fürchtete des Bubo Hinterlist, aber es mußte sein, denn der Eisschwarze, sein Zauberherr, erwartete ihn noch diese Nacht zum Bericht. Und auch vor diesem Bericht ängstete er sich, denn noch hatte er nicht viel von günstigen Erfolgen zu melden.

Wütend ging er in seine Stube und überlegte, wie er mit klugen Worten die unangenehmen Neuigkeiten günstig verbrämen könnte.

Da fuhr es herein in die Stube, auf dem Reiserbesen ritt lustig lachend eine junge Hexe, die gegen eine kleine Gebühr seine regelmäßige Beförderung übernommen hatte. Am Ende des Besens saß ihr schwarzer Kater, dessen gestreckter Schwanz als Steuer diente: »Steig ein, mein lieb Asilein, steig ein«, rief die nackte Schöne lachend. »Weit ist die Fahrt und kurz nur die Nacht – kein Morgenstrahl darf uns haschen! Doch ich habe meinem Besen fleißig alte Prozeßakten zu kehren gegeben, davon ist er geschwollen mit Gift und wird dahinfahren wie ein Pfeil! Recht so, Asichen, du mein Asichen, nimm doch dein Mäntelchen um, es wird kalt für dich da oben!«

Der oberste Herr aller schwarzen Zauberer wohnt nämlich in einer Höhle aus schwarzem Eise am Nordpol, davon heißt er der Eisschwarze. In der grimmigen Kälte, in der er lebt, um sich noch für einige Millionen Jahre frisch zu halten, bekommen die Zauberer, die ihn besuchen müssen, meistens den Schnupfen. Darum, wenn die Leserin einen kennt, der über Nacht den Schnupfen bekommen, so mißtraue sie ihm: wer wird wohl im Bette einen Schnupfen bekommen, der nicht ein Zauberer ist, also außer dem Bette war, nämlich am Nordpol, beim Eisschwarzen –?! Den Hexen freilich tut die polarische Kälte nichts, weil ihr Leib immer kalt ist – darum mißtraue wiederum der Leser den jungen Mädchen mit kalten Händen, besonders wenn sie schön sind – vielleicht fahren sie nachts auf einem Besen mit älteren Herren durch die Lüfte!

Der Rat Asio schwang gravitätisch ein Bein über den Stiel, setzte sich zurecht, als wäre er in einer Prachtkalesche, und sprach gönnerhaft. »Fahr immer zu, Tilli! Und schaukle nicht so übermütig wie letztes Mal, Hexlein, wo wir beide fast vom Stiele gefallen wären – man muß auch einmal ernst sein können.«

»Warum muß man das?« widersprach das Hexlein Tillichen, fuhr aber doch gehorsam sanft an – und mit einem Strahl bläulichen Lichtes glitten sie aus dem Fenster. –

Aus der Kammer des falschen Guntram gelehnt, sah der Schreiber Bubo sie dahinfahren. Der listige Schuhu hatte wohl geahnt, daß der Herr Rat Asio sich nicht Schlummerns halber zurückgezogen hatte, und er gedachte, diese Stunde ohne Aufsicht trefflich zu nützen. Wohl hatte er den Spatzen gesehen, der aus der Schlafrocktasche zur Monika geflattert war, und sein in den geheimen Künsten erfahrener Geist hatte erkannt, daß es sich dies Mal um eine echte Verzauberung gehandelt, die nur der lösen konnte, der das Zauberwort kannte. Dieses Zauberwort aber, meinte er, müsse der falsche Guntram wissen, manches Mal müsse er es doch vom Herrn Rat gehört haben.

Als darum der Leidende kläglich um ein frisches nasses Tuch piepte, versetzte er ihm einen kräftigen Schlag auf den Hintern, daß der schmerzvoll bewegt auffuhr: »Frischauf, Bruder Spatz!« rief er mit verstellter Lustigkeit. »Eben ist der Herr Rat Asio abgefahren, und nun steht es in meiner Macht, mit einem einzigen Wort all deinen Schmerzen ein Ende zu machen. Auch könnte ich dich, tätest du, was ich wünsche, dem freien, frechen Spatzenleben wiedergeben. Ungestört durch den Herrn Rat Asio und seine Gehilfen könntest du wieder deine Körner picken, dich mit deinen Gefährten zanken und hübschen Spätzinnen nachstellen. Nun, was meinst du dazu?«

In jener seltsamen Haltung, die turnende Menschen später »die Brücke« genannt, also nur auf seinen vier Extremitäten, denn der Rücken war schlechterdings unbenutzbar – in dieser Haltung also über dem Erdboden schwebend, sprach der Spatz schmeichlerisch empor:

»Weiser Schuhu, wenn dir solche Kraft verliehen ist – und ich zweifle nicht daran, denn ich habe immer die Schuhus für das weiseste Volk der Erde gehalten –, wenn du also so Großes vermagst, so sprich flugs das Wort der Schmerzlinderung, denn mein Rücken ist so, als liefe immer frisches Feuer darüber hin!«

»Gerne will ich das Wort sprechen«, antwortete der andere. »Nur mußt du mir zunächst auch ein Wort sagen. Sicher erinnerst du dich, wie Herr Rat Asio dich angeredet, ehe er dich verwandelt. Sage es mir – und sofort sollst du all deiner Schmerzen ledig sein!«

Verzweifelt warf der falsche Guntram sich wieder auf seinen Bauch. »Lieber, guter, weiser, allerweisester Schuhu!« so klagte er. »Ich flehe dich an, sprich dein Wort, ohne daß ich meines sage! Alle Wörter, die ich je vernommen, will ich dir vorsprechen, nur dieses eine nicht, denn der Große Urspatz hat uns, es in den Schnabel zu nehmen, verboten!«

»So wirst du heute eben einmal ein Verbot des Großen Urspatzen übertreten müssen, Graurock«, sprach unerbittlich der Alte. »Ohne dein Wort gibt es auch mein Wort nicht!«

»Ach, was schert mich der Große Urspatz!« rief lästerlich-leichtfertig der kleine Stadtspatz. »Hunderttausend Verbote von ihm würde ich übertreten, nähme es mir die Schmerzen aus dem Rücken! Aber er hat es ja so eingerichtet, daß wir nie und um keinen Preis dieses Wort im Kopfe behalten können, denn es ist uns Spatzen der widerlichste und feindlichste Laut, an den wir nicht einmal denken mögen!«

»Der widerlichste und feindlichste Laut –?« fragte der weise Schuhu überlegend. »Der müßte sich doch erraten lassen, Spatz. Ich will einmal sehen ... ist es Hunger? Nein? Oder Katze? Auch nicht? Nun, ein drittes Mal besser geraten! Heißt es vielleicht Ehrlichkeit? Oder Wahrheit? Treue? Brudersinn? Nichts von alledem!

Heißt es Liebe? Edelsinn? Oder gar Sprenkel, Falle, Schlinge? Auch nicht? Ist es Kälte? Winter? Wieder nein? Ach, ich weiß es! Es ist Eule, nein, es heißt Asio! Auch nicht? Ist es etwa gar mein Name: Uhu, Schuhu, Bubo? Wieder nicht? Heißt es denn Arbeit –? Der euch Spatzen verhaßteste Laut? Miau –?«

Doch so viel er auch riet, immer schüttelte der Spatz mit dem Kopf, bis der weise Vogel schließlich entmutigt den Kopf sinken ließ und sprach: »Ja, Spatz, so wirst du deine Schmerzen und deine zerschundene Menschenhaut behalten müssen. Merke wohl: ohne dein Wort nicht mein Wort!«

Trostlos drückte der falsche Guntram den Kopf in die Kissen, noch peinigender, noch unerträglicher dünkten ihm seine Schmerzen, seit er wußte, jener könnte ihn sofort befreien und wollte es bloß nicht. Erbarmungslos sah der Schreiber auf den Leidenden, noch immer hoffte er ein wenig, der körperliche Schmerz werde ihm seinen Spatzenwitz schärfen. Und er hatte nicht vergebens gehofft. Plötzlich hob der falsche Guntram das bleiche Leidensgesicht mit den hineinhängenden Haarsträhnen aus den Kissen. Er winkte den Schreiber näher: »Halte dein Ohr nahe an meinen Mund, daß ich flüstern kann; vielleicht hört es dann der Große Urspatz nicht.« Folgsam, in großer Erwartung, tat Bubo, was der andere verlangte, und nun hörte er ihn flüstern: »Drunten in der Stube hängt – Es! Immer befiel mich, hüpfte ich auch in Menschengestalt vorüber, an jener Stelle äußerster Ekel. Nun, trage mich hinunter, ich werde es dir weisen, aber schwöre mir auch, großer Bubo, daß du mir die Schmerzen nehmen und mir mein Spatzendasein wiedergeben wirst.«

Bei allen guten Mächten und starken Kräften der weißen Magie schwor es der Schreiber, hob dann den Leidenden auf seine Arme und trug ihn sachte durch das schlafende Haus in die Wohnstube, wobei der Spatz das Licht halten mußte. Unten angelangt setzte er den Angstvollen in den Ohrensessel, hob selbst das Licht hoch, daß die Wände heller seien, und sprach: »Nun weise mir das Schreckensding!«

Schauer überliefen den Unglücklichen, als er gegen alles Gebot seines Volkes auf die Wand zeigte, wo im Verein Jagdtasche, Pulverhorn und Flinte hingen. »Ah, ist es das?!« rief Bubo erfreut. »Das hätte ich auch erraten müssen! Wie ist das Wort? Nicke, Spätzlein, wenn ich das Rechte sage. Heißt es Flinte? Gewehr? Büchse? Schießeisen? Oder gar Arkebuse? Heißt es Schießen, Patrone, Pulver? Kugel oder Schrot? Wieder nichts? Wieder alles fehl gegangen?«

Schwächer und schwächer wurde der Spatz unter all diesen feindlichen Worten, angstvoll krümmte und wand sich sein Leib. »Was es macht«, flüsterte er mit bleicher, stockender Lippe.

»Was es macht!« rief der alte Schreiber fröhlich. »Siehe da, nun kommen wir der Sache näher. Es wird schon heiß, es brennt fast, wie die Kinder beim Spiele sagen. Wie macht denn solch schreckliches Schießgewehr? Ich werde es dir sagen! Bumm! macht es. Bumm ist das Wort, Spatz, ja?«

Doch traurig schüttelte der Spatz den Kopf.

»Ei, wieder falsch geraten!« rief der Schreiber. »Aber dies Mal treffe ich es! Puff! heißt es.«

Es riß den Spatzen an allen Gliedern. »Beinahe«, flüsterte er.

»Nur beinahe? So werden wir es jetzt ganz haben! Paff-Puff, nein, nein, auch dies nicht, aber dieses Mal ist es richtig, listiger, gerissener Asio!« Und mit starker Stimme rief Bubo: »Piff-Paff-Puff! – werde ein Spatz!«

Im gleichen Augenblick schwand die Gestalt auf dem Sessel dahin, ein kleiner Spatz saß auf dem Polster, in graubraunem Röcklein, das am Rücken und auf dem Bürzel freilich arg zerfetzt hing, mit lebhaftem »Piep« forderte er Beseitigung auch dieses Leidens. Doch erst sprach der weise Bubo: »Einen Augenblick noch Geduld, Herr Spatz! Bist du erst schmerzfrei, bist du gleich ein dummer Spatz, und zum andern Ohr fliegt hinaus, was ich dir zum einen hineinsage. Jetzt wirst du noch achtsam hören.« Eifrig nickte der Spatz, eifrig piepte er, um seinen guten Willen zu beweisen. »Höre also, Spatz. Unbesorgt magst du in die Stadt zurückfliegen und dich wieder unter deine liederlichen Kumpane mischen. Mit den Schmerzen nehme ich dir auch die Fähigkeit, menschliche Sprache zu verstehen, einer der deinen wirst du sein, und dies Abenteuer wird dein kleines Hirn rasch vergessen. Vielleicht, daß einmal deine Träume noch wie ein Alpdruck die quälende Erinnerung heimsucht, du seiest bloß ein großer Mensch und kein freier kleiner Spatzenvogel. Aber diese Erinnerung braucht dich nicht zu schrecken, denn der Herr Rat Asio wird nicht nach dir suchen. Du hast vernommen, wie aus seiner Tasche ein Spätzlein zur schönen Monika flog? Das war der echte Guntram, und ich errate, daß ihn der Herr Rat mit demselben Wort wie dich verzaubert. Unverzüglich werde ich jetzt zur Kammer des Mädchens hinaufsteigen, mir den Vogel geben lassen und ihn statt deiner ins Bett legen. Rasch ist ihm ein wunder Rücken angezaubert, und dieses Mal soll auch der schärfste Blick des Rates die Stellvertretung nicht entdecken, denn ich werde die bewährtesten Sprüche weißer Magie anwenden. Und wenn er dann für sich und den Bösen zu handeln glaubt, bei dem er gerade weilt, führt er dem Onkel den echten Neffen zu und dem Mädchen den geliebtesten Bräutigam. Hast du alles verstanden –? Du nickst, also sei heil und gesund, kleiner Vogel, und vergiß.«

Sanft strich der Finger des Alten über den wunden Rücken, sanft legten sich die Federn über die gesunde neue Haut. Der Schreiber öffnete das Fenster, ängstlich zögernd flatterte der Vogel vor der dunklen Nacht, die draußen stand. Dann entschloß er sich und mit einem schwachen Piep flatterte er hinaus, sich im Rebgeländer bis zum Morgengrauen zu bergen.

Griesgrämig schloß Bubo die Fenster, dann nahm er das Licht und eilte in das Obergeschoß, von der schönen Monika den Vogel zu erbitten. Leise und rasch tönte ihr: »Ja, was ist denn?« aus der Stube, als ein Finger gegen ihre Tür pochte, so leicht war ihr Schlaf gewesen.

»Hier spricht der alte Bubo«, flüsterte der Schreiber hastig, »der dir und deinem Liebsten nur wohl will, mein gutes Mädchen. Gib mir eiligst den Vogel heraus, den du bewahrst, denn er ist der echte Guntram, daß ich ihn entzaubere und alles zu einem guten Ende führe.«

»Aber darf ich dir trauen?« fragte Monika vorsichtig aus ihrer Kammer. »Noch hat euer Besuch dem Spatzenhofe nichts Gutes gebracht und völlig scheinst du mir verbündet dem schlimmen Asio.«

»Sein schlimmster, wenn auch noch heimlicher Feind bin ich«, beschwor sie der Schuhu. »Eile dich doch, meine Gute. Die kostbaren Minuten entrinnen, und der Herr Rat kehrt zurück, ehe das Werk getan ist.«

»Ich muß mich bedenken«, sprach das Mädchen. »Ist es doch trotz all deiner sanften Reden noch möglich, daß du den Vogel nur für den Rat forderst. – Ach nein, siehe, er zupft mich am Ohre, er drängt zur Türe –! Er glaubt und vertraut dir – so muß ich es wohl auch tun. Warte einen Augenblick, daß ich Licht mache und ein Gewand überwerfe ...«

»Eile dich, Gute! Haste ein wenig, Schöne!« drängte der Schreiber. »Gib ihn mir im Dunkeln durch die Tür, jede Sekunde ist kostbar –!«

Schon hörte Bubo den nahenden Schritt des Mädchens, schon quietschte der Schlüssel im Schloß, schon schien der schätzenswerte Sieg nahe, da –

*Viertes Einsprengsel*

Bericht des Stadtrates Asio über den Besuch bei Seiner Hoheit, dem Eisschwarzen, Zauberherrn aller Zauberer

Wenn ich dies Mal auch mit den bänglichsten Gefühlen zu der Audienz bei meinem Herrn und Meister fuhr, denn ich kenne seinen Zorn und fürchte ihn, so war ich um so vergnügter über den gnädigen Empfang durch Seine Hoheit.

Hoheit waren röter denn je, was immer ein Zeichen Seines Wohlbefindens ist. Für die, welche Ihn nicht persönlich kennen – und ich bemitleide diese alle, denn die Einzigkeit Seiner Erscheinung macht meinen Herrn zum schönsten Wesen des Weltalls –, für all jene Bedauernswerten bemerke ich also, daß Seine Hoheit eigentlich eine weiße Haut haben wie jeder beliebige Mensch. Schämt sich aber ein Mann oder ein Weib auf Erden über etwas Böses, das sie getan, so jagt eine kleine Welle Rot durch Seinen Körper. Es gibt Zeiten, da die Menschen ruhig und ernst ihren Geschäften nachgehen, biedermännisch handeln, fromm beten – zu solchen Zeiten ist mein Meister recht bleich und friert entsetzlich in seinem Palais aus schwarzen Eisblöcken. Zu andern Zeiten aber wieder, da Zucht und Sitte wanken, die Unschuld geschändet, die Reinheit verraten, die Schwäche vergewaltigt wird, jagt erhitzend eine Schamrotwelle nach der andern über seinen Leib und er erfreut sich der angenehmsten Wärme.

Zur Zeit meines Besuches eben mußte mein Meister eine ungewöhnlich kräftige Heizperiode haben, denn die Schamröten jagten so schnell eine hinter der andern, daß nicht der leiseste Schimmer seiner bleichen Haut dazwischen aufblinken konnte. Dazu standen ihm die dicken Schweißtropfen auf der Stirn. Ich muß hierzu noch bemerken, daß mein Meister den Kopf da trägt, wo wir

Menschen das Gesäß haben. Die Ohren laufen in wohlgebildete Beinchen über, während ihm das Gesäß auf den Schultern sitzt, dessen Backen in den Armen enden. Ich habe diese Einrichtung stets rückhaltlos bewundert, denn es scheint mir angenehm, geruhig auf dem Kopfe sitzend zu denken, den schönsten menschlichen Körperteil aber, das Gesäß, recht sichtbarlich zur Schau zu tragen.

Ich habe nun immer erfahren, daß der Meister stets bei solcher Körperwärme recht guter Stimmung ist – und wie war ich erfreut und wie wuchs mein Mut, als er mich sofort sehr huldreich zum Sitzen aufforderte und mir einen Becher aus dem letzten großen Pestjahrgang Krötenwein kredenzen ließ!

»Erspar dir alle Worte, mein schlimmguter Asio«, begannen Seine Hoheit Ihre Rede. »Wir haben eben den Besuch der Mühlenkatze Mimi empfangen, der durch die Schuld deines Schreibers ja recht hübsch mitgespielt worden ist. Nun, Wir gönnen Unsern Untertanen gern mal eine kleine Stäupung, um so geneigter sind sie darnach, Schaden zu stiften und Böses zu tun. Dein Schreiber Spatt hat der Mimi eine Horde blutgieriger Weiber auf den Hals gehetzt, und nur mit Verlust eines Auges ist sie den Schürhaken und Besen entronnen. Zum Dank hat sie dem Spatzenhofe einen kleinen Besuch abgestattet, den Spatzen zwar nicht erreicht, aber so mancherlei erfahren, was sie Uns gemeldet. Ja, Wir wissen, dir ist dies alles neu, du paßt nicht mehr auf, deine Fähigkeiten schimmeln. Gerne würden Wir dir zur Schärfung deines Verstandes ein paar Jahrtausende Knechtschaft unter dem stahlschnäbeligen Bubo gönnen, aber Wir möchten in dieser Sache doch nicht der weißen Magie – sie sei verflucht! – weichen und müssen dir also wohl oder übel aus deinen Unbesonnenheiten helfen. Berichte Uns also genauestens, wie die Sache steht.«

Ich verbeugte mich demütig vor meinem hohen Meister und berichtete Ihm dann getreulich alles. Wie es gar nicht so schlimm stehe, der endliche Sieg fast gewiß sei, namentlich nach meiner Verzauberung des jungen Spatt, und daß ich mir getraue, innerhalb vierundzwanzig Stunden den Bauern matt zu setzen und sein hochnäsig Töchterlein zu einer Spatzenfrau zu machen.

Doch unmutig verwies mir der Meister meinen Hochmut und sprach: »Du wirst nie deinen Auftrag zu Ende bringen, ehe du nicht den Griesgram Bubo aus dem Wege geräumt. Du weißt, daß er sich gegen die Gesetze weißer Magie – sie sei verflucht – arg vergangen, als er einem Freunde ewige Jugend verleihen wollte. Zur Strafe und Läuterung wurde er Uns überwiesen, aber seine Zeit ist fast herum, und ich fürchte, er wird Uns noch entrinnen und dich zu seinem Diener machen, wenn es Uns nicht gelingt, ihn in neue Schuld zu verstricken.«

Hier bemerkte ich demütig, daß der alte Bubo ein unendlich schlauer Bursche sei, der auch die feinste Falle wittere.

Unzufrieden antwortete mein Zauberherr: »Ich glaube, du meinst, Unser Kopf sitzt wie bei dir auf den Schultern. Nein, mein Dümmling, Wir sitzen auf Unserem Kopf und wenn Wir ihn recht kräftig drücken, haben Wir auch kraftvolle Ideen. Hier, sieh diesen versiegelten Beutel, der die schönsten Edelsteine der Welt enthält. Nimm ihn mit dir und erteile dem Schuhu sofort den Auftrag, ihn unverzüglich dem alten Geizkragen Habergreis zu überbringen. Mach ihn aber voll Sorge auf den edlen Inhalt aufmerksam und verpflichte ihn bei seinem heiligsten Schwur, den Beutel nicht zu öffnen. Bricht er ihn, berührt er die Steine, wird er selbst zu Stein, aber zu einem gemeinen, und du kannst leicht deinen Auftrag zu Ende führen. Auch habe ich der Katze Mimi den Befehl gegeben, dir hilfreich zur Seite zu stehen.«

Ich nahm dankend den Beutel, rühmte den trefflichen Plan, und erbat Urlaub von Seiner Hoheit, die mich gnädiger als erwartet entließ. Unverzüglich bestieg ich den

Reiserbesen, raschestens brachte die reizende Tilli mich in meine Kammer. Noch dämmerte der Morgen nicht. Ich fuhr glättend über mein Haar, das der Sturmwind zerzaust, ergriff den Leuchter und trat auf den Gang, unverzüglich den Schuhu zum Habergreis zu entsenden.

*Ende des vierten Einsprengsels*

... Schon schien der schätzenswerte Sieg nahe, da rief eine Stimme vom Ende des Ganges: »Bubo, schäkerst du Alter jetzt nächtens mit Mädchen?! Komm hierher und empfange deinen Auftrag!«

Eilig flüsterte der alte Schreiber ins Schlüsselloch, er werde sofort zurückkehren, die Verwandlung vorzunehmen. Doch umsonst warteten Mädchen und Spätzlein – der Schuhu kam von seinem Botengang nicht wieder. Als Stein saß er – in einem Dickicht des Waldes – unter den um ihn verstreuten Steinen.

## Siebtes Kapitel

»Ich erlaube Dir, jetzt wieder Sosias zu sein.«
Deyden

Sie gingen heim vom Begräbnis der Muhme und Großmuhme Thalerin: der Bauer Spatt und seine Tochter Monika; hinter ihnen ein kleiner, in seiner sauberen Gewandung aber würdig aussehender Zug, die Knechte und Mägde des Hofes, aus deren Haufen um eines Hauptes Länge der Knecht Enak ragte.

Ach, alle waren sie gewesen am Grabe, ihr die letzte Ehre zu geben, alle die vom Spatzenhof, nur jener eine, den die arme Petronilla wohl am liebsten dort gesehen hätte, der Herr Rat Asio, der hatte gefehlt. Denn der Herr Rat war, als er am Morgen der Petronilla Tod und die Abgängigkeit des falschen Guntram gemerkt, ohne ein weiteres Wort und recht finster abgereist in die Stadt.

Und auch die andre, die der Petronilla Thalerin auf dem ganzen Hofe die Liebste gewesen war, ihre Schülerin und geringe Mitzauberin, die Elster Zilli, hatte nicht zum Kirchhof mitgehen können: mit einer recht passenden Magenverstimmung lag sie zu Bette, denn die Hexen, wenn es auch nur kleine Gelegenheitshexen sind, können den Anblick eines Pfarrers nur schwer ertragen, und ein laut gesprochener Segen gar bereitet ihnen arge Schmerzen.

Die Leute hinten tuschelten leise miteinander. Noch hatte sich keines von ihnen so recht satt reden können an dem Wunder, das sich mit der Petronilla im Tode begeben, wie sie dagelegen sei in dem schwarzen Mantel junger Haare, und wie dieser Mantel dahingeschwunden sei bei der Einsegnung des Herrn Pfarrer, bis die Tote wieder kahlköpfig dagelegen habe und man ihr den künstlichen weißen Scheitel und das Häubchen hatte aufsetzen müssen. Ja, dies war ein grausiges Wunder gewesen, und nicht umsonst war der städtische Herr Rat mit dem gelben Blick so rasch von dannen gefahren – ohne Schuld an diesem Tode und diesem Wunder war der bestimmt nicht!

Während sie hinten so tuschelten, sprach vorne die Monika zu ihrem Vater: »Ja, lieber Vater, nun ist sie tot und begraben, und wenn ich auch nicht ganz, wie es sich gehört, am Grabe über ihrer Leiche habe weinen können – denn richtig lieb haben wir uns nie gehabt, und ich weiß kein einziges Mal, daß sie mich in ihre Arme genommen und geherzt hätte –, fehlen wird sie uns doch im Hause! Wer wird mich jetzt nach dem Breitlauf des Zukkers fragen und nach der großen Kugel –?! Und das Rezept ihrer Essigpflaumen, das ich immer einmal aufschreiben wollte, habe ich nun auch nicht. Wenn nun der Steintopf im Keller leer gegessen ist, wirst du keine mehr vorgesetzt bekommen, lieber Vater.«

Kummervoll seufzte der Bauer, aber nicht wegen der Essigpflaumen, sondern er sagte: »Ach, Mönchen, liebes Mönchen, mir ist so schwer ums Herz wie noch nie. Wenn es nicht eine Sünde wäre, dies auf dem Heimweg vom Friedhof zu verlangen, würde ich dich fast bitten, mir einmal dein altes Harmonikalachen vorzulachen – es würde mir sicher leichter. Der Herr Rat Asio ist ein sehr mächtiger Mann in der Stadt, und es ist kein Zweifel, daß er im Zorn von uns gereist ist, hat er mir beim Abschied doch weder die Tagesstunde geboten noch die Hand gereicht.«

»Wir sind nur kleine Menschen, Vater«, sprach die Tochter tröstend, »und der Herr Rat ist nun wieder in der großen Stadt und hat unsere kleinen Geschäfte längst vergessen.«

Kummervoll schüttelte der Bauer den Kopf: »Daß ich es dir gestehe, Mönchen, seit er fort ist, fehlt in meinem

Schreibschrank die Urkunde, durch die den Spattens der Hof zu freiem Eigentum verliehen ist. Ich fürchte sehr, mit schlimmen Plänen geht der arge Mann um.«

»Lieber Vater«, antwortete das schöne Mädchen herzlich, »was sorgest du dich doch so unnötig! Wir tun das Rechte und wir wissen darum, daß es mit uns auch recht werden wird. Kommt einmal eine schlimme Zeit, so werden wir sie schon überstehen und uns um so mehr auf die sicher nahen guten Tage freuen. Merke, daß ich fast täglich der lieben Mutter einige Zeilen von uns schreibe. Früher spürte ich sie fast nie, aber in den letzten Tagen ist es doch, als weile sie fast ständig bei mir. Was kann dem geschehen, der von solcher Liebe beschirmt wird?«

Über diesen vertrauenden Worten richtete der Bauer den Kopf fester auf, straffte den Rücken grader. »Du hast ja recht, mein liebes Mädchen«, sagte er. »Ich will mich auch nicht mehr sorgen. Kleinmut war es von mir, auf das geschriebene Papier hin mit dem Asio paktieren zu wollen und dich dem häßlichen Pieper anzuvertrauen. Da hätte ich dich doch lieber dem anderen geben mögen, der war ein rechter Bursche mit offener Stirne – aber der ist fort, über alle sieben Berge, und wir werden ihn nicht wiedersehen.«

Rot färbten sich bei des Vaters Worten die bräunlichen Wangen des Mädchens, aber einer Antwort – und vielleicht einer kleinen Notlüge – war sie enthoben, denn unterdessen waren sie ins Haus getreten. »Was ist das?!« rief erschrocken der Bauer, denn tosender Lärm scholl aus dem Dachgeschoß. »Sind, als wir ferne weilten, Räuber ins Haus gedrungen und metzeln die arme Zilli?!«

In ganz unziemlicher Hast liefen trotz der Trauerkleidung Vater und Tochter nach oben, eilig folgte das Gesinde, neugierig, was sich nun wieder begeben. Aber nicht in der Zilli Kammer brauste der Lärm, sondern aus Monikas Stube klang das Geräusch wilden Kampfes. Mit einem frommen »In Gottes Namen« öffnete der Bauer beherzt die Türe, und da sah er nun freilich, daß sie es dieses Mal weder mit Räubern noch mit Zauberei zu tun hatten, sondern daß bloß eine verlaufene Katze, ein häßliches, einäugiges Vieh, auf der Monika Sperling Jagd machte. Und so gänzlich versessen war das Tier auf seinen Fang, daß es, der Zuschauer nicht achtend, mit einem großen Satz vom Schranksims nach der Decke sprang, unter der, ängstlich flatternd und fast völlig erschöpft, der Spatz sich hielt. Aber der sah gleich die Rettung, mit einem fröhlichen Piep flog er der Monika auf die Schulter und schmiegte seinen zitternden Leib an ihre Wange, indes die Katze schwer zu Boden fiel.

Dort haschte sie der Knecht Enak und hielt die sich mit Krallen und Zähnen zur Wehr Setzende fest in seinen großen Händen. »Es ist die Katze vom Müller Packan, Bauer«, sagte er. »Ich erkenne sie, so schlimm sie auch zugerichtet ist, seit wir uns zuletzt gesehen haben, an dem schwarzen, wie ein Schürhaken geformten Fleck auf der Hinterbacke. Ein wahres Höllenvieh ist das, Bauer, eine Stromerin durch die ganze Gegend, und ich hoffe, der Herr erlaubt mir, sie, so wie ich sie hier halte, in den Brunnen zu werfen. Denn einen ehrlosen Tod hat sie zehnmal verdient.«

Kläglich miaute die Katze, und der Bauer sprach verweisend: »Daß ich solche Reden nicht noch einmal von dir höre, Enak! Dies ist nicht unsere Katze, und nie war es der Spatten Gewohnheit, sich an anderer Leute Eigentum zu vergreifen. Sofort steckst du das Tier in einen Sack und trägst es zum Windmüller. Sage ihm ein Kompliment vom Bauern Spatt, und er möge sein Tier besser hüten, sonst könne es doch einmal sein, daß es ihm in Verlust geriete. Und, Enak«, setzte der Bauer warnend hinzu, »laß es dir nicht einfallen, der Katze irgend etwas zu Leide zu tun! Ich kenne deinen störrischen und rachsüchtigen Sinn; kaum erst habe ich dir die Mißhandlung des Gastes verziehen, bist du mir aber wieder ungehorsam, bist du mein Knecht gewesen.«

Brummend wollte sich der Knecht mit der Katze entfernen, da rief ihm noch die Monika zu: »Sorge dich doch nicht, Enak, um das Totenmahl! Von allem, was es gibt, lasse ich dir warm stellen, und macht dir der weite Weg in der kalten Luft auch noch so viel Hunger: aufessen sollst du nicht können, was dir zurückgestellt wird.«

Aus dem Brummen wurde ein Lachen, lachend drückte der Knecht die Katze fast zärtlich an sich und rief: »So will ich denn diese Unheilstifterin ihrem Herrn so ungekränkt abliefern, als sei sie die fleißigste, bravste Mauserin. Ich verspreche es.«

Damit ging er. Die andern aber stiegen hinab zur Diele, eilig trugen die Mägde, was im Backofen und in der Wärmeröhre bereit gestanden, herbei. Gerade hatte der Bauer das letzte Totengebet gesprochen und die Hände faßten schon nach Löffel und Messer, nun wieder dem Leben sein Recht zu geben, da klopfte es derbe gegen die Tür, und als man öffnete, traten ein der Herr Asio, fest an der Hand den falschen Guntram. Hinter ihm aber stand der prächtig gekleidete Weibel mit zwei Stadtsoldaten.

»Hier!« rief der Rat und entfaltete in hämischer Freude ein Blatt Papier, »bringe ich Euch, hochverehrter Herr Ex-Bauer Spatt, rechtskräftiges Urteil und Spruch des Gerichtes, daß Ihr zu räumen habt noch in dieser Stunde den Spatzenhof, den Ihr zu lange schon ungebührlich besessen, die vater- und mutterlose Waise, das Bruderkind, arglistig beraubend. Räumt Ihr gutwillig, so sollen Euch Eure mannigfachen Vergehen und Fehle in Gnaden verziehen sein; seid Ihr aber, wie ich aus Eurer Zornesmiene errate, gewillt, widerspenstig zu sein, so haben diese Krieger den Auftrag, Euch in Ketten zur Stadt zu führen und in das dunkelste Verlies des Hungerturms zu verwerfen.«

Zornig murmelte ob der frechen Rede das Gesinde, und

das große Bratenmesser in des Bauern Hand blitzte bedrohlich. Leicht war blutiger Kampf möglich, denn der Weibel schüttete schon Pulver auf die Pfanne seines Pistols, indes die Soldaten ihre breiten Schwerter entblößten.

Doch beherzt trat Monika zwischen die Männer und sprach sanft zum Vater: »Lieber Vater, ich bitte dich herzlich: weiche doch nur der Gewalt! Sieh, leicht wäre es Euch möglich, jetzt diese Büttel in die Flucht zu schlagen. Aber morgen wären sie wieder als reisiger Bann da, unzählbar, und würden Euch mir fortführen. Soll ich denn zur Mutter auch noch den Vater verlieren? Oder wollt Ihr mich, wie ein ehrloses Mädchen, mit dem Burschen dort zusammenkuppeln, der feige, halb ohnmächtig schon vom Geruch des Pulvers, hinter den Schößen des Rats zittert – bloß um den Hof zu retten?! Der Hof bleibt uns erhalten, gerade wenn wir stille von hinnen gehn. Ich habe Euch doch gesagt, wer jetzt stets um mich ist; diese Stimme sagt mir: weiche und du wirst gewinnen!«

Lange stand der Bauer in schwerem innerem Kampf, gespannt sah das Gesinde in sein Gesicht, das Messer in seiner Faust hob und senkte sich – dann legte er es zurück auf den Tisch. »Ich will tun, liebe Tochter, wie du sagst!« sprach er. »Einmal habe ich in Zornesmut meine Pflicht vergessen, und der Bruder starb mir fast darüber. Leicht möchte ich jetzt die Tochter verlieren. Es wird mir vergönnt sein«, fragte er den Weibel, »in den Stuben zusammenzupacken, was mir und meiner Tochter Eigentum ist?«

»Auf dem Papier«, sprach der Weibel bereitwillig, »steht nur von Haus und Hof geschrieben. Packet immer ein, verehrter Herr Spatt, was Euch persönlich gehört, und glaubet nicht, daß wir Euch drängen. Ist am Abend der Hof übergeben, ist es frühe genug. – Manche Pflicht«, so setzte er leiser hinzu, »scheint auch dem harten Vollstrecker der Gesetze widrig; aber wie der Befehl ist, muß der Gehorsam sein.«

»Ich aber«, rief der Rat eilig, »will dabei stehn, wenn gepackt wird, sonst möchte es sein, daß mein Eigentum sich in fremden Laden einnistet. Vor allem aber, Mädchen du, gib mir den Spatzen wieder, den ich da auf deiner Schulter sehe. Du weißt wohl, er ist mein Eigentum und mir von dir nur geraubt.«

Ängstlich griff Monika nach dem Vogel, der aber, als habe er die Worte verstanden, flog eilig zur offen gebliebenen Tür. Über die Köpfe der Soldaten fort schwang er sich ins Freie.

»Schießt, Weibel, schießt!« schrie der Rat in wildem Zorn. »Das ist ein wahrer Höllenvogel, und lieber wollte ich ...«

Unwillkürlich hatte der Weibel das Pistol gerichtet und abgedrückt. Dröhnend fuhr der Schuß aus dem Rohre. Mit einem Wehschrei sank der falsche Guntram, als sei er getroffen, ohnmächtig zu Boden, der Spatz aber schwang sich triumphierend piepend unversehrt in die Lüfte und entschwand rasch den Blicken.

»Gehn wir also packen«, sprach ernst der Bauer. »Ich errate, Herr Rat, daß dies nicht Euer einziger Fehlschuß bleiben wird.«

Doch der Herr Rat Asio hörte ihn gar nicht. Eilig lief er treppauf, um die Elster Zilli zur Verfolgung des Geflohenen zu entsenden.

## *Fünftes Einsprengsel*

Von dem Zwiegespräch zwischen der Zauberkatze Mimi und dem Knechte Enak

Während diese Dinge sich auf dem Spatzenhofe ereigneten, marschierte der Knecht Enak ganz munter den langen Weg durch den Wald zur Packanschen Mühle. Eisig pfiff ihn der Nordwind an, aber vergnügt dachte er des reichen Mahles, das seiner wartete, und schwenkte den Sack mit der Katze im Takt seiner Schritte. Doch je weiter er ging, je weniger konnte er überhören, daß es in dem Sacke gar jämmerlich miauzte. Schließlich wurde es ihm zuviel des mißtönenden Klagegeschreis, vor sich legte er den Sack auf die Straße und mahnte ernst: »Benimm dich manierlich, du Katze, und laß ab von deinem Klagegeschrei! Mich deucht, recht gut bist du abgekommen von deinem Frevel, da ich dich mit heiler Haut ungekränkt zu deinem Herrn tragen muß.«

Leise, mit heller Stimme lispelte es da aus dem Sacke: »Enak, höre mich an ...«

»Ohaua – haua – ha!« rief da Enak verblüfft. »Reden die Katzen jetzt deutsch?! Das ist mir eine gottlose Mode, ich möchte wohl wissen, was der Herr Pfarrer dazu sagen würde.«

»Enak«, sprach es wieder hell aus dem Sack. »Ich bitte dich, trage mich nicht zum Müller, der wegen eines vernichteten Taufschmauses großen Zorn auf mich hegt und mich erbarmungslos erschlagen würde. Ich bin gar keine Katze, sondern ein verzaubertes Mägdlein.«

»Da soll doch der Teufel sich selber küssen!« rief Enak und kratzte sich den Kopf. »Das ist eine harte Nuß für einen ehrlichen Knecht. Denn bist du keine Katze, so bindet mich mein Wort an den Herrn nicht, und ich muß dich gewißlich wegen deiner Freveltaten erschlagen. Bist du aber eine Katze, so muß ich dich dem Müller geben, der dir flugs das Fell über die Ohren streifen wird.«

»Laß mich frei, guter Enak!« bat es wieder aus dem Sack. »Und ich will es dir auch ewig danken.«

»Ich errate, Katze«, sprach wieder der Enak, »daß du mich bedrümpeln möchtest. Bist du erst frei, wirst du gleich wieder auf die Jagd nach dem Lieblingsspatzen meines Mönchen gehen, auf den du einen großen Zorn zu hegen scheinst.«

»Ich leugne es nicht«, sprach die Katze Mimi, »daß dieser Spatz mir völlig verhaßt ist. Um seinetwillen habe ich ein Auge eingebüßt und das Fell ist mir gegerbt worden, als läge es schon in einer Lohegrube. Aber wenn du mich frei lässest, will ich jeder Rache entsagen, ja ich will dir verraten, wie der höchste Wunsch deiner lieben Herrin zu erfüllen und die Ränke des Herrn Rat Asio zu stören sind.«

»Ich möchte dir trauen, Katze, und ich mag es doch nicht!« sagte Enak unschlüssig. »Sage mir erst an, was der höchste Wunsch meines Mönchen ist, dann wollen wir weiter sehen.«

»Der höchste Wunsch deines Mönchen ist«, sprach die Katze aus dem Sack, »daß sie nicht dein Mönchen sei, sondern des Stadtschreibers Mönchen werde, der jetzt zum Spatzen verzaubert auf ihrer Schulter sitzt, aus ihren Händchen pickt, in ihrem Bettchen schläft.«

»Wohl, wohl«, rief zornig der Knecht, »und du meinst, das war klug geredet, Katze?! Ich meine, das war sehr dumm geredet! Mir anzusinnen, daß gerade ich mein Mönchen in den Arm des anderen legen soll, ist ein rechter Katzenstreich. Nein, Katze, nun gehn wir wieder weiter, und freue dich nur auf die Begrüßung des Müllers Packan.«

Damit nahm er seinen Sack und marschierte, kräftig ausschreitend, los, und die Katze in dem Sack verhielt sich auch muckskatzenstill. Mählich aber wurde sein Schritt immer langsamer, und als nun gar die Windmühle in der Ferne auftauchte, stellte er gänzlich das Gehen ein, legte mit einem schweren Seufzer den Sack wieder auf die Straße und starrte in ihn. Aber im Sack blieb es so ruhig, als liege nur ein dummer Kopfkohl drin. Endlich konnte er sich nicht länger bezwingen, er stieß den Sack sachte mit dem Fuß an und sagte: »Katze, sprich doch was!«

»Was soll ich denn sprechen?« fragte die Katze recht schnippisch. »Trage mich nur zum rohen Packan, daß er mich umbringt und daß die schöne Monika vor Kummer ins Wasser springt.«

»Ach!« seufzte der Knecht. »Es ist recht hart, Katze, was ich tun soll.« Aber darauf gab die Katze keine Antwort. Wieder nach einer Weile fragte der Knecht: »Katze? Kannst du in die Zukunft schauen?«

»Nein, das kann ich nicht«, antwortete die Katze. »Aber das kann ich dir sagen, daß ein Reh und ein Ochse ein schlechtes Paar abgeben.«

Wieder seufzte der Knecht, aber nicht über die Grobheit der Katze. »Katze«, sagte er schließlich, »ich sehe, ich muß tun, wie du vorschlägst. Ich möchte ja doch nicht ein ganzes Leben herumlaufen und das Mönchen immer bleicher und ihre Augen immer röter werden sehen. Viel lieber will ich dann doch ihre Kinder auf den Knien schaukeln.«

»Hoho!« spottete die Katze. »Du hast es ja gewaltig eilig, Meister Enak. Noch ist deines Mönchen Liebhaber ein Spatz, und findet ihr nicht den weißen Schuhu, wird es mit dem Kinderschaukeln nichts werden!«

»Und wo ist der weise Schuhu?« fragte Enak.

»Ehe ich dir das sage, Enak, mußt du mir geloben, mich auf der Stelle aus dem Sack und ungekränkt ziehen zu lassen.« Der Knecht Enak aber gelobte das eifrig und schwor der Katze, ihr nichts zu Leide zu tun. »Der weise Schuhu«, sprach da befriedigt die Katze, »sitzt zwischen hier und der Stadt in einem wilden Gestrüpp, zwischen vielen Edelsteinen. Schicke du nur den Spatzen aus, er wird ihn schon finden.«

»Ich danke dir, Katze«, sprach Enak einfältig und band den Sack auf. »Springe also davon und treibe nicht zu viel Unfug.«

Die Katze stieg gravitätisch aus ihrem Sack, reckte und streckte sich, leckte sich das Mäulchen und sah den Knecht mit ihrem einen funkelnden Auge an. Dann sprang sie mit einem Satz auf den nächsten Baumast, streckte den Schwanz wie einen Siegeswimpel steil in die Lüfte und rief spöttisch: »Angeführt, dummer Enak, doch angeführt! Sintemalen der weise Schuhu wegen seiner Sünden versteint ist, und keiner von euch weiß die Zauberformel, die ihn löst.«

Damit sprang die Katze eilend von dannen, denn der Knecht hatte schon, uneingedenk seines Schwures, einen Stein von der Straße gehoben, sie zu treffen. Er lief ihr nach, warf, bettelte, drohte, aber eilend huschte die Katze immer vor ihm durch die Zweige, bis sie dem Ratlosen im wildesten, weglosen Walde völlig entschwand. –

*Ende des fünften Einsprengsels*

Viele Tage nun schon lebten die Leute aus dem Spatzenhof in dem kleinen Holzfällerhause am Rande der Forst, das ihnen der Herr Reitender Förster eingeräumt hatte. Es waren ihrer nur noch drei: der Bauer, seine Tochter und der Knecht Enak. Denn als es zur Stunde der Entschließung gekommen war und der Bauer mahnend gesagt hatte, ein jedes solle es sich gut überlegen, denn nicht nur mit dem Jahreslohn, auch mit den duftenden Braten und fetten Suppen des Spatzenhofes werde es in Zukunft rar aussehen, da hatte sich das eine verlegen murmelnd sachte aus der Tür gedrückt, das andere aber hatte gar eindringlich von einem steinalt, lieb Mütterlein erzählt, das nun schon Jahre warte und zu dem es flugs wandern müsse, sonst zwinge es ihm das Herz ab. Doch als der Bauer schließlich ein wenig bitter zu dem einzig noch dastehenden Enak gesagt hatte: »Nun, Enak, was ist das mit dir? Da stehst du noch und lutschest doch auch lieber an einem Schinkenbeine als an einer trockenen Brotkruste« – Da hatte der Knecht ganz treuherzig gesprochen: »Bauer, gebt mir die Lade da auf den Rücken und den Griff von diesem Koffer in die eine, vom andern Koffer aber in die andre Hand. Den Sack dort mögt Ihr noch unter den Arm stecken, und dann laßt uns unverweilt losgehen, denn vor Nacht muß noch vieles beschickt werden.«

»O du getreuer Knecht«, hatte der Bauer da leise gesprochen und nicht gewußt, daß er vom Knechte nicht gemeint war.

Auf dem Spatzenhofe selbst aber hatte nicht eines von den Dienstboten bleiben wollen, so verlockend der Rat seine Angebote auch gemacht hatte – einzig die Pflegetochter Zilli hatte gesprochen: »Warum soll ich denn nicht hier bleiben? Der Herr Rat Asio ist ein sehr ansehnlicher Mann. Das bißchen Essenkochen und Wamsflicken für dich, das schafft die Monika auch allein, Vater!«

Dem Bauern wollten Zorn und Kummer fast den Atem abwürgen, wenn er bedachte, wie viel Gutes und Sorge er dem Mädchen erwiesen, seit es die Muhme Petronilla als schreienden Findling ins Haus getragen. »Daß sie so gar keinen Funken Liebe zu uns im Herzen trägt!« hatte er zu Monika geklagt.

Doch sie hatte ihm den Arm um den Hals gelegt. »Wie kann es denn anders sein, Vater?« hatte sie gefragt. »Haben wir sie denn recht geliebt? Ist sie nicht stets wie ein Fremdes bei uns gewesen? Liebe kann nur aus Liebe erwachsen.«

»Also laß es dir wohl ergehen, Zilli«, hatte der Bauer gesprochen.

»Dank dir das gleiche, Vater«, hatte das Mädchen geantwortet und sich daran gemacht, für den neuen Besitzer und seine Soldaten ein Essen zu richten.

So war der kleine, dreischichtige Haushalt in dem kleinen Holzfällerhaus begründet worden, und ein wahrer Segen war es, daß der grobe Knecht der dritte geworden war. Denn die Holzarbeit, welche die Männer um kargen Lohn zu verrichten hatten, war schwer und der Körper des Bauern, dem die Dienstboten manche Jahre alles Lästige abgenommen hatten, ihrer nicht mehr gewohnt. So aber nahm Enak immer das Schwerere auf sich, und tat es nicht des Rühmens halber, sondern aus Selbstverständlichkeit.

Allmählich aber, je mehr der Bauer sich an die grobe Arbeit gewöhnt hatte, um so fröhlicher wurde er. Machte es der gute, würzige Tannenduft im Walde, das Sausen des freien Windes in den Zweigen, die frische Luft – wenn sie da einen Riesen von einer Tanne bezwungen hatten und der Stamm lag schön astrein und schier im Schnee, daneben aber türmten sich, säuberlich geschichtet, die Berge von Reisig; da konnte der Bauer zu Enak sprechen: »Ja, Enak, das war heute ein guter Tag, einen besseren wünsche ich mir nicht.«

Und saßen sie dann am Sonntag in der einzigen Stube zusammen, alles war schön aufgeräumt und blinkte und blitzte aus aller Armut und der Hasenpfeffer, den ihnen die Monika aus einem Waldhäslein bereitet, das der Herr Förster heimlich hereingereicht, duftete noch sanft mit seinem Würzlein durch die Stube, da konnte der Bauer von seinem Fensterplatz aus wiederum sprechen: »Ja, da unten liegt der Spatzenhof, Mönchen. Aber wenn's nicht der Hof vom Vater und Urgroßvater wäre, der Hof, um den der Bruder fast vom Leben gekommen – ich würde ihn dem Schuften am liebsten lassen, denn friedlicher als hier haben wir es nie gehabt!«

Die beiden stimmten ihm zu, und auch der Spatz piepte ein kräftiges Piep. Ja, der Spatz wohnte auch hier, gleich am Abend ihres Einzuges hatte er sich bei ihnen eingefunden und war seitdem ihr Hausgeselle gewesen, so daß eigentlich von einem vierschichtigen Haushalt zu reden ist. Dem Bauern war die Wirtschaft um den dürftigen Vogel erst gar nicht recht gewesen, und er hatte heftig davon gesprochen, daß es hier nun nicht wieder mit dem heidnischen Vogel- und Zauberwesen anfangen solle, das dem Herrn Pfarrer sicher nicht recht sei. Aber da hatte, statt des verstummten Mädchens, der Enak gesprochen: »Bauer, wie Ihr doch grämlich seid! Lasset dem Mädchen doch seine Freude! Hat doch unser Herrgott auch die Spatzen erschaffen, wie können sie da Heidenwesen sein?«

»Du bist ein Narr, Enak«, hatte der Bauer geantwortet. »Aber ein grundguter.« Und mit diesem Spruch war der Spatz als Hausgesell aufgenommen worden. Freilich, davon wußte der Bauer nichts, was alles für Heimlichkeiten es um diesen kleinen graubraunen Vogel gab. Gleich am zweiten oder dritten Tag nach dem Einzug, als der Bauer, ermattet von der ungewohnten Arbeit, auf der Ofenbank in Schlaf gesunken war, hatte der Enak dem Mädchen flüsternd von seinem Gespräch mit der Zauberkatze Mimi berichtet, und der kleine Vogel hatte vor ihnen gesessen, eifrig mit den Flügeln geschlagen, mit dem Köpfchen genickt und manch kräftig zustimmendes Piep gesprochen.

Am nächsten Morgen aber, kaum waren der Bauer und Enak in den Wald gegangen, hatte der Spatz gar eifrig das junge Mädchen umflattert, immer wieder war er zur Türe geschossen und hatte so fordernd gepiept, daß sie ihm schließlich aufgemacht und gesprochen hatte: »So fliege denn hin und suche, Spätzlein. Aber nimm dich vor den bösen Raubvögeln in acht und komme mir wieder, daß ich nicht deinetwegen noch Kummer habe.«

Fröhlich aufjubelnd war der Spatz aus der Türe geschossen und erst am späten Nachmittag, kurz vor der Heimkehr der Männer, zurückgekehrt. So hielt er es alle Tage, unermüdlich flog er aus auf die Suche; fragte ihn aber das schöne Mädchen: »Hast du ihn noch immer nicht gefunden, deinen weisen Schuhu?«, dann ließ er betrübt die Flügel zur Erde hängen, senkte den Kopf und piepte recht schuldbewußt.

Aber trotzdem flog er den nächsten Morgen mit neuer Hoffnung wieder aus, und stöberte der Schnee einmal gar zu sehr, heulte der Polwind zu wild und sprach das Mädchen: »Nein, Spätzlein, heute bleibst du mir zu Haus. Hast du doch kein Röcklein zum Wechseln, wenn dieses naß wird« – so saß der Spatz eine Weile betrübt im Winkel. Bis sie ihm schließlich erlaubte, auf ihre Schulter zu hüpfen, sich an ihre Wange zu schmiegen und ihr bei ihrer Arbeit zuzuschauen.

Dann vergaß das schöne Mädchen fast völlig, daß in dem kleinen Vogelbalg ein großer Mann steckte, und der Mann, den sie liebte, dazu. Wie einem lieben Kameraden erzählte sie von ihrem Leben, von dem Vater, von den Feldern, welches die bessern und welches die minderen seien, von den Kühen, dem Hunde Hektor – und manchmal auch von der entschlafenen Mutter. Dann drückte sich das Spätzlein immer fester an sie, und traulichere Stunden als diese, wenn der Winter draußen raste und der kleine Vogel verständig Piep antwortete, konnte sie sich nicht denken.

Unterdessen hatten ein Wildhüter, ein Holzweiblein, ein versprengter Kaufmann gar seltsame Kunde aus dem Dorf vom Spatzenhofe hinaufgetragen. Der Herr Rat Asio, ohne den sie wohl in der großen Stadt gar nicht leben konnten, hatte den alten Habergreis auf dem Hofe zum Verwalter eingesetzt. Da zerrissen sich die Leute nun gewaltig die Mäuler, wie der filzige Geizhals Boden und Vieh zu betrügen suchte, das eine um Dünger und

Aussaat, das andere um sein Futter. Wie er immer, ein großes Schlüsselbund in der Hand, tags wie nachts, durch Scheunen und Keller schleiche, den Knechten die Bissen in den Mund zähle und den Mägden das Stroh aus den Schlafsäcken zupfe, um es den Schweinen als Streu zu geben. Da habe es schon manch schlimmen Streit zwischen dem Habergreis und der Zilli gegeben, eines bestehle immer das andere! Habe die Zilli ein Brot gebakken, habe der alte Knacker es auch schon versteckt; und wer in diesem Kampfe Sieger werde, sei nicht abzusehen.

Ganz schlimm aber sei es um den wahren Erben, den jungen Guntram Spatt bestellt, er werde ständig eingeschlossen in seiner Kammer gehalten, sogar das Fenster sei mit Gitterstäben verrammelt. Menschliche Kost esse er gar nicht, aber nachts bringe ihm der alte Habergreis heimlich Körner und ekles Gewürm. Manchmal schreie er stundenlang wie ein Vogel jämmerlich Piep, dann hülfe nur, daß die Zilli hinaufsteige und ihm den Kopf kraule, davon werde er still. Die Leute flüsterten sich zu, er sei gar nicht der echte Guntram Spatt, sondern ein verzauberter Spatz, und der Pfarrer habe auch schon zu ihm vordringen wollen, sei aber schnöde abgewiesen.

Recht traurig machten die Monika diese Geschichten. Sie konnte gar nicht mehr an den alten lieben Hof denken, als sei es der alte liebe Hof, sondern wie an eine rechte Höllenstätte. Und wenn sie sich dann vorstellte, daß die hübsche Kammer, in der die Ehrengäste sonst behaglich geweilt, jetzt zum Gefängnis für einen armen Pieper, der sich nach seinem freien Vogeldasein sehnte, geworden, mußte sie rasch einmal ein paar Tränchen weinen. Sie war nur froh, daß der Vater den ganzen Tag im Walde bei der Arbeit war und darum nichts von diesem widrigen Geklatsche und Getratsche erfuhr.

Unterdessen war das liebe Weihnachtsfest vorüber gezogen; der Januar war wie immer grimmig kalt, dunkel und voller Schnee gewesen; der Februar hatte, wie es seine Pflicht war, sieben Sonnentage gebracht und der März schon zehn; im April war das erste junge Grün zu sehen gewesen und im Mai hatte es davon schon so viel gegeben, daß die Maienbäume nicht knapp waren – kurzum, der Frühling war in das Land gezogen. Aber immer noch kehrte der Spatz Nachmittag für Nachmittag unverrichteter Sache von seinem Fluge heim. Längst hatte das Mädchen alle Hoffnung aufgegeben, daß der alte Bubo noch zu finden sei, herzlich hatte sie den armen Schelm bedauert, der, den Lügen der frechen Katze vertrauend, immer weiter suchte, und doch hatte sie ihm seine Hoffnung nicht nehmen wollen.

Eines Tages aber kam der Spatz früher denn je nach Haus. Aufgeregt flatterte er um Monika, und so eifrig piepte er und schlug mit den Flügeln, daß das Mädchen, plötzlich wieder hoffnungsvoll, fragte: »Nun, hast du ihn gefunden? Den richtigen Bubo –?! Ach, Spätzlein, Spätzlein, wie ist das schön! Da müssen wir wohl morgen ganz in der Frühe losgehen?« Eifrig piepte und flatterte der Vogel. »Ja«, sagte das Mädchen, »und wenn wir nun noch das Zauberwort erfahren, das ihn erlöst, sind wir gemachte Leute, was?«

Wie jubelte und tanzte da der Spatz!

Am nächsten Morgen nun, kaum waren die Männer aus dem Haus, band sich Monika ein Tuch übers Haar, steckte ein Brot in ihre Schürzentasche, fuhr eilig in ihre Schuh – und los gingen die beiden. Das heißt, nur die Monika ging, der Spatz flatterte ihr voraus. Und so eilig war er, daß das Mädchen bald ins Laufen geriet, schließlich aber atemlos stehen bleiben mußte und schalt: »Spätzlein, treibe es nicht zu arg! Ich habe nur Menschenbeine, fliege mir langsam voraus!«

Das tat der Spatz dann auch, und immer tiefer kamen sie nun in die dunklen, schweigenden Forsten, in ganz entlegene Bezirke, in die kaum je der Förster kommt. Immer wilder wurde der Wald, immer dichter verstellten die dunklen Tannen den hellen, leuchtenden Frühjahrshimmel, und das Mädchen hatte wohl recht, staunend zu rufen: »Oh, Spätzlein, jetzt verstehe ich, daß du so lange hast suchen müssen. Wie hast du nur in dieser Wildnis etwas finden können –?!«

Nun war es aber so, daß der Spatz Guntram wirklich nichts gefunden hatte, sondern daß ihm der rechte Platz erst gezeigt worden war. Der Wald ging stundenlang in die Länge und Breite, und einen versteinerten Uhu darin zu finden, unter der Decke der dichten Zweige, im Schatten der großen Steine, das war fast unmöglich. Aber mit zäher Geduld hatte Guntram immer weiter gesucht, wußte er doch, daß seine Erlösung und, was ihm viel mehr wert war, die Vereinigung mit dem lieben Mädchen allein vom Auffinden des Schuhus abhing.

Als er nun eines Tages recht abgemattet und verzweifelt auf der Spitze einer großen Tanne saß und gerade darüber nachsann, wieviel Spatzenlebensalter wohl dazu gehörten, unter jeder der Millionen Tannen nach einem Uhusteine zu sehen, flog plötzlich geschwind eine Elster an ihm vorüber, die etwas Glitzerndes in ihrem Schnabel trug. Nun waren ihm die Elstern recht verhaßte Vögel, seit er wußte, die falsche Zilli sei manchmal eine, und das Glitzernde im Schnabel schien ihm auch etwas zu bedeuten. Er beschloß also aufzupassen, ob der schwarzweiße Vogel wieder einmal hier vorüber komme, und Morgen für Morgen bezog er seinen Luginsland im höchsten Tannenwipfel. Viele Tage mußte er vergebens harren, und schon war er entschlossen, den vergeblichen Ausguck zu verlassen und seine mühselige Suche wieder aufzunehmen, als der Vogel ein zweites Mal, und dieses Mal in der andren Richtung, an ihm vorüber strich.

Eilig hob er die Flügel und flog der Elster nach. Aber nie hätte er auf einem weiteren Weg dem schnellen Vogel mit seinem ungeschickten, dicklichen Leib folgen können. Doch so glücklich war die Fügung, daß gerade, als die Elster seinen Augen entschwinden wollte, sie sich hinabließ auf eine kleine Lichtung.

Vorsichtig folgte ihr der Spatz, und er hatte gut daran getan, vorsichtig zu sein, denn als er lautlos durch die Zweige sich näher schlich, sah er sie auf dem Boden sitzen und mit argwöhnischem Auge Himmel und Baumwerk absuchen. Doch Guntram war gut versteckt, und im nächsten Augenblick hatte die beruhigte Elster sich in die Zilli verwandelt und suchte unter dem Reiserwerk emsig nach etwas. Nun glitzerte es zwischen ihren Fingern, mit einem Schrei des Entzückens hielt Zilli einen funkelnden Edelstein gegen das Licht. Dann aber bückte sie sich, versetzte einem rötlichen Fels mit der Faust derbe Knüffe und rief, in ihrem Triumph keine Entdeckung mehr fürchtend: »Dummer Bubo! Häßlicher Bubo! Nehme ich dir deine schönen Edelsteine?! Siehst du, du steckst im Fels und kannst mir nichts tun, ich aber nehme dir dein Liebstes!« Wieder versetzte sie ihm Streiche und rief: »Warte nur, morgen sitzen der alte Habergreis und der Herr Asio wieder beisammen, neue Ränke zu spinnen. Da komme ich nochmals und hole dir deinen letzten und schönsten Stein!« Dabei lachte sie laut auf, verwandelte sich wieder in eine Elster und flog, den blitzenden Stein im Schnabel, eilig davon, ohne den Spatzen zu bemerken.

Der aber, nachdem er sich vergewissert, der böse Vogel sei wirklich fort, hüpfte nun seinerseits auf die Lichtung. Da sah er nun freilich, daß er noch tausend Jahre nach dem Stein hätte suchen können, ohne ihn zu finden. Denn ungenau nur, wie eine Ahnung nur, trug er die Gestalt eines Vogels. Lange saß er vor ihm und ermunterte den Stein mit herzlichem Piep. Schließlich aber machte er sich auf die Suche nach dem letzten, kostbaren Edelstein, von dem die Zilli gesprochen, fand ihn auch schließlich und verbarg ihn in einem Baumloch, ihn sorglich mit Moos bedeckend.

Nach dieser verschollenen, kleinen Waldlichtung also

ward Monika vom Spatzen Guntram geführt, und als sie dort nach stundenlangem, mühseligem Marsch angelangt waren, sah das Mädchen recht enttäuscht auf den unförmigen, rötlichen Stein, den der kleine Vogel umflatterte. »Ach, Spätzlein!« rief sie betrübt. »Irrst du dich wohl auch nicht? Dies ist ein uralter Stein, wie ihrer Tausende im Walde herumliegen. Schon wächst Moos auf ihm und halb ist er in die Erde versunken – soll das wirklich der Schreiber Bubo sein?«

Der Spatz aber piepte eifrig sein Ja und flatterte schon empor zum Baumloch, um für das ungläubige Mönchen den Edelstein zu holen – da sah er aus der Ferne einen Vogel heraneilen. Schnell flog er wieder hinab und trieb das erstaunte Mädchen mit Flügelschlägen, ja, mit kleinen Schnabelstößen hinter die tiefhängenden Zweige einer alten Tanne. Und kaum war sie einigermaßen geborgen, da senkte es sich aus der Luft und eine schöne, sauber schwarz und weiß gefiederte Elster landete neben dem Stein.

Diesmal mußte es die Zilli sehr eilig haben, vielleicht fürchtete sie, ihre beiden Herren daheim möchten ihr Fehlen merken. Ohne sich weiter viel umzusehen, verwandelte sie sich aus der Elster in die böse Cäcilie und versetzte dem Stein einen Stoß, daß er wackelte. »Ja, du dummer, alter Schuhu, da bin ich wieder! Und nun nehme ich dir deinen letzten und schönsten Stein! Nicht wahr, du platzest vor Wut?!«

Der Stein tat nichts dergleichen, aber die Monika hinter dem Baum entfärbte sich vor Kummer, Bestürzung und Zorn, schon wollte sie vortreten. Aber da hatte Zilli sich zur Erde gebückt und ein paar Zweiglein zur Seite geschoben und dazu gesprochen: »Soll ich ihn dir noch einmal zeigen, das Glitzerdings, den Blitzerstein? Dummer Schuhu, tausend Jahre sitzest du hier noch, alle Ewigkeit steckst du im Stein und hast nicht einmal den Trost, daß du bei deinen Schätzen hockest.«

Doch da hatte sie schon gemerkt, daß der verborgene Stein verschwunden war; auffahrend sah sie wild um sich. Ihr Auge flackerte vor Wut, und zornig rief sie: »Ich bin bestohlen! Einer war hier! Oh, mein schönster Stein, mein liebster Stein, mein glitzernder, funkelnder Herzensstein – wo bist du?«

Da trat schon Monika zwischen den Zweigen hervor (doch der Spatz ließ sich nicht sehen) und klagte: »Zilli, liebste Schwester Zilli! Wie sehe ich dich hier?! Treibst unchristlich Zeug im Gewande des gierigsten und neugierigsten Vogels, der Elster! Schmähst einen Unglücklichen, der in einen Stein gebannt ist, und stiehlst fremde Edelsteine? Zilli, schämst du dich denn gar nicht!? Denke doch einmal daran, wie wir auf der Bank hinter dem Spatzenhofe saßen und sagten einander alle Sprüche her, die wir nur kannten.«

Doch zornig rief die Ziehschwester: »Die Monika, die fromme, brave, scheinheilige Monika spürt mir nach! Hätte ich es mir doch denken sollen! Du, du machst mir mein sauber schwarz und weiß Federröcklein schlecht und hast doch selber einen gemeinen, plustrigen Dreckspatzen ständig um dich, ja sogar im Bett! Du magst es wohl gar nicht abwarten, daß er sein häßlich Gewand abwirft und als schöner Jüngling dich umfängt?«

»Zilli –!« bat Monika.

Aber noch zorniger rief die andere: »Ja, jetzt denkst du, die Erlösungsstunde ist nahe, weil du den versteinten, dummen, häßlichen Schuhu gefunden. Aber der Stein hilft dir gar nichts, denn du weißt den Zauber nicht! Und wüßtest du selbst, daß ein unschuldig Mägdlein echte Tränen über den Steinkopf zu weinen hat, du könntest doch nicht ...«

Hier litt es den Spatzen nicht länger. Daß die Erzürnte das Geheimnis verraten, erfüllte ihn mit Triumph. Mit jubelndem Piepen brach er aus dem Geäst, steigend und fallend tanzte er einen Siegestanz um das Haupt der Geliebten, und sein Piep schmetterte wie eine Kriegsdrommete.

Wütend fuhr Zilli auf ihn los: »Oh, du gemeiner Dreckspatz!« rief sie. »Du Gassenkehrer! Du Roßäpfelkoster! Du, du allein hast mich verraten, gib mir meinen Edelstein heraus, du Dieb, oder ich ermorde dich!«

Steigend und fallend entrann der Spatz ihren greifenden Händen, aber rasch verwandelte sich das Mädchen wieder in eine Elster und drang mit spitzem Schnabel auf den Feind ein. Schreiend suchte der Schutz bei seiner Freundin, und mit sanften Händen, dessen eingedenk, daß in dem Federkleid die Ziehschwester stecke, wehrte Monika den angreifenden Vogel ab. Doch der wußte von solcher Rücksichtsnahme nichts. Mit kräftigen Flügelschlägen, ja mit spitzen Schnabelstößen griff die Elster an. Schärfer schon mußte Monika zurückschlagen, um nur die Augen zu sichern. »Zilli«, bat sie, »meine liebe Schwester, sei doch gut! Sieh, ich muß dir ja weh tun ...«

Aber die andere hörte kein gutes Wort mehr. Schon blutete Monika aus der Wange, dem Ohr. Nun ging ein scharfer Dolchstich mit dem Schnabel scharf am Augapfel vorüber und verletzte die Braue. »Ich kann nicht mehr anders!« rief das Mädchen und schlug den Vogel hinab in das Gras. Während die böse Elster betäubt am Boden lag, rief Monika eilig den Spatzen, der sich bis dahin in ihrem Rücken versteckt, auf ihre Schulter, knotete den Schuhu-Stein in ihr Kopftuch und machte sich fliegenden Fußes auf den Rückweg.

Doch noch war sie erst wenige Minuten gegangen, so war der Vogel wieder da. Wieder erneuerte er seinen Angriff, wieder versuchte sie es mit Abwehren und sanften Worten – aber nichts half: wieder mußte sie ihn zur Erde schlagen. So ging es den ganzen Heimweg. Bald in Elstergestalt mit zornigen Angriffen, bald als Mädchen Zilli mit überredenden oder bösen Worten tauchte die Ziehschwester neben ihr auf und verlangte den Edelstein. Gerne hätte Monika ihr den gegeben, aber sie hatte ihn nicht und sie wagte nicht, den Spatzen nach ihm auszusenden, fest überzeugt, die Elster werde ihn, habe sie erst den Stein, ermorden. So schwankte ihr Herz zwischen dem Kummer um die verlorene Schwester und der Sorge um den verzauberten Liebsten, und sie atmete erst auf, als sie die Tür des kleinen Waldhauses hinter sich schließen konnte.

Lange noch hallten durch Fenster und Türspalt die zornigen Vewünschungen des Mädchens, das Unheil und Tod über sie und alles, was ihr lieb, herabrief. Endlich aber wurde es still, die Schwester, die zur Feindin geworden, hatte sich, wohl ihrer Arbeit eingedenk, entfernt.

»Spätzlein«, sprach die schöne Monika ernst. »Eines bitte ich mir aus und verlange ich auf das Ernsteste von dir: Fliege mir jetzt nicht mehr aus der Hütte! Eine Stunde oder auch zwei magst du dich gerne an der frischen Luft im Flügelspiel vergnügen, wenn ich mit meiner Arbeit vor der Tür sitze. Aber wage dich nicht allein hinaus, die Feindin sinnt auf Mord, und ich möchte meinen Kameraden im einsamen Walde doch nicht entbehren.« Sie errötete ein weniges und fuhr darum um so strenger fort: »Du hast zu Lustfahrten in den Wald auch gar keine Veranlassung mehr, denn dort steht der Stein, den du so lange gesucht. – Wie ich ihn freilich erlösen soll, das weiß ich nicht, denn daß ich über einen Schuhu oder gar im Andenken an den alten, grauhäutigen, mürrischen Schreiber Tränen vergießen sollte – das geht über meine Kraft!«

Statt aller Antwort zerrte und stieß der Spatz in der Kiste unterm Tisch an einer gelben Schale. Dann schaffte er es, und keuchend schleppte er eine Zwiebel vor das Mädchen. »Ach, Spätzlein«, sagte sie gerührt und kraulte ihm den Kopf. »Meinst du, die geheimen Mächte rechnen uns Menschlein die Zwiebeltränen an? Echte Tränen hat sie gesagt, du hast es doch gehört. Ohne Sorge, ohne Kummer und Herzeleid auch keine Erlösung, so ist es gemeint und nicht anders. Wie aber«, fuhr sie sinnend fort, »kann ich wegen des alten Schreibers Herzeleid haben? Ja, du dauerst mich, Pieper, und ganz gerne sähe ich dich wieder in anderer Gestalt, doch meinen Tränen kann ich nicht befehlen.«

So sprach sie, aber der Spatz beharrte auf seinem Willen und zerrte die Zwiebel an ihrem fleischigen dicken Keim nur um so dringender vor das Mädchen. Da sie aber eben rasch ein Essen für die bald heimkehrenden Männer rüsten mußte, so entschloß sie sich für Bratkartoffeln mit Zwiebeln. Eifrig zerschnitt sie die Knolle und eine zweite und noch eine, und fleißig rannen ihr die blanken, hellen Tränen die Backen hinunter und die Nase entlang, der Spatz aber saß ihr gegenüber auf dem Schüsselrand und piepte ermunternd zu der Tränenflut. Als es aber recht floß und tropfte, sprach das Mädchen, weinenden Auges lächelnd: »So wollen wir denn die Wunderkraft der Zwiebeltränen erkennen, Spätzchen« und hielt, nun auch von einer leisen Hoffnung bewegt, das betaute Gesicht über den harten Stein. Träne fiel um Träne und feuchtete den Scheitel des verhärteten Vogels, aber der Stein war Stein und blieb Stein. Da hüpfte der Spatz betrübt, mit hängenden Flügeln und gesenktem Kopf, in einen dunklen Winkel, Monika aber sprach, nicht entmutigt: »Habe ich es dir nicht gesagt, Spatz? Aber ich habe den Spatzen bei mir und der Stein ist auch gefunden. So wird der liebe Gott schon dafür sorgen, daß uns eines Tages die echten, rechten Tränen fließen. Also unverzagt, mein Spatz!« Aber der Spatz blieb mürrisch in seiner Ecke.

Später kamen die Männer von der Arbeit nach Haus und aßen mit rechtem Hunger ihr Essen. Nur der Spatz ließ sich nicht sehen, so daß der Bauer ganz verwundert fragte: »Was ist denn mit deinem Spatzen, Mönchen? Warum fordert er heute nicht seinen Anteil?« – Worauf das Mädchen schalkhaft erwiderte: »Vielleicht liebt er die Zwiebeln nicht.« Aber an diesem Abend konnte Herrn Guntram kein Scherz aus seinem Schmollwinkel locken.

Als dann der Vater schlief, berichtete Monika dem erstaunten Enak die ganze Geschichte von dem Zauberstein, der Elster und dem Edelstein, von den Zwiebeln und dem am Leben bedrohten Spatzen. Da schüttelte Enak gewaltig den Kopf, schwur hoch und heilig, er hätte dem bösen Mädchen den Schlund abgedreht, gleich, ob es gerade ein Menschen- oder ein Elsterhals gewesen sei. In den nächsten Tagen aber dachte und grübelte er gewaltig, und als der liebe Sonntag gekommen war und sie alle nach dem Essen schön behaglich ausruhend beisammen saßen, da hob er aus seiner Truhe ein altes dickes Gesangbuch, und scheinheilig sagte er, ihn dürste so recht nach einer Herzenserbauung und einem Seelentrost. Dann schlug er das Buch bei den Begräbnis- und Sterbeliedern auf und begann, mit düsterster Stimme vorzulesen.

Der Bauer schaute diesem Beginnen recht verwundert, Monika aber mit lachenden Augen zu, und als der Enak nun anfing zu lesen – doch war er kein fixer Leser und brach bald hier, bald dorten einem Wort ungescheut das Genick –, als er nun also las, und über dem Lesen immer wieder bedeutungsvolle Blicke nach der Monika Augen und dem Stein im Winkel schoß – da lächerte es die Monika mehr und mehr, und wenn es auch eine Sünde war, bei den frommen, alten Totenliedern zu lachen, sie mußte, ob sie wollte oder nicht. Das Lachen brach kollernd und glucksend und helle wie ein eiliger Bergbach aus ihr heraus, sie warf sich in den Stuhl zurück, und die Tränen liefen ihr die Backen hinunter ...

Da ließ der Knecht das Gesangbuch fallen, in die Ecke sprang er zum Stein, hielt ihn vor sie –: »Mönchen, Mönchen, laß sie fallen, es sind echte Tränen –!« Weil aber das Mädchen nur abwehrend die Hände bewegte und das Lachen garnicht bewältigen konnte, fuhr er ihr mit den groben Händen ins Gesicht und rieb die erhaschte Feuchte auf den Stein . . .

Monika lachte immer toller, der Bauer schalt und meinte, sein Knecht sei aberwitzig geworden – der Stein aber blieb ein Stein!

Schließlich beruhigten sich alle wieder, und der Bauer konnte fragen, was diese Narreteien denn bedeuteten. Da mußte endlich die Wahrheit gesagt werden, denn mit Frage um Frage drang er weiter und weiter. Schließlich, als er alles wußte, schwieg er lange. Besorgt sahen die Tochter und der Knecht auf ihn, und auch der Spatz hatte sich ängstlich in den äußersten Winkel hinter dem Ofen zurückgezogen. Als das Schweigen sehr lange gewährt hatte, hob der Bauer den Kopf, sah Monika und Enak an und sprach: »Ganz wie Ammenmärchen, ganz wie das dumme abergläubische Geschwätz alter Weiber klingt, was ihr mir erzählt habt. Wenn nicht ihr beide es wäret, von denen ich es höre, würde ich darüber lachen. Aber so will ich denn doch eine Probe machen, die Wahrheit zu erkunden, und so rufe ich denn: Spatz, du da, auf dem Ofen! Bist du mein Neffe Guntram, so fliege auf meine Hand.«

Alle drei sahen gespannt auf das Spätzlein, das aber hockte dort oben auf der grünen Lasur, als sei es sehr schläfrig.

Zum zweiten Mal aber rief der Onkel mit stärkerer Stimme: »Spatz, bist du meines Bruders Sohn, so fliege herbei zu deinem Ohm!«

Da streckte der Spatz seine Flügel, legte sie hübsch lose an den Leib und steckte das Köpfchen darunter, um einzuschlafen. Der Bauer aber sah seine beiden überlegen lächelnd an und sagte: »Was habt ihr mir doch da für tolles und ungereimtes Zeug erzählt! Ist es doch fast, als wäre ich nach dem fetten Essen in einen schweren Schlaf verfallen und hätte geträumt wie ein Narr. Wäre auch nur ein Körnchen Wahrheit in all den Geschichten, so wäre der Spatz auf meine Hand geflogen. Nun verbiete ich euch aber strengstens, je wieder an diese Dinge zu denken. Den gemeinen Hausspatz will ich hier noch dulden, weil er dir nun einmal lieb geworden ist, Mönchen, und weil er weiter nichts ist als ein Spatz. Der dumme Stein aber muß mir sofort aus der Stube.«

Damit faßte der Bauer den Stein und schritt aus der Tür. Zuerst wollte Monika Einspruch erheben und dem Fortschaffen des so mühselig gesuchten, so gefahrvoll heimgetragenen Steines widersprechen, und nicht nur ihr Respekt vor dem Vater hielt sie zurück. Sondern sie bedachte, indes sie unter der Tür stand und sah, wie der Bauer mit dem Stein ein Stück weiter ging und ihn dann auf einen Haufen anderer Steine am Wegrande warf – sie bedachte, daß sie doch nie ehrliche Tränen über den versteinerten Schuhu würde weinen können und daß darum dieser Weg zur Erlösung und Errettung versperrt sei.

Darin aber irrte sie. Immer wendet sich das Leben anders, als wir Menschenkinder meinen, und eines Tages werden wir da lachen und dort weinen müssen, wo wir es nie gedacht. Der Spatz Guntram nämlich war recht listig auf dem Ofendach sitzen geblieben, er hatte längst bemerkt, daß der Onkel dem kleinen Freunde der Tochter nicht recht wohl wollte; als sei er fast eifersüchtig, hatte er den armen Pieper oft von der Schulter des Mädchens in den Winkel gejagt, ja, er hatte es der Monika manchmal mit harten Worten verwiesen, den Spatzen von ihrem Tellerchen mitpicken, aus ihrem Becherchen mittrinken zu lassen. War der Onkel aber schon dem hilflosen Graurock böse, wie mußte er da erst dem in einen Spatzen verwandelten Neffen zürnen, dem er das ganze Zauberwesen, das ihn um den Hof gebracht hatte, als Schuld anrechnete!

So steckte er denn lieber den Kopf unter die Flügel und tat, als ob er schliefe. Er schlief aber nicht, sondern er dachte wieder einmal darüber nach, wie dem Onkel und dem Mönchen, und dem Knechte Enak auch, aus der jetzigen bedürftigen Lage zu helfen sei. Dafür aber schien der schöne Glitzerstein im Baumloch das beste Mittel. Die Base Monika hatte immer auf dem Dorfe gelebt, das billige blaue Steinlein in ihrer seligen Mutter Ring war ihr der schönste und kostbarste Stein auf der Welt. Er aber hatte in der großen Stadt oft die Händler mit seltenen Pretiosen und kostbaren Steinen in die Häuser der Reichen gehen sehen, ihre Gesellen hinter sich und ihre Scharwache um sich. Dabei hatte er wohl erfahren, daß um einen solchen Stein zwei stattliche Höfe, ja, gar zwölf oder zwanzig zu haben seien – so unermeßlich groß war ihr Wert! Saßen der Onkel und die Base aber erst wieder einmal recht behäbig im auskömmlichen Eigentum, so würde die Monika schon dafür sorgen, daß die weisesten Männer zu seiner Entzauberung gerufen würden.

Freilich hatte es ihm nun die Monika strenge verboten, allein auszufliegen, und zu einem andern Ausflug zu zweien war sie nach dem Mißerfolg mit dem versteinten Schuhu sicher nicht zu bewegen. Aber der Spatz Guntram meinte, dieses Verbot habe nur wegen der mörderischen Elster gegolten, und da die sich seit jenem Tage nicht mehr hatte sehen lassen, so dürfe er es wohl wagen. Doch so recht vor den klaren Augen des geliebten Mädchens davon zu fliegen, das wagte er nun doch nicht. Sondern er wartete, bis einmal ein überkochender Topf sie vom Zuschauen bei seinem Lust- und Freudentanz draußen vor der Hütte abrief – und als sie wieder kam, war das Spätzlein fort!

Oh, wie rief und lockte da die Monika, wie lief sie den einen Waldweg hinauf, den andern hinunter! Wie winkte sie mit ihrem Tuch, mit wie zärtlicher Stimme, mit welch herzgerührter Besorgnis bat sie den Ausreißer, doch wieder heim zu kommen! Weiter und weiter fliegend, hörte der sie noch lange, und beinahe hätte es die sanfte Gewalt in der eigenen Brust über ihn vermocht, wieder umzukehren. Doch er war nicht nur ein Liebender, sondern auch ein Mann – und steckt denen erst etwas im Hirn (und sei es ein Spatzenhirn), muß es getan werden.

Recht traurig verrichtete die Monika ihre Hausarbeit, und daß sie an diesem Tage den Speck schälen, die Kartoffeln aber ausbraten wollte, das merkte sie fast gar nicht. Immer wieder trat sie unter die Tür der Hütte und spähte in den blauen Frühsommerhimmel – viele Lerchen lobten als kleine, schwirrende Pünktchen, fallend und aufsteigend, den Tag, aber ihr Spätzlein war kein solch Pünktlein. »Ach, du Böser«, klagte sie. »Hattest du es nicht warm und gut bei mir, und habe ich dir nicht jeden Tag alle Freiheit zu deinem Federspiel gegeben?! Habe ich dir nicht alles erzählt, was ich durfte, und haben dir nicht meine Augen gesagt, was ich nicht erzählen durfte?! Nirgend auf der Welt fandest du eine bessere Statt als bei mir – du aber fliegst mir schnöde fort! Aber eben: du bist nicht nur ein Spatz, du bist auch ein Mann. Die zärtlichste Liebe kann euch nicht halten; je behaglicher ihr haust, um so stürmischer drängt ihr ins Kalte, in die Welt, zu den dummen und unnützen Abenteuern! Ach, Spätzlein, du bist mein Freund nicht mehr – nun habe ich keinen frohen Gesellen mehr auf der Schulter, keinen Mitschmauser auf dem Tellerrand, keinen Backenwärmer abends im Bettchen!«

So klagte das schöne Mädchen, und wenn ein Ast sich bewegte, lief sie hin – es war aber nur der Wind! Und wenn am Waldrande etwa ein Geräusch laut wurde, lief sie hin – es war aber nur ein Tannzapfen, den der Eichkater abgeworfen! »Eichkater, Rotrock«, rief sie. »Kannst du mir nicht sagen, wohin mein Geselle gelaufen ist? Du eilst so geschwinde durch die Zweige, lauf ihm doch nach und sage ihm, daß ich auf ihn warte und um ihn trauere – du sollst auch im Herbst die schönsten Nüsse von mir bekommen, Buschschwanz!«

Der Eichkater sah sie mit seinen blanken, schwarzen

Augen neugierig an und sprang dann auf einen andern Ast, sich mit seiner Gefährtin jagend, traurig ging da Monika in ihre Hütte zurück. Die Sonne stieg und stieg, und nachdem sie ihre gemessene Zeit am Himmel emporgestiegen war, begann sie, gegen West zu sinken – aber der Spatz ließ sich nicht sehen. Noch einmal trat das Mädchen unter die Tür, rief, lockte und winkte – doch wiederum vergebens. Da sprach sie zornig: »So will ich mich denn auch nicht mehr um ihn bekümmern, ihm macht ja auch mein Schmerz keinen Kummer! Einmal schon hat er schnöde an mir gehandelt, als er mich küssen wollte, als sei ich irgendein beliebiger Honigtopf, von dem jeder schlecken kann. Und jetzt kränkt er mich wiederum! Nein, nun setze ich mich mit einer Näharbeit auf die Ofenbank, und er kann vor der Türe betteln und flehen, ich lasse ihn gar nicht ein.«

Damit nahm die Erzürnte ihr Nähzeug, eine Hose vom Enak dazu, in die der Zweig eines fallenden Baumes ein Loch gerissen, und begann zu stopfen, ohne wieder hoch zu sehen. In ihrem Zorne aber – und vielleicht nicht nur in ihrem Zorn – hatte sie die Hüttentür offen gelassen, so daß dem heimkehrenden Herumtreiber ihr Schwur nicht viel Beschwer machen konnte. Da saß sie nun und stopfte ihren Zorn in Enaks Hosenriß, und wenn sie immer eifriger darauf einstach und am Faden zog und zerrte und dabei schalt: »Du unnütz Ding – verquack und verquer!« – so meinte sie nur die Hose und sonst nichts.

Plötzlich aber hörte sie ein ängstliches Piepen und Flattern, böse erklang ein triumphierendes »Schackerack!« – hastig ließ sie alles fallen, uneingedenk ihrer Vorsätze, und stürzte unter die Tür. Da sah sie ihren kleinen Spatzen aus der Luft auf die Erde taumeln, mit spitzem Schnabel aber stieß, siegreich »Schackerack« schreiend, die Elster auf ihn ein, daß die Federn stoben! Sie lief hinzu und scheuchte mit lautem Zuruf den bösen Vogel.

Der aber achtete ihrer gar nicht, sondern stieß immer nur schärfer auf den ermatteten Pieper, daß das blasse Blütlein floß und daß der Vogel sich immer tiefer zwischen Stein und Gras verkroch, aber doch nicht dem scharfen Schnabel der Feindin entrann.

Mit der Hand schlug sie nach der schlechten Pflegeschwester. Die aber hüpfte seitwärts, rief noch einmal voller Hohn »Schackerack« und entfloh, etwas Blitzendes im Schnabel. Bei dem kleinen, zerhackten Geliebten kniete das gute Mädchen, müde regten sich noch einmal die Glieder. Er suchte das Köpfchen gegen sie aufzuheben und vermochte es doch nicht mehr. »Mühe dich nicht, Lieber, Liebster!« rief sie weinend. »Ruhe dich aus! Oh, wie hat doch die böse Zilli dir dein Leiblein zerhackt! Was soll ich denn anfangen ohne dich, Spätzchen?! Guntram, du warst doch der Schein im Dunkel und die Fröhlichkeit in der Trauer!«

So klagte sie, und reichlich flossen ihre Tränen um den Entseelten. Da aber rührte es sich im Grase: aus einem Stein ward ein Uhu und aus einem Uhu der Schreiber Bubo. Der aber krächzte recht grämlich: »Was ist das doch für ein klägliches Gewinsel und Geschrei?! Du müßtest doch der Elster Zilli von Herzen dankbar sein, hat sie dich doch dazu vermocht, mir endlich den Scheitel naß zu weinen – lange genug steckte ich in dem verhaßten Stein.«

»Aber mein Spätzlein ist tot!« rief das Mädchen zornig. »Nicht um deinetwillen habe ich geweint, du alter böser Bubo du!«

»Tränen sind Tränen«, knarrte der Bubo recht gleichmütig. »Und dies waren welche von den echten, die die Engel da droben zählen. Was aber deinen Spatz anlangt, so habe ich in meinen zehntausend Lebensjahren schon schlimmere Wunden gesehen, die ein heilkluger Finger doch wieder schloß – sieh nur!«

Damit fuhr er mit seinem verstaubten, grauen Finger

über das zerhackte Federkleid und – siehe! – als habe er nur geruht, schwirrte der Spatz auf und jubelnd ihr um den Kopf. »Spätzlein, o du mein Spätzlein!« rief sie freudig. Der Vogel aber tanzte um sie, als sei er freudentoll, legte bald seinen Leib an ihre Wange, küßte bald ihre Lippen mit dem Schnabel und rief unermüdlich sein Piep!

»Da hat man es«, sagte der Schreiber sehr griesgrämig. »An nichts wird gedacht von euch Liebesleuten. Der kostbare Edelstein ist fort, aber das kümmert ihn nicht mehr, seit er darum beinahe gestorben – nun wird Mündlein geschleckt!«

»Wie Ihr doch garstig seid!« rief Monika errötend. »Er ist doch nur ein Spatz.«

»Nun, nun«, meinte Bubo. »Ich will nicht sagen, was ihr tätet, stellte ich jetzt mit einem Wort deinen echten Guntram neben dich, Mädchen. Das Schlecken hat es an sich, daß man stets schleckriger davon wird. – Doch die Zeit drängt, in zwei Stunden geht die Sonne zur Ruhe, bis dahin muß viel getan sein. Sei mir nicht böse, Schöne, wenn ich dir den Liebsten noch einmal entführe, es ist gewiß das letzte Mal, und als fröhlicher Bursch kehrt er heute abend zu dir zurück. – Komm, Spatz, setze dich auf meinen Rücken.«

Der weise Bubo aber war so schlimm nicht wie er tat: er ließ den beiden noch Zeit zum Abschied. Nur in einem war er unerbittlich: einen Guntram wollte er ihr nicht, und sei es für eine Sekunde nur, vor das Angesicht stellen. »Heute abend, nicht eher!« brummte er. »Sonst kommen wir nie fort.« Damit verwandelte er sich wieder in einen Schuhu, faßte mit dem krummen Schnabel den Spatzen und setzte ihn sich auf den Rücken. Eilig entschwebte er, hinunter zum Spatzenhof, und das Mädchen sah den beiden nach, weinend und lachend, voller Liebe und Furcht, bis sie ganz in blauer Sommerluft zergangen waren. Dann trat sie zurück in das Haus, hob das verstreute Nähzeug auf und stopfte, aber nun fein sachte und liebevoll, weiter an des Enak Hose. –

Kurz war der Flug nur bis zu der großen Linde mit den drei abgestorbenen Zweigen am Spatzenhof, und hätte unser Spatz, Herr Guntram Spatt, gewußt, daß dieses der letzte Flug seines Erdenlebens sei – mit anderen Augen hätte er hinabgeschaut auf das von der sinkenden Sonne milder beschienene Land. So aber dachte er nur seines Mädchens, das er, kaum wiedergefunden, schon von neuem hatte verlassen müssen, und gar unfreundlich klang ihm die Stimme des weisen Schuhu im Ohr, der ihn auf dem abgestorbenen Lindenast neben sich Platz nehmen hieß und also sprach: »Spatz, du frecher! Höre mich an, unbesonnener Guntram! In deine Hände allein ist nun das Schicksal von dir, dem Mädchen Monika und dem Ohm Spatt gelegt. Mir ist nur der Auftrag geworden, dir deine menschliche Gestalt zurückzugeben und sie gegen alle Zaubersprüche der schwarzen Magie für alle Zeiten fest zu machen. Von dem, was du nun in den nächsten Stunden tun wirst, von deiner Bedachtsamkeit, deiner Klugheit und deinem Mut, wird es abhängen, ob du den Hof aus den Klauen der arglistigen Feinde dem geliebten Mönchen retten und damit die Braut dir gewinnen wirst.«

Aufmerksam lauschend sprach der Spatz manch freundliches Piep.

»Aber merke wohl«, fuhr der weise Schuhu ernst fort, »bis die Sonne unter den Horizont gesunken ist, muß das Werk vollendet sein. Was bis dahin nicht ausgetrieben ist, bleibt im Spatzenhofe nisten. Vater und Onkel haben es einstens, trotz deutlicher Anzeichen und Warnungen, versäumt, die böse Eulin Petronilla auszutreiben, ja, sie haben sogar noch den Wechselbalg Zilli von ihr einschleppen lassen – handle du nun nicht so! Lasse dein Herz nicht von Weibertränen oder einer hübsch gerundeten Schulter erweichen – läßt der Mensch dem Übel auch nur eine kleine Stätte in Haus oder Herz, wird es bald alles überwuchern. Sei hart, Guntram Spatt!«

Zustimmend piepte der Spatz.

»Ich selbst darf dir nun nicht mehr helfen«, sprach recht verdrießlich der Schuhu. »Doch werde ich mit nicht geringer Spannung hier in der Linde sitzen und das Ergebnis deiner Taten abwarten. Wegen eines kleinen Versehens nämlich«, fuhr der große Vogel fast verlegen fort, »bin ich verurteilt, in den nächsten zehntausend Jahren die kostbarsten Edelsteine der Erde zu sammeln und sie mit Hilfe eines Esels in einer gemeinen Mühle zu Sand zu zermahlen. Eine recht widrige, ja, mein Herz empörende Aufgabe! Gelingt dir aber die Austreibung alles Bösen, werde ich frei zu besserem Werke!«

Stille schwieg der weise Schuhu. Und stille saß neben ihm der Spatz. Schließlich raffte sich der große Bubo aus seinem trüben Sinnen, schüttelte das Gefieder und sprach: »Du kennst das Fenster dort im weißen Giebel, hinter ihm hast du einst eine Nacht als Gast gehaust. Nun ist es mit gekreuzten Latten enge vernagelt, denn gefangen schmachtet dahinter dein Nebenbuhler, der gemeine Dreckspatz. Durch eine der Lücken werde ich dich schieben, dich entwandeln – und dann weise ans Werk!« Er rollte seine großen Augen gegen den kleinen Federgefährten und sprach sachter: »Viele Jahre, lieber Bruder, hast du mir am Schreibtisch gegenüber gesessen, Papier besudelnd und Aktenstaub atmend. Immer hast du junges Blut mich gedauert, daß du dein Leben bei so trockener Beschäftigung vertun solltest, und immer hat dein freundliches, offenes Wesen mir gut getan. Sei weise, kleiner Freund – wir sehen uns nun nicht wieder!«

Damit packte der krumme Schnabel den Guntram, hob ihn auf, die großen Fittiche trugen ihn lautlos zum Fenster. Durch die Latten fühlte er sich geschoben und flatterte gegen den Kammerboden. Noch einmal krächzte die vertraute Stimme: »Piff-Paff-Puff – werde auf ewig der Guntram Spatt!« – und er fühlte, wie sich seine Glieder dehnten und streckten. Auf fuhr er zu ungewohnter Höhe gegen die Decke, daß er den Kopf einzog in Furcht, er möchte ihn an dem Tragebalken zerstoßen. Frei und grade stand er dann im Raum, ein Mensch wie seit Monaten nicht mehr. Ängstlich versuchte er ein paar Schritte, mutiger ging er wieder zurück, stolz wanderte er hinwärts, aufrecht zurück – ah, wie schön war der fest auf den Boden gesetzte Schritt des Menschen, wie lächerlich dagegen das leichtfertige Gehüpfe der Spatzen! War es ihm doch, als sende die gute Mutter Erde ihren Lieblingskindern, den Menschen, immer neue Kraft durch die Sohlen in den Leib. Er schwenkte die Arme, er freute sich auf den Kampf! Nichts Geringes war es, ein Mensch zu sein, mochten sie immer in vielfältigen Verwandlungen ihn umtanzen – siegreicher als alles war der Mensch!

Aus der Ecke des durch die Vergitterung fast dunklen Gemaches drang ein schwaches, hinsterbendes Piep. Sachte trat er näher, und das nun an die tiefe Dämmerung gewöhnte Auge sah: Er sah sich selbst; hockend auf einer dicken Stange, nach Spatzenart, saß er selbst da im Winkel. Ein graubrauner Mantel war um die abgemagerten Glieder geworfen wie ein zu loses Gefieder. Ins vertraute, fremde Menschenantlitz hingen die zottligen Haare, die Arme waren eng an den Leib gelegt, als seien es die Flügeldecken. Erschüttert rief Guntram: »Bruder Spatz, ermuntere dich! Die Zeit der Plage ist vorüber. Über ein Kleines fliegst du draußen wieder in der frischen, freien Luft, nicht mehr mache ich dir dein graubraunes Gefieder streitig!«

Doch nur mit einem kläglichen Piep antwortete der Unselige, der Gefangene. Wo waren sein frecher Mut, der Glaube an seine Überlegenheit, die Unbekümmertheit? Alles war zerbrochen und vergangen, und hartnäckig war ihm nur der eine Gedanke geblieben, auch in Menschengestalt nichts zu sein als ein Spatz. Sein leichtes Federwerk hatten sie ihm fortzaubern, seinen frechen Mut hinter Gittern ersticken können, aber er war ein Spatz und er blieb ein Spatz; mit Menschenzunge sprach er doch nichts als ein Piep!

»Komm hervor aus deinem düsteren Winkel, Bruder Spatz!« rief Guntram ermunternd. Aber teilnahmslos hockte der Spatz auf der Stange und sah sein menschlich Ebenbild nicht einmal an. Dem fiel es ein, wie der weise Schuhu ihn gewarnt, weich zu sein, ihm geboten hatte, Härte zu beweisen; mit kräftiger Hand hob er das menschliche Ebenbild von der Sitzstange, trug es unter das Fenster, ließ es dort hinsitzen. »Hier ist doch ein wenig mehr Licht, Bruder!« rief er. »Schau empor, es findet sich schon eine Rettung.«

Und siehe! vom matten Schein des Lichtes getroffen, hob der Unglückliche den Kopf gegen das Gitter, flügelschlagend bewegte er die Arme, mit den Füßen stieß er sich ab vom Boden – umsonst! Mit einem wehen Piep sank er wieder, in die menschliche Form gebannt, auf den Boden. Ratlos sah Guntram auf ihn hinab, dann auf das Fenster, als erwarte er den weisen Bubo mit Ratschlag oder Hilfe. Doch kein Bubo kam, nur ein Spatzenfederchen bemerkte er, das wohl vorhin beim Durchschieben im Lattenwerk hängen geblieben war. Leise spielend bewegte sich das zarte Gefieder im Luftzug. Mit vorsichtiger Hand löste er die Feder, sah nachdenklich auf sie, dann auf den fast ohnmächtig Liegenden. Unwillkürlich beugte sich Guntram, legte ihm das Federchen vor die Nase – und sie, die kaum sich im schwachen Atemzug des fast Entseelten bewegte, rührte sich schon mehr. Stärker ging der Odem beim Aus- und Einatmen. Unter dem losen Mantel bewegte sich kräftig die Brust; es war, als wehe aus dem Federchen frischer Mut in den erschöpften Leib.

Staunend sah Guntram die Verwandlung, unter seinem Blick wurde die Nase spitz und spitzer, die gelblichen

Wangen wurden weich hellgrau, nahe rückte der Schädel an die Nasenwurzel – »Piff-Paff-Puff – werde auf ewig ein Spatz!« rief es Guntram dem Meister Bubo nach. Und schon hob es sich, befreit piepend, von der Erde, kaum eine kleine Weile, so wirbelte es fröhlich durch die Luft. Dann breitete der gemeine Spatz, Passer domesticus, die Flügel; ganz seinen frechen Gewohnheiten wiedergegeben, beschmutzte er kräftig die Schulter des Befreiers und fuhr aus dem Fenster, lustig der Sonne entgegen piepend.

Mit dem braunen losen Mantel, den der Flüchtige verschmäht, säuberte sich Guntram lächelnd die Schulter. Dann machte er sich an eine Untersuchung der Kammer, so gut es die Dämmerung eben zuließ. Er fand, daß man dem Gefangenen zuliebe alle Möbel entfernt, nur war an jeder Ecke eine kräftige Sitzstange angebracht, daß der verzauberte Spatz in der Erinnerung an sein freies Dasein ein wenig hüpfen könnte. Auf dem Boden der Kammer standen noch zwei Schüsseln, die eine mit Körnern, die andere mit Wasser, sonst enthielt das Gemach nichts.

Zornig rüttelte Guntram an der fest verschlossenen Türe, kräftig knallend schlug er mit den Stiefeln gegen das knackende Holz, laut schrie er: »Hunger! Hunger! Gebt mir Brot und Braten, ihr Lauser! Butter herbei und Speck! Schnell, es eilt!« Und so sehr füllte er das Haus mit seinem tosenden Lärm, daß er bald einen Schlürfeschritt auf dem Gang hörte, Schlüsselklirren vernahm, und dann klagte eine brüchige, hohe Stimme: »Was machst du doch für einen Lärm, ungezogener Spatz! Warte, wenn der Herr Rat Asio kommt, der hackt dir die Augen aus! Willst du gleich ruhig sein – was sollen denn die Nachbarn vom Hoferben denken!«

Doch unermüdet schrie Guntram auf seiner Seite der Türe: »Essen will ich! Hunger hab ich! Bringt mir Essen, bin ich still, sonsten schrei ich, wie ich will!«

»Aber, Spätzlein!« schmeichelte der alte Habergreis angstvoll. »Sei doch vernünftig. Hat dir deine Freundin

Zilli nicht einen ganzen Napf schönster Körner hingestellt? Unmöglich kannst du sie schon gepickt haben. Sag, soll ich sie rufen, die Zilli, daß sie dir wieder dein Köpfchen kraut gegen die böse Melancholie?!«

Aber noch lauter schrie Guntram: »Körner hab ich, Braten will ich! Stellst du mir nicht Essen rein, werd ich immer lauter schrein!«

Doch wieder bat der alte Habergreis: »Spatz, seit wann pickst du Braten?! Hast du doch so schöne Körner, das ist die rechte Spatzenweide!«

Und wieder Guntram: »Mit Körnern ist es jetzt vorbei! Den Braten schafft mir mein Geschrei!« Und dabei trommelte er so heftig gegen die Türe, daß ihr Holz in allen Fugen krachte und die Eisenbänder ächzten und quietschten.

Nachgebend schrie der Alte in den Lärm: »Ich renne ja schon, ich fliege, Spätzlein! Einen Augenblick nur Geduld! Braten haben wir zwar nicht, aber es mag sein, daß ich noch einen Zipfel Wurst in meiner Lade finde. Der wird dir köstlich munden, warte nur, ich reibe auch den Schimmel schön ab!« Damit schlurfte der Greis mit zitternden Beinen von dannen, indes Guntram stets weiter lärmte.

Und wirklich verging keine lange Zeit, da wurde der Schleiche- und Schlurfeschritt wieder hörbar, und der Alte bettelte an der Tür: »Schlag doch nicht so gegen das gute Holz, Spatz, es nützt sich doch ab. Sieh, ich habe dir auch einen schönen Schnabelbissen mitgebracht, eine dicke Käserinde, gut hart fürs Picken.«

Der listige Guntram, dem es nur darum zu tun war, daß Habergreis ihm das Verlies öffnete, rief: »Auch Käserinden lieb ich sehr, gib mir nur rasch die Rinden her!«

»Gleich, gleich«, rief es. »Stelle dich nur fein unters Fenster, Spätzlein, daß ich dich durchs Schlüsselloch sehe, ehe ich öffne. Der Herr Rat Asio würde mir wohl ewig zürnen, ließe ich dich entflattern.«

Nicht gern folgte Guntram dem Wunsch, doch stellte er sich gehorsam ins Hellere, denn er bedachte, daß der Alte, sobald er den Schlüssel ins Schloß gesteckt, nicht mehr nach ihm spähen könnte. Und kaum hörte er das vorsichtige, leise Schieben und Reiben des Schlüssels, eilte er lautlos zur Tür und stand mit angehaltenem Atem bereit loszuspringen, sobald die Tür nur um einen Spalt wiche! Aber der alte Geizhals war auch schlau; ehe er die Tür öffnete, fragte er nochmals ängstlich: »Stehst du auch noch unterm Fenster?! Piepe doch einmal kräftig!«

Hurtig hielt Guntram das Ärmelloch gegen den Mund und piepte hohl hinein. »Oh, wie piepest du doch so hohl und fremd, Spatz!« rief der Alte mißtrauisch.

»Weil Hunger ihn im Leibe kniepet, der Spatz gar so erbärmlich piepet«, hauchte Guntram in seinen Ärmel. Da wich die Tür – mit einem Stoß stieß Guntram sie vollends auf, die köstliche Käserinde fiel zu Boden. Und mit den Armen wie mit Flügeln schlagend, mit dem Kopfe hackend, drang er auf den zu Tode erschrockenen Alten ein: »Gibst du nicht dein Geld heraus, pick ich dir die Augen aus!«

Jämmerlich kreischte der alte Habergreis auf, floh eilends; aber ununterbrochen hüpfte Guntram hinter ihm her, den mahnenden Vers rufend. Und dieses Mal ließ er es nicht mit Drohungen sein Bewenden haben, manch kräftiger Stoß und Schlag traf den Geizhals Habergreis, der einen so unbarmherzigen Kerkermeister für den armen Spatzen abgegeben hatte. Mit dem immer jammervoller wiederholten Schrei: »Der Spatz ist los! Hilfe, der Spatz ist los!« eilte der alte Wucherer den Gang hinab, stürzte sich halb fallend die Treppe hinunter, und entrann doch weder Schlägen noch Geschrei: »Rennst du nicht zum Haus hinaus, mach ich gleich dir den Garaus!«

Über den Hof mit seiner Miststatt ging die wilde Jagd zum Hintertor hinaus gegen den Rand des Waldes zu, in dem der Greis, jammervoll ächzend und klagend, verschwand. Was aus dem bösen alten Steinherzen geworden, davon gibt es keine sichere Kunde. In die Stadt jedenfalls, zu seinen Schätzen, ist der alte Habergreis nicht wieder heimgekehrt. Vielleicht aber meinen die Leute ihn, die da erzählen, bei nächtlicher Wanderung würden sie manchmal im Walde von einem jämmerlich klagenden Greis angesprochen, der sie um eine milde Gabe bitte. Bis an den Waldrand mitkommend, lasse er nicht ab mit Betteln, Greinen, Weinen. Da aber zergehe er in die Luft. –

Schweißtriefend kehrte Guntram auf den Hof zurück. Recht sehr hatte es ihn doch gewundert, daß keine Seele sich auf das Hilfegeschrei des Greises gezeigt hatte! Aber wie emsig er auch in Haus und Stall suchte, niemanden fand er. Doch mußte sein Suchen auch umsonst sein, denn gerade am Tage zuvor hatten alle Dienstboten, müde des ewigen Hungers, den Hof verlassen. Doch wohl erbarmte ihn des Viehs, das mit heraussstehenden Rippen und hängenden Köpfen in den Futtergängen stand. Mit dem Schlüsselbund, das der alte Habergreis droben auf dem Gang verloren, öffnete er die fest verrammelten Kisten, schüttete den Pferden Hafer, den Kühen Schrot, den Schweinen Futtermehl in die Tröge, sah den aufglimmenden Lebensfunken in ihren Augen, als sie sich gierig ans Fressen machten, und stellte sich dann ans Fenster zum Garten, abzuwarten, bis das Getier seinen ersten Hunger gestillt und ihm eine zweite Mahlzeit zu geben wäre.

Wie er da nun aber aus dem Fenster in den Garten sah, merkte er bei der Laube, die ihm zuerst bei seiner Ankunft Unterschlupf gewährt, ein starkes Glitzern. Aufmerksamer schaute er hin, und nun sah er eine Elster aus der Laube heraushüpfen mit einem Edelstein im Schnabel, den sie sorgsam in den Sand legte. Nun hüpfte der Vogel, mit dem langen Schwanze wippend, eitel und gierig um seine funkelnden Schätze. Er rückte hier ein wenig, schob da ein bißchen und war so vertieft in das bläulich-gelblich-diamantene Gefunkel, daß er den heranschleichenden Guntram gar nicht bemerkte.

Den gelüstete es sehr, den Vogel zu fassen und ihm mit einem kräftigen Griff den Hals umzudrehen. Denn er dachte nicht nur daran, daß dieser böse Vogel ihn ohne des weisen Bubo Hilfe und seines Mönchen Tränen fast vom Leben zum Tode und aus aller Liebe gebracht hätte. Sondern er erinnerte sich auch dessen, daß diese Pflegeschwester der Monika mit so viel Undank und Herzlosigkeit die empfangene Guttat von Ohm und Base vergolten hatte.

Doch wieder besann er sich auf des Schuhu Mahnung, bedachtsam und weise zu sein, und so griff er nicht nach dem Vogel, sondern nach den Steinen, die er mit einem raschen Griff in seine Hand raffte. Mit einem erschreckten »Schackerack« flatterte die Elster auf, und im nächsten Augenblick stand die Zilli vor Guntram. »Gib mir meine Steinlein wieder, Spätzlein«, sprach sie schmeichlerisch. »Schöne Körnlein sollst du auch von mir haben, und immerfort will ich dein Köpflein krauen! Wie bist du denn aus deinem hübschen Bauer gekommen, mein lieber Spatzenvogel?«

»Du sprichst nicht«, antwortete Guntram finster, »mit dem dummen Spatzen, Zilli. Sondern der wahre Guntram steht vor dir, böse Elster, den du vor zwei Stunden für tot liegen gelassen hast, von deinen Schnabelhieben zerfetzt. Nun ist es vorbei mit deinen hübschen Steinlein, und auch dein hübsch schwarzweiß Gefieder wird der Meister Hämmerling zu Asche brennen.«

Todesblässe überzog das Gesicht des Mädchens, Tränen der Angst stürzten aus ihren Augen. Auf die Knie fiel sie vor ihm, faßte bittend seine Hand und flehte: »Ach, lieger guter Herr Guntram, seid doch nicht gar so hart zu mir! Nie habe ich Euch und der schönen Monika etwas Böses tun wollen. Herzlich lieb wart Ihr mir beide, und alles, was ich getan habe, tat ich nur auf das Geheiß des bösen Asio und der Muhme Petronilla, in deren Fängen ich von Jugend auf jämmerlich lebte!«

»Du lügst, Böse!« sprach Guntram ernst. »Deine Tränen können mich nicht erweichen. Einst saß ich als Spatz in dieser Laube unter der Bank und hörte, wie du den braven Enak zu einem Anschlag auf mein Leben anstiften wolltest. Auch ist mir wohl bewußt, wie grundlos du den versteinten Bubo geschmäht und geschlagen – und diese Glitzersteine, sage doch an, hast du sie für den Herrn Rat Asio gestohlen oder für dich?«

Stärker weinte das Mädchen, beschwörender rief es: »Es ist ja alles wahr, was Ihr sprecht, hoher Herr Guntram. Ja, ich war böse und ich habe gerne das Böse getan. Aber trage ich allein die Schuld? Höret doch, wendet Euer Gesicht nicht fort, ich beschwöre Euch! – Ist es nicht schlimm für ein klein Kindlein, wenn der Pflegevater der eigenen Tochter alle Liebe spendet, daß für das angenommene Kind nichts über bleibt? Wer hat mich denn je auf den Arm genommen? Wer hat mich geherzt und geküßt, in mein Bettlein gelegt, warm zugedeckt und gesprochen: Schlafe gut, mein liebes Kind?«

Seine Hand ihrer klammernden zu entziehen, wandte sich Guntram ab; weicher wurde ihm der Sinn, denn er fühlte, viel Wahres sprach sie.

»Hört mich noch einmal an!« bat sie dringender. »Ich gelobe Euch mit allen Eiden, ich will mich bessern! Ich will gut werden! Viel kann ich Euch helfen! Merket wohl, Ihr vermöget nichts und nie etwas über den Herrn Asio, wenn Ihr nicht die Papiere habt, die in der Eisentruhe unter dem Kanapee des Wohnzimmers liegen. Dreimal müßt Ihr mit dem Knöchel des kleinen Fingers der linken Hand gegen den Deckel klopfen und sprechen: ›Bleibe zu, Decklein!‹ – dann tut er sich auf! Seht, nicht einmal der Herr Rat weiß, daß ich sein Geheimnis, listig als Elster spähend, erlauscht – Euch aber sage ich es!«

Weich sah Guntram auf die Weinende, zur Verzeihung war sein Herz bereit, und sie fühlte es wohl. Liebevoll hob sie ihr Gesicht zu ihm auf, sie flüsterte: »Schenket mir doch meine Steinlein, Herr Guntram!« Lieblich wölbte sich ihm der Frauenmund zu, mit einer leisen Bewegung löste sie die Schulter aus ihrem Gewand, das zurückglitt und den reizendsten Busen entblößte.

Doch als Guntram das perlmutternglänzende Fleisch, die zarte Rosenknospe gewahrte, gedachte er nicht nur der Warnungen des weißen Schuhu und des Spruches: Küssemund ist ungesund. Auch seines eigenen lieben Mädchens gedachte er, das sich so schämig stets vor ihm bewahrte. »Schamlose!« rief er und riß sich von ihr los, daß sie taumelnd hinglitt. »Nun sollst du sehen, wo deine Glitzersteine bleiben!«

Eilend lief er zu Hof und Ziehbrunnen, indes die Arge ihn, schon wieder zur Elster verwandelt, schreiend umflatterte. Über dem Brunnenrund öffnete er die Hand, in der Sonne aufblitzend wie ein Regen kalten Feuers fielen die Steine hinab in das Dunkel. – Kläglich klagte die Elster, vergeblich suchte sie, mit dem Schnabel wenigstens einen der fallenden zu erhaschen . . . umsonst! Auch der letzte fiel, leise plätschernd, in das Wasser, und mit einem »Schackerack!« stürzte ihm die Elster ins Dunkel nach.

Lange stand Guntram noch, rufend und lockend, über den Brunnen gebeugt. Aber der Vogel kam nicht wieder, ertrunken ruhte er wohl unten im lichtlosen Wasser bei den Schätzen, die einzig sein Herz geliebt. –

Langsam ging Guntram zurück in das Haus. Der Geizhals Habergreis war vertrieben und die Elster Zilli ertrunken, aber die schwerste Aufgabe, den Rat Asio zu besiegen, stand ihm noch bevor. Ob an den eben gehörten angstvollen Worten der Zilli etwas Wahres gewesen, ob es die eiserne Truhe wirklich gab, ob sie sich öffnete, ob sie wichtige Urkunden enthielt, das wollte er nun erkunden.

Mit einem Gefühl fast bänglicher Ehrfurcht betrat er die kleine Wohnstube, in der Ohm und Vater so gern geweilt. Bescheiden zog er auch im leeren Gemach die Kappe vom Kopfe, aber recht abgestanden und kalt legte sich ihm die eingeschlossene Luft auf die Lunge. Hastig stieß er die Fenster auf, aber auch der einströmende, würzig durchwärmte Frühsommerhauch vermochte ihm das Gefühl, er sei widerrechtlich hier eingedrungen, nicht zu nehmen. So hob er, als werde sein Tun dadurch rechtlicher, das Gewehr vom Haken, stieß vorsichtig die Patrone aus der Jagdtasche mit dem Ladestock hinab, schüttete ein wenig Pulver auf die Pfanne und legte sich die Waffe griffbereit auf den Tisch.

Dann erst beugte er sich unter das Ruhebett, ergriff ohne viel Umhertasten die eiserne Truhe, die aber nur ein Trühlein war, und setzte sie sonder Anstrengung vor sich auf den Tisch. Zitternd klopfte er mit dem kleinen Finger der linken Hand gegen den Deckel und rief: »Bleibe zu, Decklein!«

Da ächzte, krächzte und raxte die Eisentruhe ganz erbärmlich, langsam hob sich der Deckel, und aus dem Innern quoll es von Papieren und Pergamenten und Urkunden, alten und neuen. Seltsam wurde dem Stadtschreiber zumute, der Geruch, den er so viele Jahre gerochen, umfing ihn; ihm war, als müsse er nach der Feder greifen und – frischzu! – abschreiben. Hatte nicht der hohe Herr Asio ihm eben diesen Papierberg auf den Tisch gelegt, ihm strenge gebietend, sofort mit der Abschrift zu beginnen und sie eiligst zu fördern? Völlig benommen griff er sich hinters Ohr, faßte statt der Feder ein Kopfhaar, tunkte es rasch in die Zündpfanne des Gewehrs und begann flugs auf die Tischtafel zu schreiben, was ihm aufgetragen. So saß er, wie manches Jahr vordem, versunken in seine Arbeit. Rascher und rascher sank der Sonnenball dem Horizonte zu, und umsonst blies der Wind dem Eifrigen manchmal, die Haare ihm verwirrend, pustend in den Nacken – er schrieb und schrieb.

So hatte er, wie von fremden Menschen schreibend, den Auftrag des Stadtschreibers Guntram Spatt an den hohen Herrn Rat Asio geschrieben, er möge alles tun, ihn in den Besitz des ihm arglistig geraubten Vatererbes zu bringen; er hatte eine Nachlaßverfügung desselben Guntram Spatt geschrieben, daß im Falle seines Ablebens nicht seine Leibeserben, sondern das gute Mädchen Cäcilie allein erbberechtigt sein solle. Und nun griff er nach einem alten, gelblichen Pergament, auf dem ein Vater seinem Sohne Guntram berichtete, wie der Vatersbruder ihn, um ihm das Erbe zu nehmen, in eine tiefe Schlucht herabgestürzt habe; ihm dann aber, als er gemerkt, daß in dem Schwerverletzten doch noch Leben sei, den Eid abgenommen habe, für ewig und alle Zeiten auf den Hof zu verzichten, widrigenfalls er ihn elend im Schluchtengrunde umkommen lassen werde. Nun aber solle der Sohn sich nicht an diesen gegen Gott und Menschen erzwungenen Schwur gebunden halten, im Gegenteil solle er alles aufbieten, den mörderischen Vatersbruder und dessen Tochter vom Hofe zu treiben. Das gebiete ihm der sterbende Vater aufs strengste.

Fleißig begann Guntram loszuschreiben. Aber seltsam, unter seinen Augen verwirrten sich die einfachen Schriftzüge immer labyrinthischer. Jetzt waren es schon die Zweige eines Waldes, seltsam ineinander verschlungen, es dunkelte, große Vögel hoben sich von den Ästen, sahen ihn funkelnd mit ihren großen Augen an und krächzten: »Guten Abend, Gevatter Spatz! Wünsche wohl gespeist zu werden!«

Während sich aber alles andere immer toller und dunkler verwirrte, leuchtete ein Wort auf der Urkunde ihm mit bleibender, ja, wachsender Klarheit entgegen. »Monika« las er. Nun wuchs aus dem Wort ein Rosenstrauch, viele rosa und rote Rosenknospen schwankten im Winde. Den Papierdunst vertrieb süßester Rosenduft, und eine holde Stimme rief aus der Ferne wie eine Glocke: »Guntram, ich warte dein!«

Da fuhr der Stadtschreiber wie aus tiefstem Schlafe auf. Recht narrenhaft sah er sich selbst am Tische sitzen, mit einem dünnen Haar über das gelbpolierte Holz fahren, das er ganz vergebens in das Pulver einer Zündpfanne getaucht. »Ei, da soll doch das liebe Wetter hineinfahren«, rief er unmutig. »Habe ich denn Zeit zu schlafen und tolles Zeug zu träumen –?!« Durch das Fenster sah er, daß der untere Rand der Sonne fast schon den Horizont berührte, hastig blickte er zurück auf den Tisch und auf den unheilvollen Brief des Vaters, der ihn für immer von der Geliebten trennen wollte. Doch wie ward ihm, als sein fliegendes Auge nichts von alledem las, ja, nicht einmal die Schrift des Vaters erkannte, sondern es stand dort in recht geschwungener Schreiberhand geschrieben, daß der Spatzenhof gehalten sei, für ewige Zeiten dem Herrn Pfarrer zu Weihnachten drei fette Gänse und zu Ostern drei Schock frische Eier zu liefern.

Schon griff er zornig nach der Urkunde, die ihn so genarrt, sie zu zerreißen, da schwebte es, die Sonne verdunkelnd, zum Fenster herein, und eine ungeheure Eule faßte mit dem Schnabel nach dem Papier. – »Habe ich dich endlich, du Teufelsvogel!« rief Guntram, griff nach dem Gewehr und brannte los. Wie eine Wolke rieselte ein unaufhörlicher Regen feinster Federn zu Boden, und als sich der Qualm verzogen, sah Guntram sich allein im Gemach.

Wieder wollte er nach der Urkunde greifen, um sie zu zerreißen, da tat sich krachend die Türe auf und herein trat der Büttel, ein urmächtiger, stiernackiger Mann, und sagte barsch: »Was treibt Er hier im fremden Haus, Herr Nichtsnutz? Knallt und stiehlt Er, was? Reich Er mir einmal seine Händlein, daß ich ihm sein gebührend Ehrengeschmeide anlege!«

Damit hob er die klirrenden Ketten, um sie dem verwirrten Guntram über die Hand zu streifen, doch von neuem tat sich die Türe auf und herein trat eilig, vom Laufen erhitzt, der getreue Knecht Enak und rief: »Gott zum Gruß, Herr Guntram. Die Base Monika schickt mich, weil sie meint, Ihr brauchtet Hilfe, wenn es Röcke zu walken gibt!«

Und mit verstelltem Erstaunen wandte er sich an den Büttel: »Ei, sieh da, Meister Büttel, seid Ihr es denn wirklich? Eben sah ich Euch doch noch auf der Bank vor Euerm Haus geruhig schlafen, ein Hühnerbein im übersatten Maule. Nein, nein, Euer Rock muß zuerst gewalkt werden, hängt er doch hinten völlig voller Eulenfedern!«

Damit versetzte er dem Sprachlosen einen kräftigen Schlag in den Rücken und, siehe, dieser Schlag ging durch den schweren Mann völlig hindurch, als sei er aus Luft. Fedrig stäubte es wiederum auf, aber der Luftzug von der offenen Stubentür zum Fenster wehte die Federchen hinaus in das Land. Mehr und mehr schwand der kräftige Mann, zum Schluß sahen noch die beiden bösen Augen glotzend aus der Wolke – »Das war ja der hohe Herr Rat Asio!« rief Guntram verblüfft – aber da war er auch schon zum Fenster hinaus geweht!

»Und nun eilig zu, mein lieber Herr Guntram!« rief Enak freundlich. »Überlasset mir nur gänzlich das Vieh; und Feuer unter dem Wasserkessel werde ich auch anlegen. Noch scheinet die Sonne ein wenig: holet, wer wartet!«

Eilig und ohne dem Retter auch nur zu danken, lief Guntram los. Schnurstracks den steilen Pfad, die bequemere Straße verschmähend, lief er bergan zur Holzfällerhütte. Und wenn auch seine Brust keuchte, so leicht und so fröhlich war ihm nicht einmal bei seinem ersten Spatzenfluge zumute gewesen wie in dieser Minute.

Wer ihm aber zuerst auf seinem Dauerlauf begegnete, war der Bauer Spatt, und nicht minder hastig lief der biedere Mann bergab nach seinem geliebten Hof als der fröhliche Neffe bergauf zur Liebsten. Als er aber des Neffen ansichtig ward, hemmte der oben seine Schritte und rief: »Wir wissen schon alles, lieber Guntram! Soeben ritt der alte Schreiber Bubo auf einem Esel an unserer Hütte vorbei. Staunend haben wir vernommen, welche Taten du verrichtet und wie Liebe dich standhaft gemacht hat. Nun, laufe nur weiter, Neffe, sie folget mir mit etwas mädchenhafterem Schritte.«

Schon sprang der Bauer wieder bergab, doch noch einmal hielt er an und rief: »Ein bedauerliches Ende für solch würdigen Herrn wie den hohen Herrn Rat! ›Aus einem Asio ist ein Asinus geworden‹, sprach der Schreiber zu uns, und wirklich trug der Esel ein recht rätlich Gebaren an sich!«

Eilig lief er weiter, langsamer aber stieg Guntram hinan. Eine tiefe Scheu und Verwirrung hemmte seinen Schritt, da er nun zum ersten Mal ganz menschenhaft als Bräutigam Guntram vor die Braut Monika treten sollte. Schien es ihm doch fast schmachvoll, daß er so lange als niedriger Spatz bei ihr gelebt, von ihr abhängig und ihr untertan und am Ende gar allein durch ihre Liebestränen zum Leben wiedererweckt. Zögernder und zögernder wurde sein Schritt, und als er gar ihr helles Kleid schon durch die Büsche blinken sah, blieb er ganz stehen und ließ in Scham den Kopf sinken.

Doch das schöne Mädchen wußte von alledem nichts. »Spätzchen! mein Guntram!« rief sie. »Bist du endlich wieder da?! Bist du endlich da, im richtigen Gewande, du mein Spatz?!« Schneller und schneller lief sie hinab zu ihm, und er mochte wollen oder nicht, er mußte sie in seinen Armen fangen. Da lag sie an seiner Brust, hastig atmend, liebevoll sah sie zu ihm auf, liebevoll sprach ihr Mund: »Da hast du mich, nun halte mich auch. Ach, Guntram, mein liebster Schatz, warum stehst du so still? Küsse mich doch! Bist du denn jetzt ein anderer als der kleine Spatz, der gar so gern an meinen Lippen gepickt?!«

»Ach, liebste Monika«, sprach Guntram stockend. »Ich denke der bösen Stunde, da du mir gesagt, du könntest mir nicht mehr vertrauen – ich setzte mir denn ein ander Herz in die Brust. Es ist immer noch dasselbe Herz, mein Mönchen!« fuhr er traurig fort.

»O du dummer, du dummer Spatz!« rief sie und riß ihn fest an den Ohren. »Als ob das nicht rechte Männerart ist, einem armen Mädchen aus einem hitzigen Wort eine Kette zu schmieden! – Aber, Guntram, Schatz, Spatz, ich liege ja doch in deinen Armen, also vertraue ich dir wohl! – Ich bitte dich ja um einen Kuß, also glaube ich wohl an die Liebe in deinem Herzen!«

Da war es ihm, als dehnten sich die Himmel, von der untergehenden Sonne schossen feurige Freudenfackeln in den Äther. Friedlich summte das heimkehrende Vieh mit seinen Glocken. Von den Lippen des geliebten schönen Mädchens wehte ihn der ewige Atem des Lebens selber an, näher zog er sie an sich, dann küßte er sie.

Und plötzlich fing die grüngoldige Schaukel an zu schwingen, von der er in der ersten Nacht auf dem Spatzenhof geträumt. Nur saßen sie nicht sittsam nebeneinander auf dem Polsterbänkchen: in den Armen einander haltend, schwangen sie höher und höher in den Abendhimmel, in alle Himmel hinein.

»Ach!« rief Guntram fröhlich zur schönen Monika, »was brauchet der Mensch denn Flügel – hat er doch die Liebe!« Sie aber sprach gar nichts mehr, sondern flog in seinen Armen – bis in die Seligkeit des siebenten Himmels hinein.